RAVEN KENNEDY

TRADUÇÃO DÉBORA ISIDORO

Copyright © 2021 Raven Kennedy
Título original: Glint
Tradução para Língua Portuguesa © 2023 Débora Isidoro. Todos os direitos reservados à Astral Cultural e protegidos pela Lei 9.610, de 19.2.1998. É proibida a reprodução total ou parcial sem a expressa anuência da editora.
Este livro foi revisado segundo o Novo Acordo Ortográfico da Língua Portuguesa.

Editora Natália Ortega
Editora de arte Tâmizi Ribeiro
Produção editorial Ana Laura Padovan, Andressa Ciniciato e Brendha Rodrigues
Preparação de texto Letícia Nakamura
Revisor João Rodrigues e Alexandre Magalhães
Capa Maria Spada / Imagine Ink Designs
Adaptação de capa Tâmizi Ribeiro e Ana Laura Padovan
Foto da autora Arquivo Pessoal

Conteúdo sensível: Este livro contém linguagem adulta e violência que podem desencadear gatilhos.

Dados Internacionais de Catalogação na Publicação (CIP)
Angélica Ilacqua CRB-8/7057

K43g

Kennedy, Raven
   Glint / Raven Kennedy ; tradução de Débora Isidoro. — Bauru, SP : Astral Cultural, 2023.
   336 p. (Série A prisioneira dourada ; Vol 2)

   ISBN 978-65-5566-389-1

   1. Literatura norte-americana 2. Literatura fantástica I. Título II. Isidoro, Débora III. Série

23-4040   CDD 813

Índice para catálogo sistemático:
1. Literatura norte-americana

BAURU
Av. Duque de Caxias, 11-70
8º andar
Vila Altinópolis
CEP 17012-151
Telefone: (14) 3879-3877

SÃO PAULO
Rua Major Quedinho, 111
Cj. 1910, 19º andar
Centro Histórico
CEP 01050-904
Telefone: (11) 3048-2900

E-mail: contato@astralcultural.com.br

Dedico àqueles que não enxergam as grades,
mas ainda assim se sentem engaiolados.
Voem.

1
RAINHA MALINA

Ouro até onde a vista pode alcançar.
Cada centímetro do Castelo Sinoalto é tocado pelo brilho revelador. Na última década, as pessoas viajaram de longe, vieram de todo o reino de Orea só para vê-lo. Ele é proclamado por sua magnificência, e o povo sempre se impressiona com seu esplendor imponente.

Mas eu me lembro de como ele era. Lembro-me da ardósia dos parapeitos e dos portões de ferro. Lembro-me de quando eu tinha vestidos de todas as cores e os pratos na mesa eram brancos, para combinar com o cabelo da família Colier. Lembro-me de quando o sino na torre era de cobre, e seu repicar era leve e cristalino.

Objetos que antes eram leves como pena, hoje precisam da força de vários homens para serem carregados. Peças que antes exibiam as cores do tempo, e da história, hoje brilham como se fossem novas. Até as rosas no átrio foram tocadas de ouro, e nunca mais terão um botão novo brotando nem perfumarão o ar com seu aroma.

Cresci no Castelo Sinoalto. Conheci cada pedra rústica e cada escada manchada. Conheci os veios escuros da madeira na moldura das janelas.

Ainda consigo me lembrar de como era o trono de meu pai, construído com pedra e diamantes extraídos das montanhas ao leste.

Às vezes, acordo no meio da noite, toda enrolada em meus lençóis dourados, e não consigo determinar onde estou. Não reconheço este castelo, não mais.

Na maior parte dos dias, nem reconheço a mim mesma.

Os dignitários em visita admiram o brilho e o glamour. Ficam fascinados com a precisão da mudança de cada superfície e celebram o poder de Midas.

Mas eu sinto saudade da antiga aparência de Sinoalto.

Cada nicho cinza, cada cadeira de madeira crua, até as tapeçarias azuis feias penduradas no meu quarto. É surpreendente o tipo de coisas de que sentimos falta quando elas são tiradas de nós.

Eu sabia que ia chorar a perda do controle sobre o Sexto Reino quando aceitei me casar. Sabia que choraria a morte de meu pai. Sabia até que sentiria saudade de ser chamada por meus antigos nome e título, Princesa Malina Colier.

Mas nunca imaginei que sentiria falta do castelo propriamente dito. Não era algo que eu poderia ter previsto. Mas cômodo a cômodo, objeto a objeto, tudo era diferente diante dos meus olhos, até travesseiros e taças de vinho.

No início foi empolgante, não posso negar. Um castelo de ouro nas montanhas congeladas era uma coisa de conto de fadas, e eu tinha um rei para fazer de mim rainha. Tinha um casamento que garantiria minha permanência aqui, em minha casa, para levar adiante minha linhagem real.

Mas cá estou, em minha sala pessoal dourada, minha inocência destruída há muito tempo. Não tenho herdeiros nem família, nem magia, nem parceria com meu marido, e não reconheço o lugar onde cresci.

Estou cercada por uma riqueza que não tem valor algum para mim.

Este castelo, o lugar onde minha mãe me trouxe ao mundo, onde meu pai e meu avô governaram, onde residem todas as minhas lembranças mais queridas, tornou-se desconhecido. Não oferece conforto nem empolgação, e certamente não é um conto de fadas.

As pessoas são ofuscadas por ele, enquanto meus olhos enxergam cada arranhão na superfície de ouro de assoalhos e paredes. Noto cada centímetro em que o metal se desgastou, distorcendo as formas. Vejo os cantinhos que os criados não poliram, noto cada fragmento que perdeu o brilho.

O ouro pode brilhar, mas não resiste ao teste do tempo. Desgasta, perde o brilho, torna-se apenas uma superfície maleável, pobre e sem durabilidade.

Odeio isso. Da mesma forma como passei a odiá-*lo*.

Meu famoso marido. As pessoas se ajoelham para ele, não para mim. Posso não ter magia, mas ressentimento é uma força poderosa.

Tyndall vai se arrepender. Por cada vez que me deixou de lado, por sempre ter me subestimado, por ter tomado meu reino.

Vou fazer com que pague por tudo isso — e não vai ser com ouro.

— O que deseja que eu cante, Majestade?

Olho para o cortesão sentado à minha frente. Ele é jovem, deve ter uns vinte anos, apenas, e é agradável aos olhos e aos ouvidos. Características que todos os meus cortesãos têm.

Também odeio todos eles.

Zumbem como pestes, consumindo belos pratos de comida, dominando o ar com suas conversas vazias. Não importa quantas vezes eu tente afastá-los, sempre voltam e continuam zumbindo à minha volta.

— Você *quer* cantar? — respondo, embora seja uma discussão inútil, porque...

Seu sorriso fica mais largo.

— Quero fazer o possível para agradar minha rainha.

Uma resposta falsa de uma companhia falsa.

Isso é tudo que eles são. Falsos. Fofoqueiros. Enviados à minha presença para me distrair e entreter. Como se eu fosse uma mulher boba e risonha que precisa de diversão vazia em todas as horas do dia.

Mas Tyndall se foi — atraído para o Quinto Reino, onde as pessoas vão se curvar aos pés do Rei de Ouro, sem dúvida. Midas vai gostar muito disso, e por mim tudo bem.

Porque, enquanto ele está lá, eu estou *aqui*. Pela primeira vez, estou em Sinoalto sem sua presença cintilante.

É como se fosse um sinal do grande Divino. Nenhum marido a quem respeitar. Nenhum rei a quem me curvar. Nenhum fantoche de ouro ao lado dele, a personificação da ganância embelezando a feiura das mentiras.

É minha chance.

Com Tyndall distante, distraído com o Quinto Reino e seu domínio, tenho uma oportunidade que não vou desperdiçar.

Posso não reconhecer mais as paredes deste castelo, mas ele ainda é meu.

Ainda tenho a mesma ambição que tinha quando era garotinha, antes de ficar evidente que não possuo magia, antes de meu pai me entregar a Tyndall, cego pelo brilho de seu ouro.

Mas o ouro não me ofusca. Não mais.

Porque meu sonho, meu papel e meu dever sempre foram governar Sinoalto.

E não me submeter a um marido, ser posta de lado ou tratada como uma mimada influenciável. Tyndall Midas pôs suas mãos em tudo e envernizou toda a minha vida.

E eu permiti. Meu pai permitiu. Todo esse maldito reino permitiu.

Mas cansei.

Cansei de me sentar em uma cadeira estofada, de ficar bordando lenços de seda, comendo bolos doces e enjoativos, enquanto os cortesãos falam sobre qual vestido essa ou aquela usava, simplesmente por gostarem de ouvir o som da própria voz.

Cansei de ser a rainha fria e silenciosa congelada no lugar.

Tyndall está longe e, pela primeira vez desde que me tornei rainha, posso ser uma rainha de verdade.

E pretendo sê-lo.

Usei uma coroa durante toda a vida, mas enfim vou fazer jus a ela.

2

AUREN

As rodas de madeira da carruagem fazem tanto barulho quanto meu estômago.

Cada rotação projeta outra lembrança, um ciclo interminável que continua a girar e projetar, como abutres despejando do céu carniça esquecida.

A morte está grudada em mim.

Queria muito deixar minha gaiola. Poder andar livremente pelo castelo de Midas. Tédio e solidão eram um enorme precipício que eu não conseguia atravessar por meio de argumentos, não conseguia soterrar, não conseguia fechar. Minha boca estava sempre se abrindo, língua plana, peito aberto, desejando e torcendo por aquela respiração profunda que chegaria aos pulmões e me libertaria do sufoco crescente das grades.

Mas agora...

Há sangue em minhas mãos, embora não existam manchas vermelhas na pele. No entanto, sinto-as ali, a cada contato das pontas dos dedos, como se a verdade estivesse entranhada nas linhas das palmas.

Minha culpa. A morte de Sail, a dor de Rissa, a ausência de Digby, tudo minha culpa.

Contemplo o céu encoberto pelas nuvens, embora não veja de fato o manto branco e cinza. Em vez disso, aquelas implacáveis lembranças continuam surgindo em minha cabeça, parando atrás dos olhos.

Vejo Digby se afastar a cavalo, sua silhueta espremida entre um céu preto e um chão branco. Vejo chamas rubras brotarem das patas dos garras-de-fogo, o pó de neve subindo, deslocado pelos navios piratas como ondas em um mar congelado. Vejo Rissa chorar, com o Capitão Fane debruçado sobre ela com um cinto na mão.

Mas, acima de tudo, vejo Sail. Vejo seu coração ser atravessado pela lâmina do capitão como um dedo por uma roca, e seu sangue correr em fios vermelhos, formando uma poça no chão.

Ainda sinto o grito que saiu de mim quando seu corpo caiu, amparado por minhas mãos e pelos braços amargos da Morte.

Minha garganta dói, castigada pela noite que parece infindável. Primeiro ela uivou em aflição chocada, depois se contraiu, eliminando qualquer esperança de respirar.

Minha garganta se obstruiu quando os Invasores Rubros amarraram o corpo de Sail ao mastro do navio, um deboche perverso da tradução de seu nome, "vela", e o içaram em um navio sem velas.

Nunca vou esquecer como seu corpo rígido ficou lá, pendurado, os olhos azuis e vidrados salpicados de vento e neve.

Do mesmo modo que nunca vou esquecer como usei cada partícula da minha força para empurrar o corpo dele navio afora e impedir que os piratas continuassem abusando dele, desrespeitando-o.

Minhas fitas doloridas latejam quando lembro como cortei as cordas que o amarravam, como arrastei seu cadáver gelado pelas tábuas do convés.

Sail foi o primeiro amigo que tive em dez anos, e só o tive por pouco tempo, antes de testemunhar seu assassinato brutal, bem diante de mim.

Ele não merecia esse fim. Não merecia um túmulo sem identificação no vazio da Estéril, não merecia ser sepultado por um oceano de neve.

Está tudo bem, está tudo bem, está tudo bem.

Fecho os olhos com força, ouvindo sua voz ecoar em meus ouvidos e rasgar meu coração. Sail tentou me acalmar, tentou amparar meu espírito e me dar coragem, mas ambos sabíamos a verdade. Depois de minha carruagem tombar e de os Invasores Rubros nos capturarem, nada ficaria bem.

Ele sabia, mas ainda tentou me defender, me proteger, até o último suspiro.

Um soluço doloroso rasga minha garganta, esfolando a região dolorida como um fio que enrosca em uma pele solta no canto da unha. Meus olhos dourados ardem quando mais uma gota salgada desliza no rosto castigado pelo vento.

Talvez eu esteja sendo punida pelo grande Divino — a entidade que cria todos os deuses e deusas deste mundo. O que aconteceu talvez tenha sido um aviso de que eu estava indo longe demais e precisava me lembrar dos terrores do mundo exterior.

Eu estava segura. No topo de uma montanha gelada, no ponto mais alto de um castelo dourado, estava segura dentro da minha gaiola de ouro. Mas me tornei inquieta. Gananciosa. Ingrata.

Foi isso que ganhei. A culpa é minha. Por ter aqueles pensamentos ambiciosos, por querer mais do que já tinha.

Sinto o tremor das fitas murchas, como se quisessem se levantar e tocar meu rosto inchado, como se quisessem me oferecer conforto.

Mas não mereço nada. Sail nunca mais receberá o conforto de sua mãe. Rissa não terá conforto nos braços dos homens que pagam para se deitar com ela. Midas não terá conforto com um exército marchando em sua direção.

Lá fora, os soldados do Quarto Reino viajam pela neve, uma força sombria em movimento pela paisagem vazia. Formam um rio de couro preto e cavalos de obsidiana reluzente, cortando a paisagem de frio perpétuo.

Posso entender por que toda a Orea teme o exército do Rei Ravinger — o Rei da Podridão. Além de sua magia, esses soldados, mesmo sem a armadura de batalha, oferecem uma imagem intimidante.

Mas não tanto quanto o comandante que os lidera.

De vez em quando, eu o vejo cavalgando lá fora, a fileira de espinhos amcaçadores em suas costas descendo como carrancas cruéis. Olhos pretos como poços sem fundo, à espera de capturar quem os fitar.

Feérico.

Um feérico de raça pura bem ali. Não escondido, mas líder do exército de um rei cruel.

A conversa que tivemos antes ecoa em minha cabeça, me deixa com as mãos suadas e trêmulas.

Sei o que você é.

Engraçado, eu ia dizer a mesma coisa.

Minha mente sofreu um baque quando ele pronunciou essas palavras, e fiquei de boca aberta como um peixe fora d'água. Ele se limitou a sorrir, exibindo de lampejo aquelas presas horríveis, antes de acenar com a cabeça para esta carruagem e me trancar aqui dentro.

Mas estou habituada a ficar trancada.

Estou aqui há horas. Preocupada, refletindo, deixando lágrimas e suspiros atormentados ocuparem o espaço, deixando a mente rever tudo o que aconteceu.

De maneira geral, só reajo enquanto não tem ninguém aqui para ver.

Sei que não devo mostrar fraqueza aos soldados lá fora, em especial ao comandante.

Então, permito-me sentir tudo isso agora, na privacidade entre as paredes de madeira; deixo as emoções rolarem, deixo muitos "e agora?" ansiosos desfilarem por minha cabeça.

Porque, assim que a carruagem parar, sei que não vou poder me dar ao luxo de demonstrar vulnerabilidade a ninguém.

E permaneço ali, sentada.

E, sentada, observo pela janela e deixo a mente girar, o corpo doer, as lágrimas caírem, e durante todo o tempo desmancho com suavidade os nós das minhas pobres fitas castigadas.

As fitas de cetim dourado que crescem dos dois lados da minha coluna parecem quebradas. Doem e ardem, depois de o Capitão Fane as ter amarrado em um emaranhado brutal. Cada toque as faz se encolherem e me faz ranger os dentes.

São horas suando frio, tremendo e gemendo de dor, mas consigo desfazer os nós.

— Finalmente — murmuro ao libertar a última delas.

Giro os ombros para trás e sinto o formigar na pele, ao longo da coluna, onde cada fita nasce, doze de cada lado, desde as omoplatas até um pouco acima da curva das nádegas.

Estendo as vinte e quatro fitas tanto quanto posso no espaço apertado, alisando-as com um toque suave, à espera de que isso ajude a diminuir a dor.

Elas parecem amassadas e sem vida onde repousam, no chão da carruagem e no banco. Até o dourado delas está um pouco fosco, em comparação ao brilho habitual, como ouro escurecido que precisa de polimento.

Deixo escapar um suspiro trêmulo, sentindo os dedos doerem após todo o tempo que passei desatando cada nó. Minhas fitas nunca doeram tanto. Estou tão acostumada a escondê-las, a mantê-las em segredo, que nunca as tinha usado como usei naquele navio pirata, e isso é evidente.

Enquanto deixo as fitas descansarem, uso os últimos raios de luz cinzenta do dia para examinar o restante de meu corpo. Ombros e cabeça doem por causa do impacto quando a carruagem tombou, e pelo modo como fui arrastada veículo afora pelos Invasores Rubros que me capturaram.

Também tenho um cortezinho no lábio inferior, mas quase nem percebo. As dores mais fortes estão no rosto, onde o Capitão Fane me bateu, e de um lado do corpo, nas costelas que ele chutou. Acho que não tenho fraturas, no entanto cada movimento me faz inspirar mais devagar e por entre os dentes.

Um vazio no estômago me faz lembrar da fome, e a boca seca me faz pensar na sede. Mas a sensação mais premente é a de esgotamento.

A exaustão é uma corrente em volta dos meus tornozelos, amarrada em torno dos punhos, jogada sobre os ombros. A força e a energia me deixaram, como se alguém as houvesse drenado de mim.

O lado positivo? Pelo menos estou viva. Pelo menos me afastei dos Invasores Rubros. Não serei submetida ao que Quarter ia querer fazer comigo, quando descobrisse que seu capitão tinha sumido. Quarter não é o tipo de homem que alguém deseja como captor.

Embora minha nova escolta esteja muito longe do ideal, pelo menos sigo na direção de Midas, apesar de não saber o que vai acontecer quando chegarmos lá.

Olho pela janela da carruagem e vejo cascos escuros marcando a neve, os cavaleiros altivos marchando empertigados sobre suas selas.

Agora tenho de ser forte.

Sou prisioneira do exército do Quarto, e não haverá espaço para fragilidade. Não sei se os ossos em meu corpo têm tanto ouro quanto o restante de mim, contudo, pelo meu bem, espero que sim. Espero que minha coluna seja de ouro, porque vou precisar dela resistente se quiser sobreviver.

Fecho os olhos e toco as pálpebras com as pontas dos dedos, na tentativa de afastar o ardor. Mesmo cansada como estou, não durmo. Não relaxo. Não dá. Não com o inimigo marchando lá fora e aquelas terríveis lembranças pairando sobre minha cabeça.

Faz tão pouco tempo que Sail foi morto? Foi só ontem de manhã, mesmo? Que Digby grunhia ordens carrancudas para seus homens? Parecem semanas, meses, anos atrás.

O tempo muda com a tormenta. Ele se alonga, aumenta a duração dos segundos, prolonga os minutos. Descobri que dor e medo têm um jeito de se prolongar. E, como se isso não fosse cruel o bastante, a mente revive tais momentos muitas, muitas vezes, por um longo tempo depois de eles terem passado.

Que filho da mãe é o tempo.

Sei que deixei parte de mim naquele navio. Enfrentei momentos trágicos o suficiente para reconhecer o sentimento, a dor, de uma ferida aberta.

Cada tristeza que suportei na vida, cada dor lancinante, tudo arrancou um pedaço de mim. Senti cada parte minha sendo rasgada, vi cada lugar em que elas caíram e ficaram para trás, pelo caminho, como migalhas de pão devoradas por aves de rapina cruéis.

Em Sinoalto, às vezes as pessoas viajavam durante semanas para me ver. Midas me deixava ficar ao seu lado na sala do trono, ao passo que os visitantes me admiravam boquiabertos.

Mas independentemente de quanto tempo eu ficava lá, sobre o pedestal para ser admirada, ninguém me *via* de fato. Se vissem, saberiam que sou só uma menina com pedaços arrancados e buracos por dentro, cuja pele dourada esconde um coração partido.

Meus olhos ardem, avisando que eu estaria chorando de novo se tivesse lágrimas para derramar, mas acho que elas também foram drenadas de mim.

Não tenho ideia de onde as outras montarias ou os guardas estão, e não sei o que o comandante pretende fazer comigo, porém não sou nenhuma idiota. O Rei da Podridão mandou a parte mais poderosa de seu exército ao Quinto Reino para o confronto com Midas, e temo por meu rei tanto quanto temo por mim.

Sinto um arrepio quando o último raio de luz por fim se aconchega embaixo do cobertor do horizonte. O dia está oficialmente encerrado, e com ele me forço a confinar as emoções.

Agora que o crepúsculo se transforma na promessa da noite, a carruagem para de repente. Quando se está deste lado do mundo de Orea, a noite desce depressa e de um jeito brutal, por isso não é surpresa que o exército do Quarto comece a montar acampamento.

Sou deixada no interior da carruagem imóvel, ouvindo os ruídos dos soldados. Cavalos dos dois lados me impedem de distinguir muita coisa além das janelas, apenas silhuetas sombrias se movendo com rapidez entre uma e outra tarefa.

Depois de quase meia hora de espera, contorço-me com o desespero urgente de aliviar necessidades físicas. Meu corpo está ficando furioso, sede e fome se recusam a serem ignoradas, a exaustão lambe meus membros como um mar revolto que anseia por me puxar para o fundo.

Só quero dormir. Dormir e não acordar até que tudo tenha parado de doer — dores físicas e emocionais.

Ainda não, lembro-me. Não posso descansar ainda.

Belisco meu braço, forçando os sentidos a permanecerem alertas, os ouvidos tentam filtrar os diversos sons lá fora enquanto a pressão da noite cai sobre mim como um cobertor gelado.

Apoio a cabeça na parede da carruagem e fecho os olhos por um instante. Só um instante, digo a mim mesma. Só para aliviar o fogo que arde em meus olhos inchados, só para ajudar a amenizar as diversas dores.

Só por um instante...

Pulo sobressaltada e abro os olhos de súbito ao ouvir o barulho de uma chave sendo introduzida na fechadura.

A porta da carruagem é aberta tão de repente quanto o ar sai de dentro de mim, e lá está ele, ameaçador sob a cobertura da escuridão, encarando-me com seus olhos cavernosos.

O Comandante Degola.

3
AUREN

Prendo a respiração e encaro o comandante sem piscar, com o corpo tenso e alerta. Vou descobrir neste momento o que significa de verdade ser sua prisioneira.

Minha cabeça gira. Infinitas possibilidades passam por meus pensamentos uma atrás da outra, enquanto tento me preparar.

Ele vai me agarrar pelo cabelo e me puxar para fora? Vai me ameaçar, me agredir? Vai me forçar a tirar a roupa para que vislumbre o ouro em cada centímetro de minha pele? Vai me entregar aos soldados? Vou ser obrigada a usar correntes?

Não me atrevo a deixar os pensamentos visíveis em meu rosto. Não posso dar nenhuma indicação das dúvidas que castigam minha cabeça.

Toda a tristeza, toda a preocupação, enrolo tudo como linha velha em um carretel, em busca de esconder cada fiapo solto. Porque, se demonstrar medo, se revelar minha fraqueza a esse sujeito, ele vai segurar esses fiapos soltos e arrebentar todos, vai me desfiar por completo.

Engula a fraqueza, e a força vai aparecer...

Essas palavras antigas, quase esquecidas, surgem do nada, como se minha mente as tivesse guardado para mim, como se tivesse se preparado para tirá-las do esconderijo quando eu mais precisasse delas.

De repente me lembro de como elas foram murmuradas em meu ouvido, faladas em voz baixa, porém com uma nota de aço.

As palavras agora ecoam em mim, e isso me ajuda a endireitar os ombros, me ajuda a levantar o queixo e encarar de cabeça erguida o comandante.

Ele segura um capacete embaixo do braço, e seu cabelo preto está um pouco despenteado depois de ter passado horas ali dentro. Assimilo o rosto pálido, a fileira de espinhos curtos e de ponta arredondada sobre cada sobrancelha escura. Sua aura invasiva satura o ar, reveste minha língua com açúcar de confeiteiro, entupindo cada papila gustativa.

Sinto gosto de poder.

Penso em como as pessoas reagiriam se soubessem o que ele realmente é. Não um homem com magia residual correndo nas veias, herança de ancestrais feéricos distantes. Não alguém cujo corpo foi corrompido e transformado pelo Rei da Podridão. Não apenas um comandante militar furioso e sedento de sangue, que sente prazer em arrancar a cabeça dos inimigos.

Não, ele é algo mais letal. Mais temeroso. Um feérico de raça pura, passando despercebido à vista de todos, escondendo-se na visibilidade.

Se soubessem a verdade, as pessoas fugiriam de medo? Ou se levantariam contra ele como os oreanos fizeram há centenas de anos, matando-o, assim como mataram todos os outros?

Alguns feéricos resistiram durante aquele período sombrio, todavia foram vencidos pela maioria, e nem sua magia superior foi suficiente. Alguns feéricos simplesmente não queriam lutar. Não queriam matar pessoas que consideravam amigas, amores, família.

Mas basta olhar para ele e sei que o Comandante Degola resistiria. Ele lutaria, e Orea seria derrotada.

Pode fazer centenas de anos que Orea e Annwyn — o reino dos feéricos — romperam, mas, mesmo assim, é chocante que ninguém saiba, que ninguém *veja* o que ele realmente é, quando é tão óbvio para mim.

Com base na intensidade do olhar de Degola, sei que não sou a única cuja mente está ativa ao passo que nos encaramos em silêncio, julgando, analisando, ponderando.

A curiosidade vibra em mim como uma planta sem raízes carregada pelo vento. Penso em como o Comandante Degola chegou aqui, qual é seu objetivo. Ele é só o cão de guarda contratado pelo Rei Ravinger, mantido em uma coleira para latir e rosnar para os inimigos? Ou tem outro propósito?

Ele me estuda, minuciosamente, enquanto estou aqui sentada e presa no espaço confinado da carruagem, e percebo que está fazendo anotações mentais. Tenho de fazer um esforço enorme para não me agitar, não me encolher sob esse escrutínio.

Seus olhos se detêm em meu rosto inchado e no lábio cortado, antes de descerem para as fitas amarrotadas e espalhadas por todo o espaço. Não gosto de seu interesse por elas. Durante todo o momento em que ele as estuda, quero escondê-las. Eu as teria enrolado em volta do tronco para mantê-las ocultas, se não estivessem tão doloridas.

Quando por fim termina a avaliação, ele crava os olhos escuros nos meus. Fico tensa, esperando que me arraste para fora, que grite ordens ou faça ameaças, entretanto ele continua apenas me olhando, como se esperasse alguma coisa.

Se quer que eu desmorone, chore ou suplique, eu me recuso. Não vou ceder à pressão desse olhar ou sucumbir ao silêncio torturante. Vou passar toda a maldita noite aqui sentada, se necessário.

Infelizmente, meu estômago não tem a mesma determinação, porque, neste momento, ele ronca desagradavelmente alto.

Os olhos do comandante se estreitam ao ouvir o ruído, como se fosse uma ofensa pessoal.

— Está com fome.

Se eu não estivesse tão apavorada, reviraria os olhos.

— É claro que estou com fome. Passei o dia todo nesta carruagem, e não é como se os Invasores Rubros tivessem servido uma refeição generosa depois que nos capturaram.

Se o desrespeito em meu tom de voz o surpreende, ele não demonstra.

— A Pintassilgo tem o bico afiado — resmunga, e os olhos se movem para as penas nas mangas do meu casaco.

O apelido me irrita, e contraio a mandíbula.

Tem alguma coisa nele. Ou é só algo em mim, depois de todo o inferno que enfrentei. Não sei qual é a razão, se as circunstâncias ou um desacordo entre naturezas, mas a raiva começa a dominar minhas emoções. Tento segurar a resposta como uma mola de ratoeira, mas ela se recusa a ser contida.

Eu deveria permanecer impassível, intocável. Preciso ser uma pedra no meio desta correnteza. Estou na parte mais profunda agora, mais vulnerável do que nunca, e não posso me permitir ser arrastada.

O comandante inclina a cabeça.

— Você vai ficar naquela tenda ali — ele determina, apontando para o lado esquerdo. — Vão levar comida e água para você. A latrina fica no limite do acampamento, a oeste.

Espero mais instruções, ameaças ou violência, mas nada acontece.

— É só isso? — pergunto, desconfiada.

Ele inclina a cabeça de novo, um movimento bem típico de um feérico, e vislumbro o espinho mais alto entre suas omoplatas.

— O que estava esperando?

Aperto um pouco os olhos.

— Você é o comandante militar mais temido de toda a Orea. Não espero que se comporte de outra maneira senão para confirmar sua reputação.

Assim que as palavras saem de minha boca, ele se inclina para a frente e apoia os braços na estrutura da carruagem, deixando à mostra os espinhos ao longo dos antebraços. As escamas cinzentas e cintilantes nas bochechas reluzem como o reflexo de uma lâmina prateada, um aviso a seu próprio modo.

O ar que eu inspirava fica imóvel, permanece grudado no peito como um xarope, entupindo a garganta.

— Como você parece já conhecer a personalidade da pessoa sob cuja custódia está, não vou desperdiçar seu tempo com explicações — Degola responde, em voz baixa, e cada palavra parece apresentar uma extremidade gelada e cortante. — Você parece ser uma mulher inteligente, então não preciso lhe dizer que não pode partir. Morreria congelada sozinha por aí, e eu encontraria você de qualquer jeito.

Meu coração galopa no peito quando ouço a promessa que é quase uma ameaça.

Eu encontraria você.

Não seus soldados me encontrariam, mas ele mesmo. Não tenho dúvida de que vasculharia toda a Estéril e me caçaria, se eu tentasse fugir. E de fato me encontraria. É esse tipo de sorte que tenho.

— O Rei Midas vai matar você por ter me capturado — retruco, embora todo o meu corpo queira recuar, afastar-se dele, da presença esmagadora que ocupa todo o interior da carruagem.

O canto de sua boca se curva tanto quanto os espinhos que se inclinam.

— Vou esperar a tentativa.

A arrogância revira meu estômago, mas o problema é que sei que ela é justificada. Mesmo sem a poderosa e antiga magia feérica que sinto nele, sei que é um guerreiro em todos os sentidos. Com músculos explodindo de tanta força e uma postura que confessa sua letalidade, ele não é alguém que quero que se aproxime de Midas.

Alguns pensamentos devem escapar pelas frestas da minha resistência, porque ele endireita as costas, e sua expressão se derrete em condescendência.

— Ah, agora entendo.

— O quê?

— Você gosta do Rei Captor. — Degola praticamente cospe as palavras, as transforma em acusações tão incisivas quanto suas presas.

Olho para ele e fico confusa com o ódio que escorre de seus lábios como uma chuva lenta, fria. Se eu confirmar, o que vai fazer para usar essa informação contra mim? Se eu negar, ele vai acreditar?

O comandante emite um ruído de desdém ao se deparar com a expressão em meu rosto.

— A Pintassilgo gosta da gaiola. Que pena.

Fecho as mãos de raiva. Não preciso de seu julgamento, de seu escárnio, da presunção absoluta de que me conhece e sabe das minhas circunstâncias, e ele também não tem direito algum de criticar meu relacionamento com Midas.

— Você não me conhece.

— Não? — ele rebate, e sua voz me irrita. — Todos em Orea sabem sobre a favorita de Midas, tanto quanto sabem sobre seu toque de ouro.

Meus olhos cintilam.

— Assim como todo mundo sabe que o Rei da Podridão manda seu monstro na coleira para fazer o trabalho sujo. — Fito diretamente os espinhos em seus antebraços.

Uma reverberação sombria se forma no ar em torno do comandante, e sinto um arrepio na nuca.

— Ah, Pintassilgo. Acha que sou um monstro agora, mas ainda não viu nada.

A ameaça implícita me atinge como um vento árido, deixando minha boca seca.

Preciso ter muito cuidado com esse homem. Preciso evitá-lo a todo custo, contornar sua crueldade e tentar sair ilesa disso. Mas não posso fazer planos se não sei o que esperar.

— O que vai fazer comigo? — questiono, arriscando-me à vulnerabilidade propiciada pela pergunta na esperança de ter alguma indicação do que está por vir.

Um sorriso sombrio e ameaçador aparece em seus lábios.

— Não contei? Vou levar você de volta ao captor de que tanto gosta. Vai ser uma reunião e tanto.

Sem dizer mais nada, o comandante se vira e me deixa ali vendo sua retirada, sentindo minha pulsação acompanhar os passos dele.

Não sei o que ele planejou para meu rei, mas sei que não é nada bom. Midas está esperando a chegada de suas montarias e da favorita, não um exército inimigo marchando porta adentro.

Quando me obrigo a sair da carruagem arrastando as fitas na neve, estou resignada. Sei o que tenho de fazer. Tenho de pensar em um jeito de prevenir meu rei.

Só espero que o preço disso não seja minha vida.

4
AUREN

Era de esperar que, depois de semanas viajando, eu estivesse acostumada a usar uma latrina cavada no chão para me aliviar. Mas não. Tem alguma coisa em ter de levantar as saias e se agachar na neve que realmente deprime uma garota.

Faço o que tenho de fazer o mais depressa possível. O lado positivo: consigo fazer minhas necessidades sem respingar nada nas botas e sem cair sentada na neve. Neste momento, tudo se resume a pequenas vitórias.

Felizmente, termino antes de alguém se aproximar para usar a latrina, e não tenho de me preocupar com a chance de ser observada. Pego um punhado de neve e uso para limpar as mãos, antes de ficar em pé e ajeitar a saia.

Agora que a necessidade mais premente foi superada, cruzo os braços para resistir ao frio que atravessa com facilidade meu vestido de lã e o casaco de penas do capitão pirata.

Olho em volta por um momento e analiso o ambiente, mas tudo o que consigo ver é mais ou menos o que tenho visto há dias. Neve, gelo e nada.

A extensão retilínea da Planície Estéril parece continuar para sempre, o contorno escuro das montanhas ao longe, o relevo suave dos intermináveis bancos de neve.

O Comandante Degola tem razão. Eu poderia fugir agora, e talvez até conseguisse escapar dele e de seus soldados por um tempo, mas e depois? Não tenho provisões, nem abrigo, nem senso de direção. Morreria congelada.

Ainda assim, o horizonte vazio me atrai, uma tentação amarga que zomba de mim com sua liberdade escancarada. É uma mentira, uma ilusão que vai me envolver em frio e estilhaçar como gelo meu corpo frágil.

Com o maxilar contraído, dou meia-volta rumo ao acampamento. Os soldados montam tudo com rapidez. Não é nada muito complexo, só tendas de couro cru montadas em intervalos de poucos metros, e fogueiras espalhadas por ali, mas, mesmo assim, esse exército não parece temer o frio, não se intimida com os elementos.

Ao me aproximar da primeira tenda, observo ao redor, desconfiada, atenta para o caso de o comandante ou um de seus soldados sair das sombras e tentar me atacar, ou me forçar a entrar na minha barraca.

Mas não aparece ninguém.

Não confio nessa falsa liberdade, nem por um segundo.

Completamente sozinha, vago pela área de olhos bem abertos. Não avisto nenhuma das montarias nem os guardas de Midas, mas os números assombrosos desse exército dificultam enxergar qualquer outra coisa.

Apesar de estar cansada e dolorida, obrigo-me a resistir mais um pouco, a tirar proveito desse tempo sozinha enquanto o tenho, porque talvez não encontre essa oportunidade de novo.

Quando estávamos no navio pirata, um falcão mensageiro foi enviado ao Capitão Fane para alertá-lo quanto à chegada iminente do Comandante Degola. E isso significa que o comandante tem no mínimo um falcão, se não tiver mais. Preciso encontrá-los.

Contorno barracas e grupos de soldados que se alimentam em torno de suas fogueiras, e sigo quieta, de cabeça baixa, porém com o olhar atento, procurando e observando, arrastando as fitas na neve atrás de mim, deixando rastros sutis por onde passo.

O cheiro de comida faz meu estômago revoltado ter um ataque de birra, entretanto, não posso sucumbir à fome ou ao corpo exausto. *Ainda não.*

Não creio que falcões mensageiros sejam mantidos em uma barraca, por isso as ignoro. Se tivesse de dar um palpite, diria que os animais são transportados em carroças cobertas, por isso é o que procuro, apesar de tentar dar a impressão de que estou apenas andando sem rumo. Não é difícil, considerando que estou sem rumo, sem saber para onde ir.

Os ruídos do exército me cercam. Soldados falando, fogueiras crepitando, cavalos relinchando. Cada risada abafada ou estalo da lenha úmida me sobressalta, todo o meu corpo antecipa o momento em que alguém vai me capturar.

Soldados me espiam quando passo. Meu corpo continua tenso; contudo, apesar dos olhares desconfiados que me seguem, ninguém se aproxima de mim. É desconcertante, inesperado, e não sei o que pensar a respeito.

Qual é o jogo do Comandante Degola?

Enfim, quando minhas botas estão ensopadas por eu ter circulado na neve molhada e estou tremendo de frio, avisto várias carroças de madeira cobertas com pedaços de couro do outro lado da trilha, na extremidade do acampamento.

Meu estômago dá um pulo, e experimento uma sensação de urgência, mas não me atrevo a seguir diretamente até lá. Não ouso correr.

Em vez disso, dou uma volta, obrigo meus passos trêmulos a manterem o ritmo, o rosto a conservar a expressão tímida, os olhos a se mostrarem desinteressados.

Depois de tomar todas as precauções possíveis, dirijo-me às carroças, escondida nas sombras da completa escuridão da noite.

Há uma fogueira a menos de dez metros, mas apenas quatro homens em torno dela, e conversam compenetrados sobre algum assunto, trocando palavras que não consigo ouvir.

Percorro com cuidado a fileira de carroças, espiando embaixo das coberturas de couro à medida que avanço, tentando ser rápida, porque não quero ser surpreendida.

As primeiras quatro carroças não são cobertas, estão vazias e têm cheiro de couro; provavelmente foram usadas para transportar as barracas. As seguintes são ocupadas por fardos de feno e barris de aveia para os cavalos, e depois delas passo por carroças e mais carroças com provisões para os soldados. Estou perdendo a esperança.

Quando chego à ultima carroça da fila, identifico o formato quadrado de algum tipo de engradado. *Compartimentos para animais?*

Escondo-me atrás dela, rezando para o grande Divino para ter encontrado o que busco. Respiro fundo e olho em volta antes de levantar uma ponta da cobertura e espiar dentro do veículo, e, quando o faço, toda a minha esperança cai por terra, junto às minhas botas encharcadas. Não são engradados. É só um caixote enorme cheio de peles dobradas.

Contemplo-o, derrotada, todavia me obrigo a controlar as emoções. Sei que estou exausta e emocionalmente bombardeada, mas esse fracasso faz meus ombros se curvarem e meus olhos arderem com lágrimas de pânico.

Onde diabos estão? Se eu não puder avisar Midas...

— Está perdida?

Dou um pulo e espio por cima do ombro na direção da voz, solto a lona e me viro. Olho para cima, para cima e para *cima*, porque o homem que me encara é tão grande quanto um urso.

Eu o reconheço no mesmo instante, só com base na silhueta gigantesca. No navio pirata, Degola era acompanhado por dois de seus soldados, e, embora usassem capacetes na ocasião, sei que esse homem enorme é um deles, que foi ele quem tirou Rissa e eu do navio.

Agora, sem a armadura e o capacete, observo seu rosto redondo, o lábio inferior furado e atravessado por um pedaço de madeira curto e em espiral que remete à árvore retorcida do brasão do Quarto Reino. Em seus bíceps grossos, há tiras de couro marrom enroladas, e couro preto cobre o restante do corpo.

De algum jeito, o homem parece ainda maior do que antes — ao menos três cabeças mais alto do que eu, com pernas grossas como troncos de árvores e punhos do tamanho do meu rosto.

Que bom. Eu tinha que ser pega em flagrante por esse desgraçado gigante?

Honestamente, não sei o que fiz para deixar as deusas tão furiosas.

Levanto o queixo para o homenzarrão de cabelos castanhos, feliz por ter ido à latrina antes, porque ele é assustador o suficiente para fazer alguém molhar a calça congelada.

Pigarreio.

— Não.

Ele levanta uma das sobrancelhas grossas, seus olhos castanhos se enchem de suspeita, seu cabelo comprido cai sem volume em torno do rosto e está achatado no alto da cabeça pelo uso contínuo do capacete.

— Não? Então o que está fazendo aqui, tão longe da sua barraca?

Ele sabe onde fica minha barraca? Que perturbador...

Viro e puxo uma pele da carroça atrás de mim, jogando-a sobre os ombros.

— Estava com frio.

Ele me encara de um jeito que revela não acreditar em uma palavra sequer que sai da minha boca.

— Com frio? Nesse caso, talvez o bichinho dourado de Midas deva ir para sua barraca.

Ajeito melhor a pele sobre os ombros. Já conheci homens como este, são todos opressores. A pior coisa a fazer é deixar que me intimide, pois assim me tornaria um alvo ainda mais fácil.

Ergo o queixo.

— Não posso caminhar por aí? Vou ser forçada a ficar na barraca contra a minha vontade? — Lanço o desafio porque é isso que espero dele, e pretendo me adiantar à situação.

As linhas de contrariedade em seu rosto se aprofundam, e meu coração bate no peito como se quisesse sair de lá e se esconder. Não o condeno por isso. Se quisesse, o homem poderia partir meu pescoço ao meio com as mãos.

Em vez disso, ele cruza os braços e me encara com ar intimidante.

— Dizem que é exatamente assim que você gosta, *bichinho*.

A raiva explode dentro de mim. É a segunda vez hoje à noite que sou fitada com desdém, julgada pela gaiola onde vivo.

— Melhor estar segura com o Rei de Ouro do que servir no exército do seu monarca da podridão, que não passa de um flagelo para a terra — disparo.

Ante minhas palavras, ele fica sobrenaturalmente quieto.

Sei que cometi um erro. Que ultrapassei um limite. Permiti que ele me tirasse do sério e me deixei levar pela raiva e pelo medo, em vez de ser a rocha inabalável que preciso ser.

Passei da resistência a um opressor ao retribuir a opressão. Considerando o tamanho dele, não foi uma atitude muito inteligente.

Eu não estava prestando atenção ao burburinho de vozes no acampamento, porém noto quando os soldados ficam em silêncio. Há uma nota de empolgação no ar, como se mal pudessem esperar para ver o que ele vai fazer comigo.

Meu coração galopa com a necessidade de fugir, preso no tamborilar da minha pulsação.

Com hostilidade mortal, o homem se inclina até seu rosto ficar a poucos centímetros do meu. Olhos furiosos me encaram, brilhantes, queimando qualquer esperança que eu tenha de encontrar ar para respirar.

A voz dele é baixa, como o grunhido de alerta de um lobo, e faz meu sangue gelar:

— Insulte meu rei outra vez, e não vou querer saber de que cor é a porra da sua pele, vou arrancá-la de cima dos seus ossos com um chicote até ouvir você soluçar um pedido de desculpas.

Engulo em seco.

Ele está falando sério. Não resta a menor dúvida sobre isso, porque percebo em seu rosto. Ele vai me jogar na neve aqui mesmo e fazer da dor minha única realidade.

O homem assente sem desviar o olhar.

— Muito bem. Vejo que agora está levando as coisas mais a sério. — Ele continua muito perto de mim, ainda me rouba espaço e ar, uma bolha invisível explodindo com sua presença invasiva. — Você não está mais com aquele imbecil dourado que é o Midas. Agora está aqui, com a gente; no seu lugar, eu seria respeitoso e faria de mim mesmo alguém *muito* útil.

Arregalo os olhos ao pensar nas coisas sombrias que suas palavras sugerem, mas ele interrompe meu fluxo de pensamentos.

— Não desse jeito. Ninguém aqui tem interesse nas sobras do prato de ouro de Midas — rosna, e de imediato suspiro aliviada. Mas não devia. — Quer facilitar sua vida? Então, seja o pássaro engaiolado que é e cante.

A compreensão me invade como um sol amargurado.

— Acha que vou dar informações? Pensa que vou trair meu rei?

— Se for esperta...

Marretas de ódio me castigam por dentro com um ritmo feroz. O gigante vê alguma coisa em meus olhos que o faz recuar, endireitar o corpo com um suspiro.

— Hum. Talvez, não. Que pena.

Cerro os punhos.

— Eu *nunca* vou trair o Rei Midas.

Um sorriso maldoso distende seus lábios.

— Vamos ver.

A marreta cadenciada perde uma batida, retoma o ritmo, castiga minhas entranhas. Não sei se me sinto mais ofendida por ele me achar tão fraca, ou se tenho medo por de fato descobrir que sou assim.

— Onde estão as outras montarias? — pergunto de repente, querendo tomar as rédeas da conversa e conduzi-la de maneira favorável a mim. — E os outros guardas?

Ele não responde, exalando arrogância como vapor.

Insisto.

— Se algum de vocês os machucar...

O homem eleva a mão para me interromper, e noto a cicatriz que corta a palma de um lado ao outro.

— Vai com calma — ele alerta. — Os soldados do Quarto não reagem bem a ameaças.

Olho para a esquerda. Sentados no acampamento, ainda assistindo a tudo em silêncio, os outros soldados que escutam a conversa olham diretamente para mim, braços apoiados sobre os joelhos, estalando os dedos, encarando-me. O ódio brilha no rosto deles, junto à luz alaranjada das chamas.

O que eu pretendia dizer em favor dos meus companheiros de viagem morre diante da ameaça direta. Talvez o jogo seja esse. O Comandante

Degola me permitiu andar por ali sozinha para que seus soldados me punissem a seu bel-prazer.

O homem na minha frente produz um ruído que sugere diversão, e desvio o olhar dos outros.

— Agora vá. Sua barraca fica lá atrás, por ali. Imagino que o bichinho de Midas seja capaz de encontrar sua gaiola, não?

Eu o fito, ressentida, à medida que o homem me dá as costas e se afasta a fim de se juntar aos outros no acampamento.

Segurando a pele contra o peito, eu me viro e sinto os olhares em minhas costas como a lâmina de uma espada acariciando a coluna. Ando o mais depressa possível sem correr, ouvindo as risadas de deboche que fazem meu rosto arder.

Sigo as pegadas deixadas na neve, na tentativa de evitar que as botas mergulhem nos trechos mais profundos, e escolho o caminho mais direto para onde estão minha tenda e a carruagem — o que ele chamou de minha *gaiola*.

Pode ser minha imaginação, mas cada soldado no caminho me observa com uma expressão que parece mais pesada, mais maligna. Sem pronunciarem uma única palavra, eles fazem uma declaração evidente apenas com a energia que exalam, e me colocam em meu lugar.

Sou a inimiga, alguém a quem pretendem destruir. Posso não ter um guarda em meu encalço, mas eles me vigiam. Estão prontos para me atacar. Mas nenhum deles o faz.

Ignoro todos, não olho para nenhum, não hesito quando as conversas cessam imediatamente para esperar minha passagem. Sigo mirando para a frente, embora todo o meu corpo trema, minha pele esteja esticada e o coração disparado.

Não me interessa o que pensam, não vou trair Midas. Não vou.

A cada passo meu com as botas frias e molhadas, eu me amaldiçoo em pensamento. Não descobri onde os falcões mensageiros são mantidos e fui suficientemente óbvia para fazer aquele soldado me abordar. Se quero sobreviver ao exército do Quarto Reino, tenho que ser melhor, mais inteligente, mais sutil.

E mais forte. Vou ter que ser forte nos dias que se aproximam.

A raiva determinada ocupa meu peito, me faz cerrar os punhos nos bolsos do casaco. Amanhã. Vou tentar de novo amanhã. E no dia seguinte. E no outro. E no dia depois desse.

Não vou desistir antes de procurar em cada centímetro deste maldito acampamento e encontrar um jeito de avisar Midas. E, acima de tudo, não vou permitir que eu seja destruída. Não vou lhes dar nada que possam usar contra meu rei.

O comandante pensa tão pouco de mim, que nem me mantém vigiada, então vou retribuir a gentileza multiplicada por dez. Usarei sua arrogância para me valer do elemento-surpresa, e tudo com um sorriso nos meus lábios dourados.

Eles pensam que vou me curvar, mas logo perceberão que não sou esse tipo de montaria.

5
AUREN

Em minha busca para achar a minha tenda, eu me perco. Em um certo ponto, faço uma curva errada e ando em círculos, passo pelos mesmos soldados duas vezes. Eles riem, trocam olhares eloquentes, mas nenhum se oferece para apontar a direção certa, e me recuso a pedir ajuda. Eles não me ajudariam nem se eu pedisse.

Quando avisto a carruagem preta em que viajei o dia todo, suspiro aliviada, batendo os dentes e sentindo o rosto gelado, apesar do capuz sobre a cabeça.

A caminho da carruagem, noto que a barraca que o Capitão Degola delegou para mim fica bem afastada da maior parte do acampamento. Não está aglomerada com as outras, mas perto do limite da área.

Paro diante dela, analiso ao redor. A tenda mais próxima à minha fica a vários metros de distância. Deveria ser uma boa coisa, vou ter mais privacidade, contudo sinto medo.

Só pode haver um motivo para minha barraca ser tão afastada. A localização oferece mais chances para alguém entrar e me atacar sem ninguém ouvir ou ver nada. É mais fácil para todo mundo fingir que não viu e que não sabe de coisa alguma.

Com um nó na garganta, dou um passo adiante e avalio o chão, intrigada. Alguém abriu caminho até a entrada da tenda, evitando que minhas botas afundem na neve espessa.

Olho ao redor de novo, mas não há ninguém me observando. A fogueira mais próxima ainda é bem distante, e os soldados em torno dela não olham em minha direção.

Por que alguém abriria caminho para facilitar o acesso de uma prisioneira à sua cadeia? Espio em volta e percebo que as outras barracas não receberam o mesmo tratamento, e que a neve espessa diante delas é marcada apenas por passos pesados.

Incapaz de superar a inquietação, dirijo-me à tenda e me abaixo sob as abas de couro negro. Lá dentro, sou recebida imediatamente por uma luminosidade suave e um calor que fazem meu corpo sucumbir ao alívio.

Tiro as botas na entrada, removo de mim toda a neve possível antes de estudar o ambiente.

A lamparina repousa ao meu lado, em cima de um balde virado de cabeça para baixo, porém o calor delicioso e boa parte da luz vêm de uma pilha de carvão incandescente cuidadosamente arranjada no centro do espaço. Cercadas por pedras escurecidas, as brasas projetam calor suficiente para me fazer choramingar.

Tem uma pilha de peles pretas em um canto e um pallet improvisando uma cama no outro. Tal qual o comandante prometeu, há uma bandeja de madeira com meu jantar à espera, e até uma jarra de água ao lado de uma bacia, uma pequena barra de sabão e um pano para me limpar.

Verifico as abas na entrada da barraca, mas não há como fechá-las com segurança. Honestamente, o que as tiras de couro poderiam fazer, de qualquer maneira? Se alguém quiser entrar aqui, vai entrar.

Mordo o lábio e considero as opções, mas não posso ficar aqui parada com medo de me mexer. Removo a pele de cima dos ombros e a deposito no chão, apesar de já haver muitas delas isolando a neve. Eu me sento sobre ela e cruzo as pernas, acomodando a bandeja no colo.

Tem um pedaço de pão e um de carne salgada, além de uma tigela com algum tipo de caldo. É só uma modesta ração de soldado, mas minha boca se enche d'água e o estômago ronca como se fosse a refeição mais deliciosa com que já me deparei.

Devoro tudo de imediato, comendo cada pedaço e bebendo o caldo morno sem parar para respirar. A comida chega ao meu estômago vazio e sacia a fome voraz, e me sinto instantaneamente melhor.

Ao terminar, lambo os dedos e os lábios, querendo que houvesse mais, porém consciente de que foi sorte ter esse pouco. Tudo nesse regimento vai ser racionado durante a marcha, e duvido que eles reajam bem a uma prisioneira pedindo mais comida.

Bebo do cantil de água gelada, sem dúvida resultado de neve derretida. Não importa se é fria o suficiente para fazer meus dentes doerem, ela aplaca a sede desesperadora em um instante.

Agora que estou alimentada e hidratada, as peles tentadoras me chamam, mas sei que devo me lavar antes. Talvez seja só minha cabeça, mas juro que ainda consigo sentir o cheiro do Capitão Fane, e quero esfregar minha pele até senti-la limpa, como se pudesse lavar a lembrança das mãos dele em mim, do meu tempo com ele no navio.

Provavelmente, usar o casaco que roubei do quarto dele torna o odor e as lembranças mais fortes, mas não posso abandoná-lo. Não tenho mais nada para vestir, e dei meu outro casaco à Polly.

Com cuidado para não tirar do lugar as penas marrons, estendo o casaco no chão e tiro rapidamente o pesado vestido de lã. Despir-me sem a ajuda das fitas me faz sentir que perdi um membro... ou vinte e quatro.

Deixo o vestido cair em torno dos pés, depois levanto as pernas e tiro as meias grossas. Vestida apenas com a camisa dourada, sinto um arrepio apesar do calor gerado pelas brasas ardentes. Preciso ser ágil, porque não acredito em minha privacidade nem por um segundo. Termino de me despir com as mãos trêmulas de frio e de nervoso.

Nua, sou capaz de enxergar meus ferimentos pela primeira vez. Como imaginava, existe um amplo hematoma na região das costelas, onde o Capitão Fane me chutou.

Passo os dedos sobre a área manchada, e até esse toque suave provoca um gemido de dor. É pior do que eu imaginava, todo o meu lado esquerdo exibe manchas pretas e roxas, como se alguém houvesse esfregado fuligem para apagar o brilho da minha pele.

Abaixo a mão, caminho até a jarra e despejo a água na bacia rasa. Mergulho o pano na água, preparada para me lavar com gelo derretido, no entanto me surpreendo ao descobrir que as brasas deixaram a água quase morna.

Todas essas peles, a tenda privada, as brasas ardentes, porções de comida, água que não está congelada, a ausência de guardas me seguindo, nenhuma corrente me prendendo... Parece um suborno, algum tipo de truque planejado pelo comandante.

Esse homem não faz nada que não seja calculado. Talvez queira me dar uma falsa sensação de segurança, induzir-me a relaxar, me amolecer, mas não vou cair nessa. Vou tirar proveito da situação, isso sim.

Com uma careta, umedeço a pele com rapidez, esfrego água com sabão no corpo todo e enxáguo cada centímetro de mim, inclusive as fitas.

Esfrego o pano no braço, mas paro ao ver no tecido uma mancha vermelha. Sei que é sangue, e sei que é de Sail.

Não sei por que fico chocada. Apesar de ter me lavado no navio, é de esperar que ainda houvesse rastros de sangue em mim. Eu o peguei quando estava à beira da morte, segurei-o até seu último suspiro.

Deparar-me com a mancha faz meus olhos lacrimejarem. É o último resquício dele. A única coisa que tenho. Pode parecer estranho, mas é a *vida* dele. E acabei de lavá-la, apagá-la por completo.

Um soluço estremece meu lábio, forçando-me a segurá-lo entre os dentes e o manter ali. Ele se foi. Nunca mais verei aquele sorriso e os olhos azuis, mas ouvirei para sempre seu último "está tudo bem".

É minha culpa.

Termino de me lavar envolta em uma névoa de tristeza, com a visão turva como se caminhasse em meio à bruma. Queria saber onde está Digby. Era mais fácil dormir sabendo que ele estava por perto, cuidando de mim.

Sinto-me muito sozinha.

Termino de lavar o corpo, mas nem tento lavar o cabelo. Cuidar das longas mechas douradas e de seus incontáveis nós sem a ajuda das fitas é uma tarefa grande demais em meu atual estado. Amanhã. Eu cuido dessa bagunça amanhã.

Quando me enxugo, estou arrepiada das panturrilhas até o peito, e me mantenho tão perto das brasas quanto é possível sem me queimar.

Abaixo a fim de pegar a camisa, e neste exato momento as abas da entrada da tenda se abrem.

Um sopro de ar frio invade o local, aumentando os arrepios que já percorrem meu corpo, mas congelo de um jeito inteiramente diferente, por uma razão totalmente distinta, quando o Comandante Degola entra.

6
AUREN

Eu não devia me assustar com sua súbita aparição, mas o medo trava minhas pernas e prende o ar em meu peito; por um segundo, não consigo me mover.

O comandante para logo depois de entrar, arregalando os olhos pretos ao se deparar com minha nudez.

A paralisia momentânea provocada pela surpresa é superada, pego a camisa e a seguro em frente ao corpo.

— O que quer? — pergunto, a voz estridente, mas eu sei. É claro que sei, porque é o que todos os homens querem, e por que deveria ser diferente, só por ele ser um feérico?

Os olhos do comandante buscam meu rosto, e a irritação provoca um tique que faz o músculo em sua mandíbula saltar. Sem se manifestar, ele se vira e sai, quase enroscando o espinho curvo entre as omoplatas na aba da tenda.

Fico ali parada e em choque, encarando boquiaberta o lugar em que ele esteve, tomada por um desfile de emoções que se sucedem como odores em um jardim. Estou envergonhada, estupefata, furiosa e vulnerável. Muito vulnerável.

Por que ele saiu?

Com dedos trêmulos, entro em ação rapidamente e visto a camisa pela cabeça. Ele foi embora, mas pode voltar.

Ouço passos do lado de fora, e resmungo um palavrão enquanto agarro a pele no chão e a seguro contra o peito. Mesmo com a camisa, ainda me sinto nua, e o terror me domina enquanto analiso em volta à procura de uma arma.

— Vou entrar.

Estranho a voz, sei que não é do comandante. É muito aguda, muito... amigável.

Um homem que não conheço entra e levanta a cabeça imediatamente depois de passar pelas abas e deixar que se fechem. A primeira coisa que noto é quanto ele é magro.

A segunda é que o lado esquerdo de seu rosto é deformado, como se tivesse sofrido queimaduras anos atrás e ficado com vincos e marcas na pele. Ele não tem sobrancelha desse lado, a pálpebra é caída e o canto da boca não se abre corretamente.

Deve ter quarenta e poucos anos, o cabelo é castanho e fino, a pele é morena, e, no lugar dos couros que todos os soldados usam, ele veste um casaco preto e grosso que cobre até os joelhos, fechado por um cinto.

— Meu nome é Hojat — ele se apresenta, com um forte sotaque sul-oreano que não ouço há anos. — Estou aqui para vê-la.

Encaro, intrigada, esse homem que me observa. O comandante me vê nua, e agora manda seus homens darem uma espiada também?

Meu rosto endurece, os dedos apertam a pele, a garganta se prepara para o grito.

— Saia.

Hojat estranha, recua um passo ante a dureza do meu tom.

— Como? O comandante me liberou para vir dar uma olhada em você.

A fúria e o pavor enrijecem meu corpo.

— Ah, é? Mas eu não libero você para me olhar, apesar do que disse o comandante. Portanto, pode sair. Agora.

Hojat pisca, confuso.

— Mas eu... Não. Milady, sou um *reparador*.

Foi minha vez de reagir, confusa. Olho para ele de novo, e percebo pela primeira vez que o homem carrega uma bolsa e tem faixas vermelhas costuradas nas duas mangas, em volta dos bíceps. A habitual identificação de um curador do exército oreano.

— Ah — respondo, e a raiva desaparece no mesmo instante. — Desculpe. Pensei... Deixa para lá. Por que o comandante mandou você aqui?

Ele acena com a cabeça para o meu lábio cortado e o rosto que, imagino, deve ter hematomas bem feios.

— Acho que posso ver por quê, milady.

Estou surpresa com o tratamento formal. Imaginava que um curador do exército fosse grosseiro, especialmente se levar em consideração o exército a que serve.

— Estou bem. Vai passar.

O curador não se deixa convencer por meu tom despreocupado.

— Mesmo assim, ainda preciso examiná-la.

— Vamos ver se adivinho. Porque o comandante mandou.

Um lado da boca dele se levanta em um sorriso, o lado das cicatrizes permanece imóvel.

— Aprende rápido, milady.

— São só dores e desconfortos, e pode me chamar de Auren.

Ele assente e apoia a bolsa no chão.

— Vamos dar uma olhada mesmo assim, Lady Auren.

Bufo com uma mistura de humor provocado pelo título que ele insiste em usar e irritação.

— Para ser honesta, já estive pior.

— Não é algo que um reparador goste de ouvir, acho. — Hojat se aproxima com um olhar atento. Felizmente é um olhar clínico, nada lascivo ou intimidador. — Como isso aconteceu? — pergunta, apontando para o meu rosto.

Desvio o olhar.

— Fui agredida.

— Hum. Sente alguma dor quando fala ou mastiga?

— Não.

— Que bom. — Os olhos castanhos descem até o lábio inchado, cujo corte já começa a formar uma casquinha. — E aqui, algum dente doendo ou mole?

— Felizmente, não.

— Bom, bom, bom. Tem outros ferimentos?

Movo os pés.

— Caí em cima de uma pedra. Acho que posso ter machucado o ombro, mas não enxergo, não tenho certeza.

Ele resmunga alguma coisa e se aproxima, mas hesito.

— Hum, só olhe. Não toque.

O curador faz uma pausa, mas concorda com um aceno de cabeça e permanece no lugar. Fitando-o, afasto a gola da camisa a fim de expor a parte de trás do ombro. Hojat se inclina para observar de perto, mas não tenta me tocar, felizmente.

— Sim, tem um pequeno ferimento aqui. Vou pegar um remédio.

Ele vai até a bolsa, a qual abre e estuda com atenção, pegando algum tipo de remédio. Fico parada assistindo a tudo, enquanto ele vira o frasco de vidro sobre a borda de um paninho, pega outro frasco e se aproxima de mim de novo.

Hojat estende a mão em busca de pôr a compressa sobre minha pele, no entanto me esquivo por instinto. Ele para e arregala os olhos.

— Perdão, milady. Esqueci.

Pigarreio.

— Tudo bem. Eu faço isso.

O curador entrega o paninho encharcado, que eu pego e pressiono sobre o ferimento. O ardor é instantâneo, e Hojat inclina a cabeça ao ouvir meu gemido.

— Dói um pouco, mas limpa.

— Obrigada pelo aviso — respondo, com tom seco.

Termino a limpeza e devolvo a compressa a Hojat.

— Deixe secar um pouco antes de cobrir de novo — ele me instrui.

— Certo.

Hojat se vira para ir guardar o pano, mas pisa em minhas fitas sem querer. Sufoco um gritinho quando ele as estica, esmagando as fitas doloridas sob os sapatos.

Ao notar minha careta de dor, ele pula para trás de imediato.

— Ah, desculpe-me, milady, eu... — Ao olhar para baixo, vê em que pisou e fica sem ação. — O que... o que é isso?

Recolho as fitas e as empurro para trás de mim.

— São só para amarrar minha camisa.

Sua expressão me sugere que ele não acredita nisso, e não deveria mesmo, porque são grossas e compridas demais.

A mudança na direção de seu olhar me deixa tensa, porque é evidente que ele percebe que as fitas estão presas embaixo da camisa, não nela. Uso a pele para envolver o corpo e cobrir as costas, mas sei que é tarde demais.

— É só isso? — pergunto, torcendo para conseguir mandá-lo embora.

Hojat tosse baixinho e desvia o olhar.

— Ah, não. O comandante mencionou um ferimento em suas costelas.

Balanço a cabeça.

— Tudo bem, elas...

— Lamento, mas tenho de insistir. São ordens do comandante.

Ranjo os dentes.

— E eu lamento, mas também tenho de insistir. Já disse que está tudo bem, e o corpo é meu.

Para ele examinar minhas costelas, eu teria de levantar a camisa muito além do que é confortável, ou tirá-la, e estaria ainda mais vulnerável do que estou agora. Ele poderia ver meu corpo e minhas fitas, e isso é algo que não pretendo permitir, nem mesmo a um curador.

Ser surpreendida pelo comandante foi o bastante.

O rosto de Hojat se suaviza.

— Não tem motivo para ter medo de mim, Lady Auren. Dispa-se, deite-se no pallet, e eu serei rápido...

Meu peito fica apertado.

— Não.

Deita logo no pallet, menina. Vai ser rápido.

A voz que salta da memória é ríspida, seca. Eu me lembro dela com perfeita clareza, e ela me faz suar frio. Posso quase sentir o cheiro de um campo de trigo molhado, adubado com esterco. Meu estômago revira.

Hoje me deixei dominar pela nostalgia por tempo demais, deixei muitas feridas abertas. Minha mente está vulnerável, deixando escapar recordações que enterrei há muito tempo.

Com uma inspiração profunda e trêmula, afasto a lembrança com toda a minha força.

— Eu gostaria de descansar agora, Hojat.

O curador parece querer insistir um pouco mais, porém se limita a balançar a cabeça com um suspiro resignado.

O comandante vai puni-lo? Vai me punir?

Meus ombros tensos relaxam um pouco quando ele me dá as costas. Eu o vejo mexer na bolsa de novo, depois se ajoelhar na entrada da tenda, pegando um punhado de neve do lado de fora e guardando em um pedaço de pano, cujas pontas amarra.

Estou me preparando para perguntar o que está fazendo, quando ele se aproxima de mim com a trouxinha e outro frasco, que me oferece.

— Compressa gelada e Raizrux. Ajuda com a dor e o sono.

Aceito os dois e assinto. Removo a rolha do frasquinho e despejo o conteúdo na minha boca. Assim que o líquido toca a minha língua, tusso, quase vomito, fico com os olhos cheios de lágrimas por causa do calor e do gosto amargo, horrível. Mal consigo engolir aquela coisa.

— Grande Divino, o que é isso? — pergunto, meio sufocada. — Tomei Raizrux muitas vezes, e nunca teve esse gosto.

Hojat pega o frasco de volta e faz uma cara inocente.

— Desculpe, milady, esqueci de avisar, todos os meus remédios são feitos com base de henade.

Arregalo os olhos, incrédula, sentindo a garganta se contrair como se ainda tentasse se livrar do ardor.

— Você mistura suas infusões medicinais com o álcool mais forte de toda a Orea? — pergunto.

Ele dá de ombros.

— O que esperava? Sou reparador de um exército. Trato soldados furiosos que acabaram de sair da batalha. Nesses casos, quanto mais álcool, melhor. Ajuda a amortecer a dor até das feridas mais brutais, e melhora o mau humor — Hojat conclui, com uma piscada do olho bom.

Limpo a boca na pele pendurada em meu ombro.

— Eca. Prefiro vinho.

Ele ri e aponta para a trouxinha de gelo em minha outra mão.

— Mantenha o rosto e o lábio gelados esta noite. Vai diminuir o inchaço.

— Obrigada — respondo, com um aceno de cabeça.

— Descanse, milady. — Hojat pega a bolsa e sai, e fico novamente sozinha.

Enquanto espero o líquido em meu ombro secar completamente, limpo a bandeja de comida, depois aproveito o tempo para dar uma olhada no vestido e remover o máximo de sangue possível, antes de pendurá-lo em uma das estacas da tenda para que seque.

Bebo os últimos goles da minha água na tentativa de amenizar o gosto horrendo do remédio, mas não faz muita diferença. Espero que o henade seja o único ingrediente extra na mistura.

Provavelmente, não devia ter confiado em Hojat com tamanha facilidade, porém fiquei tão aliviada com a oferta de algum supressor da dor, que nem pensei em nada. O curador não parece o tipo de pessoa que me envenenaria, mas eu não devia confiar em ninguém no exército do Quarto.

Sentindo-me prestes a desabar, dobro algumas peles em cima do pallet e praticamente caio na cama improvisada, arranjando minhas fitas com todo o cuidado para que não se enrosquem em minhas pernas durante a noite.

Cubro-me da bochecha até os dedos dos pés com peles pesadas, e enrolo mais uma para pôr embaixo da cabeça. Depois que me acomodo, pego a compressa gelada e a seguro sobre o rosto.

Meu corpo se aquece depressa embaixo das camadas grossas, e eu suspiro sentindo o início do efeito do Raizrux.

Todavia, quando estou quase fechando os olhos, as abas da entrada da tenda voltam a se abrir, deixando entrar neve fresca. Vejo o comandante entrar e fechar a passagem.

Tenho a sensação de que, desta vez, ele não vai sair.

7
AUREN

Todo o meu corpo enrijece. Eu devia saber que não estava livre. Talvez ele tenha mandado o curador para me deixar em condições de aguentar o que vai fazer comigo.

A bile sobe até minha garganta, queima o fundo da língua, meu corpo todo trava.

— O que está fazendo? — pergunto, a voz recoberta de medo ácido.

Mas o comandante não responde. Em vez disso, ele se dirige ao outro lado da barraca, onde há uma pilha extra de peles.

Prendo a respiração, meus dedos apertam as cobertas, agarram-se a elas como se agarrassem a própria vida, enquanto ele se abaixa e começa a desamarrar as botas. Tenho dificuldade para respirar quando o vejo tirar uma delas, depois a outra. As botas caem no chão com um baque surdo que combina com o pulsar pesado em meu peito.

Não consigo deixar de pensar em como ele entrou quando eu terminava de me limpar, quais partes de meu corpo provavelmente viu.

Os dedos dele tocam a placa de proteção no peito, e o metal preto é removido com puxões firmes nas correias afiveladas em ambos os lados do corpo. Ele o deixa de lado, depois se põe a afrouxar as tiras de couro marrom que atravessam o peito para tirar o colete de couro preto. Estou começando a tentar entender como ele vai tirar aquilo, quando os espinhos ao longo dos braços e da coluna se retraem. Lentamente, submergem na pele, desaparecem um a um, e, assim que somem, ele tira o colete e o pendura na estaca da barraca.

Era de esperar que, vestido apenas com uma túnica de mangas longas e calça, ele fosse menos intimidador, mas não. Os buracos nas mangas me fazem pensar no que se esconde sob a superfície.

Todo o meu corpo começa a tremer quando ele tira a bainha da túnica de dentro da calça.

Mordo o lábio com tanta força, que quase abro o corte ainda mais. *Não. Isso não pode acontecer. Não, não, não.*

Sou muito idiota. Por que baixei a guarda? Por que pensei que isso não aconteceria?

Talvez o remédio que Hojat me deu tivesse mais algum ingrediente para me nocautear. É provável que nem fosse Raizrux. Por que o curador do exército do Quarto se incomodaria com minha dor, afinal? Sou mantida aqui somente para servir de isca, refém, uma ameaça contra Midas.

Estou mais fraca do que nunca. Depois da noite e do dia que enfrentei, estou ferida, exausta, agora drogada e sozinha à mercê do comandante militar mais temido do mundo.

A raiva contorce meu estômago com uma intensidade dolorosa. Estou furiosa com o comandante por ser uma pessoa tão má. Estou furiosa com Hojat por ter me enganado, induzido em mim uma sensação de calma. Furiosa com os Invasores Rubros por terem me atacado e capturado.

Mas, mais do que tudo, estou furiosa comigo por sempre me encontrar em situações como esta.

Quando o Comandante Degola caminha em minha direção, ergo o corpo de repente e me arrasto no pallet para o mais longe possível, sem passar através do material da tenda atrás de mim.

— Fique onde está! Não chegue mais perto!

Degola para, a sugestão de escamas em seu rosto brilha à luz fraca. Ao ver minha postura e minha expressão, as feições dele endurecem.

Um grito se forma no fundo de minha garganta, pronto para se soltar, embora eu duvide que me sirva de alguma coisa. Mas não vou ficar em silêncio.

O comandante se move outra vez, e meu grito está pronto para rasgar o ar... mas ele não se aproxima de mim.

Em vez disso, pega uma tampa de metal que não notei antes e a coloca sobre as brasas.

Sem me atrever a respirar, eu o vejo ir buscar as botas e a armadura e organizar tudo ao lado das pedras. Em seguida é a vez da lamparina, cuja chama ele diminui até se extinguir, envolvendo-nos em uma escuridão quase completa. A única luminosidade vem das frestas na tampa de metal, das brasas ainda ardentes embaixo dela.

Meu corpo tenso se prepara para saltar, os dentes travados, apertados uns contra os outros com tanta força que a mandíbula dói, mas ele não se aproxima de mim.

Tento enxergar no escuro enquanto todo o meu corpo treme, no entanto, em vez de vir em minha direção, ele vai para o canto da tenda, onde está a outra pilha de peles.

Quando ele a levanta e se deita embaixo dela, percebo que não é só mais uma pilha de peles, mas outro pallet.

Minha cabeça trava.

O quê? *O quê?*

Eu estremeço, o coração batendo forte no peito como se eu fosse um peixe devolvido à água, tirado do anzol e devolvido à segurança.

Atordoada, observo a silhueta escura. Ele não vai me obrigar a nada. Não vai chegar perto de mim.

Ele só está... deitado no outro pallet. Um pallet, percebo, que é mais comprido para acomodá-lo por completo.

— Isso é uma armadilha? — percebo-me perguntando, com a voz trêmula. Ainda seguro a trouxinha de neve em uma das mãos, e a aperto tanto que as unhas quase rasgam o tecido. Eu a solto imediatamente no chão.

Ele não fala nada, só ajeita as peles sobre o corpo até ficar satisfeito, e percebo algo que devia ter notado antes.

Por que a barraca tem tantos confortos, por que é afastada das outras, por que há tantas peles, inclusive cobrindo o chão. Ninguém faria isso na tenda de uma porcaria de prisioneira. Mas fariam se a prisioneira fosse dividir o espaço com o comandante.

— Esta tenda é sua.

Ele está deitado de barriga para cima, o que me indica que os espinhos continuam recolhidos.

— É claro que é minha tenda — responde.

— Por quê? Por que me acomodou em sua barraca? — indago, ainda sentada, com os joelhos dobrados diante do corpo e encolhida embaixo das peles.

Olhos pretos me procuram através do espaço.

— Seria melhor dormir na neve?

— Eu não deveria estar com os outros prisioneiros? As outras montarias e os guardas?

— Prefiro ficar de olho em você.

— Por quê?

Ele não responde, e encaro sua silhueta do outro lado.

— Vai me manter aqui para que seus homens nojentos não abusem de mim no meio da noite, sem sua permissão?

Vejo que ele fica tenso. Vejo, porém sinto ainda mais. A irritação dele é palpável.

Sem pressa, o comandante se apoia sobre um cotovelo dobrado, olha para mim com uma raiva da qual não quero compartilhar.

— Tenho uma confiança implícita em meus soldados — declara. — Eles não tocariam em você. É em *você* que não confio. Por isso vai dormir aqui, na minha tenda. Sua lealdade ao Rei de Ouro é demonstração do seu caráter, e não vou permitir que meus soldados sejam vítimas de suas tramas.

O choque me deixa boquiaberta.

Ele me mantém aqui para que eu não faça nada contra eles? A ideia é tão absurda que é quase hilária. Porém, considerando como ele degradou meu caráter...

Eu não devia me importar, nem um pouco. Mas me importo. Esse homem, que mente a respeito do que é, que comanda um exército cruel, bárbaro, atreve-se a me olhar com desdém? Pelo amor ao Divino, ele é conhecido como Comandante Degola! Arranca a cabeça dos inimigos e os deixa sangrando no chão, enquanto seu rei deixa um rastro de cadáveres podres de soldados derrotados.

— Não quero ficar aqui com você — anuncio.

Ele se deita de novo, como se minha declaração não importasse.

— Prisioneiras não escolhem onde vão dormir. Agradeça por ter uma acomodação tão boa.

Isso me aborrece ainda mais, e tento desvendar o significado do comentário.

— E isso significa o quê? Onde estão as montarias? Os guardas?

Ele não responde. O filho da mãe apoia um braço sobre os olhos, como se estivesse pegando no sono.

— Fiz uma pergunta, comandante.

— E eu decidi que não vou responder — ele fala, sem mover o braço. — Agora fique quieta e descanse. Ou vai precisar de uma mordaça para controlar a necessidade de falar?

Fecho a boca e comprimo os lábios. Ele é horrível o suficiente para cumprir a ameaça, por isso, para não ser forçada a passar a noite amordaçada, eu me obrigo a ficar em silêncio.

Apesar do remédio tentando me derrubar, mantenho as costas voltadas para a parede da barraca e os olhos nele por mais de uma hora, só para o caso de tudo isso ser uma armadilha, de ele estar à espera para atacar quando eu estiver dormindo e ainda mais vulnerável.

Entretanto, quanto mais tento ficar acordada, mais meus olhos pesam.

Cada piscada é um sacrifício, como se as pálpebras tentassem se colar uma à outra, arranhando meus olhos quando as obrigo a se abrirem de novo e de novo.

Estou perdendo a batalha, o sono começa a me vencer com a ajuda do álcool e do supressor da dor. Por fim, sucumbo à exaustão que me domina e durmo, sonhando na tenda do inimigo.

8
AUREN

—Venha, Auren.

Olho para Midas, para sua mão estendida. Um gesto tão simples para muitos, mas para mim é muita coisa.

Demorou um tempo para aceitá-la. Todas as vezes que ele fazia isso antes, eu me retraía.

Mas ele tem sido muito paciente comigo, muito bondoso. Nunca conheci bondade antes, não desde que era pequena e ainda vivia segura na casa de meus pais.

Seguro sua mão antes de olhar, melancólica, para a fogueira a vários metros de distância, para o grupo de nômades reunidos em torno dela na grama, com o lago cintilando atrás deles.

Midas e eu normalmente estamos sozinhos na estrada, mas logo vamos atravessar o Segundo Reino, e sempre há mais viajantes perto das fronteiras. Os nômades viajaram no nosso ritmo durante alguns dias, e estou curiosa sobre eles.

— Não podemos compartilhar a fogueira deles? — pergunto quando Midas começa a me levar dali. A noite é morna com uma sugestão de brisa, e o céu escuro é salpicado de estrelas.

— Não, Preciosa.

A cada vez que ele me trata assim, ainda sinto frio na barriga. O fato de alguém me considerar preciosa, especialmente alguém bonito como ele, me enche de uma recém-descoberta felicidade.

Estou sempre pensando que essa felicidade vai ser tirada de mim, que ele vai embora, mas Midas me diz que nunca vou precisar me preocupar com isso.

Ele me leva à nossa pequena fogueira, e me aninho bem perto dele. Mantenho a coxa colada à dele porque preciso do contato. Agora que sou tocada de um jeito que não pretende causar dor, nunca é o bastante.

— Por que não? — questiono, curiosa. Midas é muito simpático e carismático. Fico surpresa por ele não dar sinais de sentir falta da companhia de outras pessoas.

Ele solta minha mão para poder pegar a carne que está assando, e tira o maior pedaço para mim. Sorrio ao pegá-la e mordo a carne macia com prazer.

— Porque é melhor ficarmos só nós — Midas explica, paciente, enquanto come, soltando a carne do osso. — Não se pode confiar nas pessoas, Auren.

Eu o contemplo, conjecturando se ele aprendeu essa lição do jeito mais duro, assim como eu. Mas nenhum de nós gosta de falar sobre o próprio passado, e fico satisfeita por ele não me fazer perguntas. Somos mais felizes no aqui e agora.

— Pensei que seria agradável ter outras companhias — admito, em voz baixa, lambendo dos dedos o caldo da carne depois de terminar o último pedaço. — Faz alguns meses que estamos viajando sozinhos. Achei que poderia estar cansado de mim — brinco, contudo há sempre uma sugestão de dúvida nisso, sempre uma nota de insegurança.

Ainda não entendo por que alguém como ele se importa com alguém como eu.

Midas me observa, e o brilho alaranjado da fogueira se mistura à luz de seus olhos, fazendo-os crepitar de calor. Ele estende a mão e afaga meu rosto com o polegar.

— Nunca vou me cansar de você, Auren. Você é perfeita.

Sinto o ar preso na garganta.

— Acha que sou perfeita?

Ele se inclina e me beija, e nem me incomodo com os lábios engordurados de comida ou com a fumaça empesteando meu cabelo. Ele acha que sou perfeita. Midas me salvou, e nunca vai se cansar de mim, e acha que sou perfeita o bastante para me beijar.

Não sabia que a felicidade podia ser assim.

Quando recua, seus olhos cheios de paixão acariciam meu rosto, e descubro adoração em sua expressão.

— Nunca pense que vou me cansar de você ou que não é preciosa para mim. Você é minha garota tocada de ouro, não é?

Assinto, acanhada, e passo a língua nos lábios para sentir a doçura de seu beijo. Isso ainda é novo, frágil. Meu coração está cheio o bastante para explodir, e sempre tenho medo de que exploda.

— Por que eu, Midas? — pergunto, em voz baixa, deixando a questão sair de mim e flutuar no ar.

Essa é uma dúvida que habita minha cabeça há semanas, meses, desde que ele me tirou da miséria solitária, do beco em que eu vivia escondida sem ter lugar para onde ir, sem ter ninguém para cuidar de mim.

Talvez eu tenha enfim deixado as palavras saírem porque ele soprou em mim parte de sua confiança inabalável. Ou eu me sinta atrevida sob o manto da noite.

Acho que determinadas dúvidas não suportam a luz. É mais fácil entregar palavras hesitantes e dar respostas temidas quando na escuridão. Pelo menos podemos nos esconder nas sombras, esconder-nos delas.

Espero a resposta, meus dedos apertam a grama, puxam as folhas para eu ter o que fazer com as mãos.

Midas toca meu queixo para me fazer fitá-lo.

— Como assim?

Dou de ombros, desconfortável.

— Podia ter escolhido qualquer uma no vilarejo depois de se livrar dos invasores. Havia muitas outras assustadas e chorando. — Encaro a gola de sua túnica, na qual as fitas se soltaram e deixam ver a pele bronzeada. — Por que eu? Por que entrou naquele beco e decidiu me levar com você?

Midas me puxa para o colo. Meu estômago dá um salto com o contato, uma reação automática entre o medo do toque de uma pessoa e a surpresa por gostar dele. Assim que a tensão inicial desaparece, eu me acomodo em seus braços, descanso a cabeça em seu peito.

— Seria você sempre — ele replica. — Assim que vi seu rosto, eu me perdi, Auren. — Ele pega minha mão e a põe em seu peito. Sinto o pulsar da vida sob meus dedos, como se entoasse uma canção só para mim. — Está ouvindo? Você tem meu coração, Preciosa. Sempre.

Um sorriso estica meus lábios, e escondo o rosto em seu pescoço, junto do ritmo de sua pulsação. Sinto-me tão leve e feliz que é surpreendente não estar flutuando e cintilando entre as estrelas.

Midas beija meu cabelo.

— Vamos para a cama — murmura, antes de tocar meu nariz. — Não podemos dormir até tarde.

Concordo com um movimento de cabeça, no entanto, em vez de me colocar no chão, ele me carrega para a tenda e entra. Midas me deita em nosso saco de dormir com toda a delicadeza, e adormeço nos braços dele, aconchegada em seu corpo.

Não sei exatamente o que me acorda.

Talvez tenha sido um som. Talvez a intuição.

Sento-me no escuro, noto que não há mais o brilho alaranjado atravessando as paredes da barraca, o que significa que o fogo apagou, provavelmente há horas.

Ao meu lado, Midas dorme e ronca baixinho com a boca entreaberta. Sorrio, porque os barulhinhos o tornam encantador por algum motivo, como um segredo que só eu sei sobre ele, uma vulnerabilidade inocente.

Olho em volta com a cabeça um pouco inclinada, ouvindo a noite silenciosa, na tentativa de entender o que pode ter me despertado de um sono tão profundo.

Mas não escuto nada. O amanhecer não deve estar muito distante, então decido sair da cama sem fazer barulho e vou me lavar antes de chegar a hora de partir.

Lá fora, passo pelo buraco incinerado e cheio de cinzas onde esteve nossa fogueira e alongo os braços acima da cabeça, mirando a paisagem enluarada. Tudo está quieto, nada fora do lugar, o cricrilar dos grilos ecoa perto do lago.

Caminho nessa direção, em busca de tirar proveito da água enquanto posso, sem ninguém. Meus pés descalços afundam na grama macia a cada passo rumo ao lago. A planície aberta é salpicada por árvores aqui e ali, e consigo vislumbrar as sombras das tendas dos nômades ao longe, um acampamento tão silencioso que consigo perceber que todos ainda dormem.

Chego ao lago e começo a me despir, mergulhando a ponta do pé na água para sentir a temperatura. Fria, mas não muito. Só vou dar um mergulho rápido para me lavar antes do nascer do sol.

Começo a soltar as fitas douradas da gola, quando uma mão cobre minha boca de repente.

Assustada, deixo escapar um grito abafado e inútil contra a palma da mão de alguém. O outro braço da pessoa me enlaça, envolve meu pescoço e me faz sufocar.

— Pegue as roupas dela — uma voz masculina ordena perto da minha orelha.

Meus olhos ficam grandes como pires quando minha túnica é puxada, e o tecido belisca a pele dolorosamente.

Em pânico, ouço meus sentidos congelados me dizerem que são três pessoas: duas mulheres e o homem que me segura.

Não, não são duas mulheres, percebo. Uma delas é só uma menina mais ou menos da minha idade. Eu a reconheço. É uma família do grupo dos nômades.

Resisto, tento chutar o homem, mas ele me segura com mais força e quase me impede de respirar.

— Fique quieta, vai ser melhor para você — ele murmura no meu ouvido.

A mulher que tenta tirar minha blusa olha para trás.

— A faca — sussurra para a filha.

A menina é a vigia, pelo jeito, mas se aproxima às pressas com um brilho metálico na mão, e passa o canivete para a mãe. Tento olhar para ela, suplicar com os olhos, porém ela nem olha em minha direção.

Tento empurrar o homem e afastar o braço do meu pescoço. Tento gritar por entre os dedos dele, morder, mas ele os enfia na minha boca e empurra a língua, quase me fazendo vomitar.

No instante seguinte, escuto um ruído veloz e sinto a dor na barriga. Grito quando a blusa é cortada e tirada do meu corpo, e a saia longa e a calça a seguem.

— Depressa! Dê a faca! — o homem cochicha.

Vou morrer. Ele vai cortar minha garganta, e só penso que... Midas estava certo. Não se pode confiar nas pessoas.

O homem segura meu cabelo, e para isso solta meu pescoço e tira a mão da minha boca, mas estou tão ocupada respirando que não tenho fôlego para gritar. A garganta dói tanto que não sei nem se consigo.

Meu pescoço é empurrado para o lado quando ele puxa meu cabelo com força, e depois ouço o som horrível quando ele começa a cortar minhas grossas mechas douradas.

Sou jogada no chão nua, com o couro cabeludo latejando e a garganta machucada.

Quando o cabelo restante é cortado, nada mais imobiliza meu corpo, e caio inútil no chão, como roupa suja. Não consigo me levantar, estou paralisada pelo choque, concentrada demais em respirar.

Se eles me dizem alguma coisa, não escuto. Tudo que ouço são os passos se afastando apressados, levando consigo as sombras ameaçadoras, e então fico sozinha, caída na beira do lago. Um pé está mergulhado na água fria até o tornozelo, e o restante de mim afunda na grama, mas não sinto nada disso.

Não sei quanto tempo fico ali caída, mas tenho muito medo de me mover. Tenho muito medo de me levantar e encontrar Midas. Muito medo de tudo.

Entretanto, Midas me encontra. Tal como antes, naquele beco, ele me encontra no chão, arrasada sob uma lua vigilante.

Ouço-o me chamar, ouço quando profere um palavrão. Em seguida, ele me pega nos braços, e minhas lágrimas transbordam quando me ergue.

Choro em sua túnica dourada, molho seu peito, aquele peito que continua a pulsar, que ainda canta para mim.

Sinto as pontas eriçadas e tortas do meu cabelo cortado raspando em minhas bochechas. Sinto o ardor na barriga, onde a lâmina cortou a pele. Mas, acima de tudo, sinto medo.

Midas cuida de mim e, embora eu saiba que estou horrível agora, e que ele deve estar zangado por eu ter saído sozinha da tenda, ele não diz nada. Só lava as manchas verdes de minha pele, limpa o corte em meu ventre e beija minhas faces molhadas.

O tempo todo, sua declaração anterior se torna meu mantra, faz meu coração endurecer e o medo se solidificar, me faz querer me esconder do mundo para sempre.

Não se pode confiar nas pessoas.

A única pessoa em quem posso confiar é ele.

Prometo a mim mesma neste momento que, dali em diante, é isso que vou fazer. Confiar nele sempre, em todas as coisas, porque ele sabe o que é melhor. Ele está sempre certo.

Estou cansada da feiura do mundo, e quero que ele me mantenha protegida disso.

De tudo isso.

9
AUREN

Acordo com o roçar de fios sedosos em meu rosto inchado. Abro os olhos e me deparo com minhas fitas se alongando, enrolando, movendo-se com lentidão à minha volta, como se testassem o limite da sensibilidade. Sorrio diante do brilho suave e dourado delas, notando de imediato como parecem melhores e como as sinto melhores. Posso movê-las sem sentir dor.

Sento-me com cuidado para me manter embaixo das peles, porque é pungente o frio pouco antes do amanhecer. As brasas esfriaram há muito tempo, viraram cinzas, e a tenda está escura. Noto a silhueta do corpo do comandante estendida sob as peles, ouço sua respiração estável e serena.

Não me surpreende que ainda esteja dormindo, já que o sol não nasceu. Mas vê-lo assim, adormecido, sem a demanda persistente de seu poder, sem a expressão dura... é diferente. Parece menos ameaçador.

Eu me pego estudando as linhas suaves de seu rosto. Tenho a curiosidade de saber qual é a sensação de tocar as escamas prateadas em suas bochechas. Quero saber se é doloroso ter os espinhos recolhidos sob a pele por tanto tempo, ou se ele nem sente.

Mas, acima de tudo, especulo qual tipo de poder ele carrega nas veias. Seja qual for sua capacidade, é vasta e implacável. Posso sentir.

Deve ser por causa desse poder que o Rei Ravinger o usa como uma marreta. Mas como o rei o encontrou? Como ele esconde a verdade do povo?

As pessoas vivem tão satisfeitas na ignorância, a ponto de acreditarem em todas as mentiras que escutam, apesar do que veem bem diante de seus olhos? Por outro lado, talvez não seja ignorância. Talvez seja só... medo. Não querem nem cogitar a alternativa. Isso as deixaria incomodadas, com dificuldade para dormir à noite.

Talvez a ignorância não seja um vício, mas um alívio. E buscar alívio na ignorância é algo que eu mesma fiz muitas vezes.

O Comandante Degola faz um ruído, um ronco baixo e retumbante, como um terremoto distante, placas em movimento que quase posso sentir sob pés inseguros.

Ele não me tocou na noite passada.

Mesmo em meu sono exausto, ele não tentou tirar proveito, nem se levantou de seu pallet. Não fui acorrentada, observada ou ferida. Ele não se preocupou nem com a chance de *eu* fazer alguma coisa contra ele enquanto dormia.

Ser sua prisioneira... não é o que eu esperava. É mais um jogo mental do que assédio físico. São questões diretas, em vez de ameaças vagas.

Não confio nisso, nem um pouco.

Uma das minhas fitas se enrola diante do rosto, movendo-se em uma ordem evidente para me colocar em movimento. Eu a afasto, brincalhona, saio com cuidado do meio das peles e fico em pé.

Meu corpo está dolorido, as costelas gritam assim que me ergo, todavia o ombro está melhor, pelo menos, sinal de que o remédio utilizado por Hojat ajudou. O tônico também teve um efeito óbvio, porque, embora ainda sinta dores, não é nada parecido com o que sentia ontem.

Fico imediatamente gelada fora das cobertas, com a pele arrepiada. Queria poder voltar para o calor do pallet, mas pego o vestido de onde o deixei pendurado e me visto.

Com a ajuda das fitas, visto-me depressa e em silêncio. É um alívio perceber quanto elas estão melhores depois de uma noite de repouso. Com um olho no comandante, visto as calças e as botas antes de pegar as luvas e calçá-las também, puxando-as quase até os cotovelos, e depois ponho o casaco.

Prendo o cabelo em uma trança simples, que escondo no capuz do casaco antes de puxá-lo sobre a cabeça. Pronta, espero as fitas se acomodarem sob o casaco e envolverem meu tronco em voltas frouxas, mas seguras, acrescentando mais uma camada de isolamento.

Caminho até a entrada da tenda e saio, espiando o comandante pela última vez. Duvido que ele tenha um sono muito pesado, e não quero que me pegue saindo sorrateiramente antes do amanhecer.

Assim que estou do lado externo, perco o fôlego por um instante com o frio solitário, que me recebe como o vazio no lado da cama de um amante ausente.

Esmagando a neve acumulada no chão, vou em direção à latrina para acabar logo com isso, enquanto a insinuação da manhã começa a projetar uma luminosidade cinzenta no céu.

Hoje parece ainda mais frio do que na noite anterior. Estou batendo os dentes quando saio da latrina, bem na hora que começa a nevar. Volto ao acampamento depressa, na tentativa de manter a circulação do sangue para não me sentir congelada, e sou recebida pelos sons do exército despertando.

O aroma de comida me atrai, e deixo o olfato me guiar. Ando entre barracas e homens carrancudos, alguns bocejando, outros tossindo e cuspindo o catarro, e outros desmontando suas barracas, prontos para mais um dia de viagem.

Chego a uma fogueira modesta e encontro um homem cuidando de um tripé com espetos e uma panela grande sobre as chamas. Ele tem pele preta e cabelo comprido e desgrenhado, com pedaços de madeira pendurados em algumas mechas em homenagem ao brasão de seu reino.

Na frente dele se forma uma fila de soldados já vestidos, cada qual segurando uma caneca de ferro. O homem serve colheradas do alimento nas canecas. Quando me aproximo mais, ouço-o resmungar para o homem a quem está servindo.

— Não olha para mim com essa cara, ou vai levar um pé na bunda. Isso é o que tenho para servir!

Plaf.

— Próximo! É, isso aí, anda um pouco mais devagar, por que não?

Plaf.

— Enjoou de mingau? Todo mundo enjoou de mingau, otário da perna torta — ele diz, e o soldado se afasta, irritado.

O próximo a ser servido espia a panela com ar contrariado.

— Não pode temperar um pouco isso aí, Tonel?

O homem, Tonel, atira a cabeça para trás e ri, um movimento que faz os pedaços de madeira em seu cabelo se chocarem, provocando um ruído oco.

— Temperar? Olhe em volta — fala, e aponta com a colher para a paisagem gelada. — Está vendo algum tempero disponível neste lugar abandonado pelo Divino?

O soldado se afasta com um suspiro, todavia, quando o próximo se apresenta, Tonel balança a cabeça e bate com a colher na enorme vasilha.

— Ah, não. Você já pegou sua ração do dia. Sai da fila, se não quiser um pé na bunda.

Tonel parece gostar de ameaçar chutar a bunda das pessoas.

Hesito atrás dos soldados, o estômago roncando, os olhos em busca do horizonte. Há uns cinquenta homens na minha frente. Talvez eu deva procurar comida em outro lugar. Se me apressar, posso conseguir chegar perto daquelas carroças de novo e...

— Ei, você!

Viro a cabeça e descubro que Tonel está me fitando, mas olho em volta mesmo assim. Todos os outros soldados também se viram para olhar em minha direção.

Cubro o rosto ainda mais com o capuz antes de apontar um dedo para mim mesma.

— Eu?

Tonel revira os olhos.

— É, você. Venha cá.

Os soldados começam a trocar comentários sussurrados, notando minha presença pela primeira vez.

— É ela.

— A mulher dourada de Midas?

— Não parece valer muito.

— Ah, tenho duas moedas mais douradas do que ela.

Abaixo a cabeça até o queixo quase tocar o peito. Tanta atenção me faz querer fugir. Tonel deve ter percebido, porque bate com a colher na panela como se tocasse um gongo, e o barulho é alto o suficiente para fazer vários soldados se encolherem.

— Vamos lá, garota. Aqui na frente — Tonel insiste.

Continuo caminhando, na tentativa de ignorar a atenção dos outros enquanto me aproximo. Paro a meio metro dele, e seus olhos castanho-escuros me estudam.

— Puxa vida. Você é a montaria dourada do Sexto Reino?

Minhas fitas se contraem por um momento em torno do corpo, antes de eu responder:

— Sim.

Ele assente, e mechas de cabelo caem na frente de um olho.

— Pensei que você fosse mais brilhante. Dura. Achei que, se batesse com os dedos em você, ouviria um barulho oco, como se batesse em uma estátua.

— O quê? — reajo, confusa.

A colher apontada para mim respinga mingau.

— Sabe como é, mais metálica. Refletiva. Fria. Mas você é carne e é quente, não é? Tem curvas de mulher, carne macia, mas é... — E inclina a cabeça à procura da palavra adequada. — Dourada.

Sinto o rosto esquentar embaixo do capuz, e não sei se devo ir embora ou se vale a pena ficar e comer. Percebo que as palavras não foram ditas com crueldade ou lascívia, mas com pura surpresa.

— Por isso ela é chamada de bichinho dourado, idiota — um dos soldados comenta atrás de mim, e me sinto tensa. — Agora, pode parar de tagarelar e servir a comida? Estamos com fome, e esse grude não fica melhor quando esfria.

Tonel olha por cima da minha cabeça e aponta de novo com a colher, derrubando uma gota particularmente grande a dois centímetros do meu vestido.

— Você pode calar a boca e esperar na fila, ou eu jogo o grude no chão e meto um pé na sua bunda; o que acha, soldado?

Não consigo evitar um sorriso.

Tonel percebe, e seu olhar se volta para mim, tal qual a colher.

— Viu? A dourada me entende. Isso significa que ela merece ser servida antes de vocês, cambada de ingratos.

Os homens na fila resmungam, mas meu sorriso desaparece e balanço a cabeça, decidida.

— Ah, não. Não, tudo bem. Eu espero — insisto. A última coisa de que preciso é um bando de soldados ofendidos me castigando por isso.

— Que porra é essa, Tonel? Ela é uma prisioneira amaldiçoada pelo Divino! — resmunga um deles atrás de mim, o que só comprova que essa não é uma boa ideia.

Tonel não parece tão preocupado quanto eu.

— Bom, neste exato momento, gosto mais dela do que da sua voz irritante e, considerando que *eu* sou o cozinheiro aqui, eu decido quem será servido. Se não gostou, pode levar essa sua bunda peluda para outra fogueira e outro cozinheiro.

Tonel dá as costas aos homens e pega uma caneca de lata de uma pilha no chão. Depois, mergulha a colher na panela e serve uma porção de mingau na caneca, que entrega a mim.

— Pronto, Dourada.

Olho em volta, esperando mais protestos, mas Tonel praticamente empurra a caneca contra o meu rosto.

— Pegue, menina.

Suspiro, torcendo para não me arrepender disso, e aceito-a.

— Obrigada — falo baixinho.

Seguro-a entre as mãos enluvadas e sinto o calor nas palmas frias.

— Então... seu nome é Tonel.

O cozinheiro do batalhão sorri para mim.

— Minha família tem uma cervejaria no Quarto. Mas até que me dei bem. O nome do meu irmão mais velho é Destilado. — Seus olhos brilham com humor e ele balança a cabeça. — Sujeito azarado. Mas temos inveja de nossa irmã, Cevada. Ela ficou com o melhor nome.

Uma risada surpresa escapa de minha boca antes que eu consiga contê-la. Apesar das minhas reservas e dúvidas, é muito fácil gostar de Tonel.

Levo a caneca à boca, sinto o metal áspero arranhar os lábios quando tento sorver um pouco do conteúdo. Engulo a mistura de uma vez só sem sentir o sabor, e talvez seja melhor assim, considerando como os homens reclamaram dela.

O mingau tem consistência aguada e alguns grumos, mas está quente e é tolerável, por isso me sinto grata. Assim que termino de engolir, deixo a caneca no chão com as outras já usadas.

Tonel bate com a colher na panela e provoca um estrondo alto, sorrindo para mim.

— Ah! Viram como ela comeu depressa? E sem reclamar! Deviam aprender um pouco com ela.

— A única coisa que uma montaria tem para ensinar é como abrir as pernas.

Meus ombros ficam tensos, e toda a calma anterior me abandona quando vários soldados riem alto.

— Vou querer essa aula! — um deles grita.

Mais gargalhadas.

— É, eu também. Vamos ver isso!

Minha coluna endurece. Tonel enruga a testa.

Neste momento, uma voz sombria e ameaçadora responde do outro lado da fogueira:

— O que é "isso" que estão querendo ver, *exatamente*?

10
AUREN

Meu coração parece querer sair pela boca. Todos os soldados ficam quietos, a atmosfera passa do deboche ao desconforto em um único segundo.

Encontro a origem da voz do outro lado do fogo. O Comandante Degola está lá, os braços caídos junto ao corpo, os espinhos brotando dos antebraços como presas curvas na boca de um lobo.

Apesar da postura tranquila e relaxada, a ameaça exala dele como vapor.

Está diferente de como o deixei na tenda hoje cedo. Todos os traços da expressão suave e relaxada no sono desapareceram. No momento, essa é uma lembrança tão distante, tão desajustada, que chego a duvidar do que vi. Como pude pensar, mesmo que por um mero segundo, que esse homem era qualquer outra coisa além de sinistro?

À luz cinzenta do quase amanhecer, Degola é formidável. Os últimos resquícios da noite persistem no cabelo preto-azeviche, nos olhos profundos, nas sombras sobrenaturais espalhadas por seu rosto.

Sua presença pretende amedrontar, assustar. É algo para o qual se olha e quer correr, e não devo ser a única que pensa assim, porque os soldados ficam tensos, como se quisessem fugir.

Ele veste o mesmo traje de couro preto de antes, carrega na cintura a mesma espada de cabo curvo. Roupas simples de soldado que não escondem a ameaça embaixo delas. O silêncio pesa sobre todos, até Tonel se cala.

Estou tão focada em Degola, que não noto o soldado que o acompanha até os dois avançarem. Trinta centímetros mais alto do que o comandante, de peito largo, olhos duros, lábio furado e longo cabelo castanho. *O soldado que me abordou quando eu olhava as carroças.*

Ótimo.

Agora entendi por que o cretino é tão observador. Pelo jeito, ele é o braço direito de Degola.

Ambos param na frente da fila de soldados e se dirigem a dois deles.

— Osrik — o Comandante Degola chama, com tom seco. — Acho que esses homens mencionaram alguma coisa sobre aulas que querem ter.

— Também ouvi, comandante — Osrik responde, com um sorriso cruel.

Os dois soldados ficam nervosos. Um deles parece pálido.

Degola os encara sem qualquer sinal de emoção. O olhar penetrante é capaz de perfurar vidro.

— Então já que eles querem aulas, dê-lhes uma lição, Capitão Osrik.

— Com todo o prazer.

Os dois soldados perdem a cor, um deles engole em seco e com tanta dificuldade, que consigo ouvir o barulho de onde estou.

— Vamos.

Osrik dá meia-volta e os soldados o seguem, e todos acompanham a movimentação, inclusive eu.

Bem, todos menos...

— Venha, Auren.

Eu me sobressalto. De repente, o Comandante Degola está ao meu lado.

— Aonde? — pergunto, desconfiada.

— Para a carruagem — ele responde. Não sei o que me surpreende mais: o destino ou o fato de ele ter respondido.

— Ei, comandante, quer uma caneca? — Tonel pergunta, interrompendo o momento em que Degola e eu nos encarávamos, e eu nem percebi.

O comandante balança a cabeça em uma negativa.

— Agora, não. — Ele olha para mim, e gesticula para eu andar.

Ponho-me a andar, e Degola me acompanha. Em vez de ir na frente, ele caminha à minha esquerda, nem mais rápido, nem mais devagar, os passos sincronizados com os meus. Tenho total consciência dos espinhos pontiagudos em seus braços, e tomo cuidado para não me aproximar demais. A cada vez que ele balança os braços, puxo os meus para mais perto do corpo.

O Comandante Degola percebe minha apreensão e arqueia uma sobrancelha escura para mim.

— Com medo?

— Cuidadosa — corrijo, olhando diretamente para a frente.

À medida que caminhamos, noto que o acampamento agora está movimentado, quase todas as barracas já foram desmontadas, os cavalos foram alimentados e carregados, o exército está pronto para entrar em formação para mais um longo dia de marcha.

Os outros soldados, independentemente de idade ou porte físico, abrem caminho quando percebem a aproximação de Degola. Cada um deles abaixa a cabeça em sinal de respeito.

Fito-o de soslaio.

— O que você e Osrik vão fazer com eles?

— Quem?

— Aqueles dois soldados.

Ele dá de ombros.

— Não se preocupe com eles.

— Os comentários foram para mim, portanto essa história me preocupa, sim. Além do mais, você disse que confia implicitamente em seus soldados.

— E confio.

Balanço a cabeça com um suspiro frustrado.

— Não pode afirmar que confia em seus soldados e depois os punir ou matar por comentários feitos a uma prisioneira.

Degola para de repente, fazendo-me parar também. Viramo-nos ao mesmo tempo, ficamos frente a frente em meio ao movimento. A neve se tornou lama no chão, o ar é dominado pela fumaça de fogueiras recém-apagadas, e um frio pesado e úmido invade meus pulmões.

O comandante me avalia com expressão ilegível.

— Está defendendo os dois?

O tom dele me irrita. Não gosto da desconfiança, da insinuação de que ele acha que sou mesquinha.

— Não estou defendendo os comentários grosseiros. Mas o monstro autoproclamado é você, não eu. Não quero carregar a punição daqueles dois na consciência. — Já tenho sangue demais nas mãos. Não preciso acrescentar mais. — Se precisa exibir sua autoridade ou provar que estou certa sobre sua declaração anterior a respeito de "confiança implícita", deixe-me fora disso. Não pode culpar seus soldados por falarem mal de mim. Sou a inimiga. Sua *prisioneira*.

Francamente, não sei por que o estou fazendo se lembrar disso. Para ser honesta, a ideia é péssima. No entanto, existe alguma coisa nele que inflama minha raiva.

Engoli minhas opiniões por muito tempo. Sufoquei cada emoção, tomando o cuidado de acompanhar cada maré na esperança de um dia não acabar submersa. Portanto, essas reações, essas respostas sem reservas, isso surpreende até a mim mesma. Não sei de onde elas vêm, mas me deixam nervosa.

— Vamos esclarecer algumas coisas — Degola anuncia, interrompendo meu fluxo de pensamentos. — Não vou punir aqueles soldados, muito menos matá-los. Osrik vai fazer exatamente o que eu disse, vai lhes dar uma lição.

— E o que essa lição inclui?

— Cuidar da limpeza da latrina, basicamente. Até eles aprenderem a se comportar como cabe a um soldado real do exército do Rei Ravinger.

Pisco, encarando-o.

— Ah. — Não era isso o que eu esperava.

Nossa conversa segue sem interrupções, mas observada. Todos os soldados que passam por ali mantêm distância, contudo sinto que nos espiam, apesar de ninguém se aproximar. Estamos em um círculo intocável, como um daqueles antigos círculos feéricos que criavam em Orea há muito tempo.

— Vou deixar mais uma coisa bem clara — Degola avisa, dando um passo em minha direção. Noto ser uma tática dele. Para me enervar, me intimidar com a proximidade. Quero recuar, mas não quero lhe dar essa satisfação. Então, planto os pés no chão e elevo o queixo. — O fato de aqueles homens terem tido um comportamento grosseiro e destoante não significa que não confio neles. O que eu disse antes ainda é válido. Eles não tocariam em um fio de cabelo na sua cabeça a menos que eu ordenasse. Está segura aqui, com todos esses soldados. — Ele faz uma pausa para ter certeza de que entendo o que diz. — Infelizmente, isso não inclui boas maneiras. Felizmente, Osrik é especialista em endireitar comportamentos desviantes.

Penso na cara do homem e no tamanho dele.

— Aposto que sim.

Degola me encara diretamente.

— Agora que esse assunto foi resolvido e sua consciência está livre de culpa, pode me explicar por que Osrik me disse hoje cedo que ontem você estava agindo de um jeito suspeito?

Merda.

— Não tinha nada de suspeito. Eu só estava andando pelo acampamento. Algo que *você* me deu permissão para fazer, já que não estou acorrentada nem sou vigiada por guardas. Estou cercada por esses soldados em quem você tanto confia, em um território inóspito e congelado pelo qual prometeu me caçar se eu cometer a idiotice de tentar fugir.

— Hum. — Ele não comenta meu tom desdenhoso. Em vez disso, olha para o meu casaco. — E as costelas? O reparador me disse que você não permitiu que ele a examinasse.

— Estou bem.

— Se insiste em mentir, pelo menos melhore nisso.

Mas ele está enganado. Estou bem, e também sou excelente ao mentir. Afinal, minto para mim mesma há anos. Mentiras bonitas encobrem muitas verdades feias.

— Minhas costelas estão bem, mas por que se importa com isso, afinal? — irrito-me.

Talvez eu fale com ele desse jeito porque é minha maneira de sentir que detenho algum poder nessa interação. Minha atitude é uma fachada de tijolos que esconde vulnerabilidades de gesso se desfazendo.

— Como não gosta de mentiras, vamos ser honestos, comandante — sugiro, desafiadora. — Sei o que você é, e também sei o que eu sou; um peão, algo que vai trocar por um resgate. Alguma coisa para mostrar ao Rei Midas.

— É verdade — Degola responde, com frieza, e eu comprimo os lábios. — Mesmo assim, seria grosseiro da minha parte devolver o bichinho de estimação de Midas em más condições.

Sinto o músculo se contrair em minha mandíbula.

Bichinho de estimação. Montaria. Puta. Estou muito cansada dos rótulos que as pessoas atribuem a mim.

— Não sou um bichinho de estimação. Sou a favorita dele.

O Comandante Degola faz um barulho no fundo da garganta, uma risadinha de desprezo.

— Uma palavra diferente, mas com o mesmo significado.

Abro a boca para responder, mas Degola levanta a mão e me cala.

— Essa conversa sobre Midas me aborrece.

— Que bom. Não quero conversar com você, de qualquer forma.

Ele sorri, fazendo questão de exibir uma presa.

— Tenho a sensação de que vai mudar de ideia em breve, Pintassilgo.

A tensão endurece minhas costas. Há uma ameaça subjacente nessas palavras, mas não consigo nem imaginar a que ele se refere.

— Vá para a carruagem — ele ordena, com uma postura rígida, adotando o papel de comandante sem nenhuma imperfeição. — Saímos em dez minutos, e não vamos parar antes do anoitecer. Sugiro que visite a latrina antes de partirmos, ou vai ser um dia bem pouco confortável para você.

— Quero ver as montarias e os guardas — retruco, ignorando sua ordem.

Ele apoia a mão no cabo da espada e aproxima o rosto do meu, chega tão perto que quase engulo a língua. Inclino o corpo para trás, sentindo-me um coelho suspenso pela pele do pescoço.

— Se deseja alguma coisa, vai ter que fazer por merecer.

Degola se afasta, e os soldados lhe abrem caminho por onde passa, enquanto fico parada, analisando-o.

Não sei o que significa *fazer por merecer*, mas tenho a sensação de que não vou gostar disso.

11

RAINHA MALINA

Minhas amas estão inquietas.

Noto os olhares constantes trocados entre elas, mas finjo não os ver, não lhes dar importância. Uma delas está tão nervosa que parece à beira de um desmaio. Se não fosse tão bem treinada para manter minha expressão impassível, eu poderia ter sorrido.

A costureira que mandei trazer da cidade está ajoelhada no chão, com uma ruga profunda na testa enquanto analisa a bainha do meu vestido com olhos atentos, envelhecidos. Há agulhas afiadas espetadas na almofada presa ao cinto em sua cintura. Como se um cacto de metal brotasse de sua barriga.

— Tudo pronto, Majestade.

— Que bom.

Desço do banquinho de madeira trazido por ela e me aproximo do espelho encostado à parede do meu quarto de vestir. Deparar-me com meu reflexo me inunda com um tipo silencioso de reconhecimento, do tipo que vibra logo abaixo da superfície de águas paradas.

Viro para contemplar as costas do vestido novo com ar crítico antes de virar de frente outra vez, deslizando as mãos pela saia.

— É o suficiente.

Minhas amas se entreolham de novo.

— Pode ir — aviso a costureira.

Ela morde o lábio, fica em pé, os joelhos cansados estalam quando endireita o corpo. É a costureira mais velha de Sinoalto, mas sua idade é um bônus, em vez de um problema, porque ela trabalhou para minha mãe quando eu era pequena. É a única que ainda se lembra das roupas de minha velha corte.

— Majestade, se me permite... O rei decretou que todas as roupas nesta corte sejam *douradas* — a velha pontua, como se eu tivesse me esquecido da regra. Como se isso fosse possível, com a cor me cercando por todos os lados.

— Tenho conhecimento de todos os decretos do rei — respondo, com frieza, tocando os botões de veludo em meu peito. Todo o conjunto é perfeito. Exatamente como me lembro dos vestidos de minha mãe. Branco, com acabamento de pele nas mangas e na gola, bordado azul-claro formando rosetas que realçam meus olhos.

Combina muito mais comigo do que qualquer vestido dourado que usei nestes últimos dez anos.

— Vai terminar todos os outros vestidos e casacos até o fim da quinzena? — pergunto.

— Sim, Majestade — ela confirma.

— Muito bem. Está dispensada.

A mulher recolhe seus pertences rapidamente, as mãos nodosas usando a escada de madeira como caixa, onde joga fita métrica, agulhas extras, tiras de tecido e tesouras antes de se curvar em uma mesura respeitosa e sair.

— Minha rainha, devo arrumar seu cabelo?

Olho para a ama, cujas maçãs do rosto foram maquiadas com blush cintilante de pó de ouro. É moda entre todas as mulheres — e alguns homens — residentes em Sinoalto. Mas, nela, o amarelado do pó de ouro cria uma impressão doentia. Outra coisa que preciso mudar.

Afinal, a aparência compõe mais da metade de uma opinião.

— Sim — respondo, antes de ir me sentar à penteadeira.

Quando vejo a moça pegar a caixa de glitter de ouro para salpicar em meu cabelo branco, balanço a cabeça.

— Não. Nada de ouro. Não mais.

A mão dela é paralisada pela surpresa, mas, a esta altura, minhas intenções devem ser mais do que evidentes. Ela se recupera depressa, pega a escova e escova meu cabelo com um toque suave.

Observo tudo o que ela faz, dirigindo cada movimento para o resultado. Ela prepara uma trança a partir da minha têmpora direita, mais ou menos da grossura do meu dedo, e faz a curva para que termine abaixo da orelha esquerda. Um efeito cascata com meu cabelo branco e liso, como uma cachoeira que congela na queda.

Em vez de deixá-la terminar com grampos de ouro ou fitas, digo:

— Apenas a coroa.

Ela assente e mira a estante na qual mantenho minhas joias e coroas reais, no fundo do quarto, mas eu a detenho.

— Não aquelas. Vou usar esta.

Ela hesita, não consegue evitar uma expressão confusa.

— Majestade?

Pego a caixa de prata que deixei sobre a penteadeira mais cedo. É pesada, o metal é fosco, mas meus dedos traçam a filigrana delicada que adorna o estojo, um toque que não é menos do que reverente.

— Era de minha mãe — comento, em voz baixa, com os olhos acompanhando o dedo que deslizo pelo contorno de um sino, que tem um pingente de gelo no centro vazio. Quase posso ouvir o som que ele faria, um chamado frio, claro, que ecoaria nas montanhas congeladas.

Minha ama se aproxima quando abro a caixa e revelo a coroa ali dentro. É feita inteiramente de opala branca, esculpida em uma só pedra. Ela deve ter sido do tamanho de cinco palmos, uma pedra cintilante extraída de uma mina.

A luz solar fraca e acinzentada que entra pela janela revela só a mais sutil sugestão do delicado prisma de cores contido nas profundezas da coroa. Ela é sólida, mas não tão pesada quanto a coroa de ouro que Tyndall me faz usar. Só mais uma coisa me esmagando.

O design por si só é simples, esculpido para criar a impressão de gelo se projetando do topo — delicada, porém intensa. Eu a coloco na cabeça.

Centralizo com perfeição, e pela primeira vez em anos, enfim me sinto como eu mesma.

Sou a Rainha Malina Colier Midas, e nasci para reinar.

Vestido branco, cabelo branco, coroa branca — nem uma sugestão de ouro em lugar algum. Era assim que devia ter sido. É assim que *vai* ser.

Eu me levanto, e a ama corre para calçar os sapatos em meus pés. Olho pela última vez para o meu reflexo antes de sair do quarto, cada passo mais confiante do que o anterior.

Guardas surgem à minha volta como fumaça, seguindo-me escada abaixo. Entro na sala do trono pela porta dos fundos, e as conversas entre os presentes são como uma vibração sem sentido que enche meus ouvidos.

No momento em que percebem a minha presença, os nobres e cortesãos se curvam e se abaixam para cumprir a habitual deferência à sua rainha.

É apenas quando se levantam que sinto a onda de surpresa percorrer o grupo vestido de dourado e em um arco abrangente.

Olhando diretamente para o tablado, com os ombros abertos em posição perfeita, caminho determinada. A pressão do silêncio pesado que se instaurou sobre os presentes planta em mim uma semente de nervosismo que tenta germinar em meu estômago, criar raízes, mas arranco-a como uma erva daninha.

Sou a Rainha Malina Colier Midas, e nasci para reinar.

Paro ao alcançar os dois tronos sobre o tablado. Ambos dourados, um maior, outro menor. O trono de Tyndall tem encosto alto, colunas se projetam dos dois lados, seis diamantes reluzentes incrustados para retratar o Sexto Reino.

Em comparação, o trono da rainha é muito menor e menos imponente. Um belo acompanhamento, mais nada. O verdadeiro poder está no trono do rei, e todo mundo sabe disso.

Inclusive eu.

Por isso, passo direto diante do trono da rainha e me sento ereta no trono destinado ao verdadeiro governante de Sinoalto.

Uma exclamação audível brota da congregação, como maçãs rolando em uma encosta, em quantidade demasiada para poder pegar.

Minhas mãos descansam sobre os apoios quando me acomodo no trono, os dedos pressionando a marca no revestimento dourado onde Tyndall batucava frequentemente com os dedos quando entediado.

Ele nunca foi bom em reuniões abertas como esta. Mesmo que as limitasse a uma por mês, o evento era suficiente para incendiar seu temperamento. Ele odiava se sentar aqui e ouvir as pessoas de seu reino enquanto abordavam suas preocupações e pediam perdão.

Ele brilha nos bailes, entre outros membros da realeza, encantando convidados em jantares. Tyndall sempre floresce sob atenção, adoração, e em meio à manipulação secreta que acontece atrás de portas fechadas.

Mas isso, a poeira que se acumula nos dentes das engrenagens do dia a dia do reino... isso o entedia.

Ainda assim, esta sala, esta reunião mensal, este é o palco onde se pode conquistar o poder em um reino. Se alguém consegue tomar as rédeas de nobres e cortesãos ali reunidos, pode comandar um reino.

Encaro as pessoas com a expressão impassível, permitindo que olhem para mim, que cochichem. Elas analisam cada parte minha planejada meticulosamente, notam a completa ausência de ouro, as antigas cores reais de Sinoalto agora revividas.

Forneço-lhes mais um momento para que absorvam minha declaração silenciosa. Deixo que usem esse tempo para compreenderem o que estou dizendo antes mesmo de eu abrir a boca para falar. E concedo a mim mesma um momento para saborear a situação, manter a cabeça erguida e ser quem fui criada para ser.

Solto o ar com tranquilidade, deixando o olhar passear pela sala onde as pessoas esperam para me ouvir falar. *Eu*, e não Tyndall.

— Povo de Sinoalto, sua rainha vai ouvir suas questões agora.

Por um momento, todos ficam quietos, como se não soubessem se deviam ou não me levar a sério. Tenho certeza de que muitos ali esperavam ver os conselheiros de Tyndall se apresentando para dizer que deviam entregar suas questões por escrito. Mas tais relatos só ficariam juntando poeira na sala de reuniões de Tyndall. Isso se ele de fato as solicitasse em algum momento.

Finalmente, um nobre, Sir Dorrie, se apresenta. Ele se curva uma vez ao chegar ao primeiro degrau do tablado.

— Majestade — começa, e identifico em seu rosto marcas vermelhas de nascença, como se houvesse amassado framboesas sobre as bochechas. — Minhas desculpas, mas sinto que devo apontar que está sentada no trono do rei.

Meus dedos apertam os braços do trono. Percebo que eles vão precisar de uma resposta mais direta.

— Pelo contrário, Sir Dorrie. Estou sentada no trono do governante de Sinoalto, e este é exatamente meu lugar.

Sussurros sibilam como serpentes agitadas deslizando pelo mármore dourado, mas me mantenho impassível.

— Minha rainha... o Rei Midas...

— Não está aqui para governar — eu o interrompo. — *Eu* estou. Portanto, diga quais são suas preocupações ou meus guardas o acompanharão até a saída para que outra pessoa, mais digna de meu tempo, possa se apresentar.

O aviso viaja por toda a sala do trono. Uma mensagem alta e clara. Aguardo. Movimentos suaves do meu peito, rosto impassível, a fria indiferença de uma monarca que sabe como pôr o povo em seu lugar.

Ou entram na linha, ou eu os obrigo a entrar.

Sir Dorrie hesita. Olha para trás, mas ninguém na sala diz nada. Nenhum desses nobres aduladores se junta a ele para defender a posição de Tyndall e enfrentar meu movimento óbvio pelo poder.

— Ah, peço perdão, Majestade. Eu ficaria honrado, se ouvisse minhas inquietações — Sir Dorrie finalmente cede.

E assim, sem mais esforço, eu os domino. É a vitória, e não o tédio, que me faz batucar com um dedo no braço do trono. Vou deixar minhas próprias marcas, agora.

As pessoas não protestam. Nem os guardas atrás de mim se movem ou demonstram qualquer incerteza. Porque, quando você é criada durante toda a sua vida para ser a realeza, é isso que é. Não importa que eu não tenha magia correndo nas veias, porque tenho um poder diferente, um poder transmitido de geração em geração.

Governar o Sexto Reino está no meu sangue.

Depois de hoje, a notícia vai se espalhar como neve pelas planícies brancas de nossa terra invernal, cobrindo cada centímetro ali. Quase consigo ouvir a fofoca, os sussurros, as notícias caindo sobre o reino como chuva de gelo.

Relatos sobre minha coroa de opala falarão de um farol na sala espalhafatosa, o sino do castelo vai repicar marcando o início de uma nova monarca, e a genuflexão para o Rei de Ouro vai chegar ao fim.

Vou congelar Tyndall, cobri-lo de gelo. Vou fazer com que se arrependa de ter se casado comigo.

Um sorriso raro muda a curvatura de meus lábios.

Sou a Rainha Malina Colier Midas, e nasci para reinar.

12

AUREN

Viajar o dia inteiro sozinha em uma carruagem pode ser algum tipo de punição, um lembrete silencioso de minha condição de estrangeira. Mas acho que há algo a se dizer sobre a solidão. Há segurança nela, mas também existe um perigo à espreita. Um perigo que vem de mim mesma.

Para mim, o perigo é a memória, é claro.

As longas horas me permitem tempo demais para pensar. Sem mais ninguém por perto, sem distrações ou palavras além da minha voz interior. Não há qualquer lugar onde esconder tais lembranças enquanto estou exposta, estagnada em minha própria companhia infecciosa.

E então eu lembro. Mesmo sem querer lembrar.

— Quantas moedas, menina?

Minhas mãos de seis anos de idade estão suadas, escondidas atrás das costas.

O homem olha para mim impaciente, cansado, com um cachimbo no canto da boca que sopra uma fumaça azulada.

Ele estala os dedos. Zakir não gosta de ficar comigo sob o toldo de listras vermelhas na praça do mercado. Se for pego negociando com crianças pedintes, ele vai ter muitos problemas.

A chuva pinga do tecido encharcado do toldo como fios de baba escorrendo dos lábios retraídos dos cães que vagam pela cidade. O céu não deu trégua o dia todo.

Meu cabelo está molhado, o que o faz parecer mais escuro do que é, sem brilho para disfarçar os nós sujos. Pelo menos o tecido de juta do meu vestido ajuda a escoar parte da água, embora eu ainda me sinta um rato molhado.

Quando a expressão de Zakir se torna mais sombria, tiro rapidamente a mão das costas e, relutante, estendo os dedos.

Ele olha para a oferta em minha mão, ainda com o cachimbo entre os dentes de trás.

— Dois cobres? Tudo que conseguiu o dia inteiro foi isso? — grunhe.

O tom de voz me faz tremer. Não gosto quando o deixo bravo.

Ele pega as moedas e as põe no bolso. Tira o cachimbo da boca e cospe nos meus pés, mas estou tão acostumada com isso que nem faço mais careta.

— Tudo que precisa fazer é ficar lá — ele se irrita, balançando a cabeça enquanto olha para mim, desapontado.

Seu sotaque ainda é ríspido aos meus ouvidos, mesmo depois de todos esses meses em sua companhia. Algumas crianças o chamam de Sapo pelas costas, porque sempre faz aquele barulho de coaxo pela manhã, quando acorda, para limpar a garganta.

— Fique na sua esquina e sorria, e os idiotas vão jogar o dinheiro para você! — ele diz, cuspindo as palavras como se fossem uma acusação, como se eu não estivesse fazendo tudo que ele disse para fazer.

Mordo a boca, olho para o chão, belisco o braço para me lembrar de não chorar.

— Está... está chovendo, senhor Zakir. Não ganho muito quando chove — explico, trêmula.

— Bah! — Zakir acena com desdém. Leva a mão ao bolso do colete xadrez a fim de pegar a caixa de fósforos e reacender o cachimbo, cujas folhas ficaram úmidas da chuva. — Volte para lá.

Meu lábio inferior treme. Estou com fome, com frio, cansada. Inara dorme mal, e fiquei ao lado dela a noite toda, espremida entre suas pernas inquietas e o canto do quarto, por isso estou me arrastando mais do que de costume. Estava ansiosa para sair da chuva, para poder comer e descansar.

— Mas...

— Entrou chuva nas suas orelhas, menina? Não é para responder. — Zakir joga o palito de fósforo usado no chão. Eu o vejo cair em uma poça e apagar em um instante. — Mais seis moedas, ou não vai dormir lá dentro essa noite.

Com o colarinho fechado e o chapéu na cabeça, Zakir sai, provavelmente rumo ao encontro de outras crianças, enquanto eu volto à minha esquina na praça do mercado, sabendo muito bem que não vou ganhar mais seis moedas.

Normalmente, consigo despertar o interesse das pessoas para que parem, em vez de passarem direto como se eu fosse invisível, mas, sob a sombra das nuvens que despejam chuva, sou só uma criança mendiga, sem nada de notável.

Mesmo assim, continuo na esquina lamacenta, entre um chapeleiro e uma barraca de ovos, e sorrio. Aceno. Faço contato visual com todos que passam, presa no coração de uma cidade estrangeira que cheira a peixe e a ferro.

Os compradores não param, os vendedores me ignoram.

Ninguém percebe a diferença entre lágrimas e gotas de chuva no seu rosto. Ninguém vê seu sorriso molhado quando você tem de competir com as nuvens. Mesmo que vissem, ninguém faria nada, de qualquer maneira.

Mendigo o dia inteiro e boa parte da noite, estendo as mãos molhadas em súplica. Se alguém olhasse para mim de verdade, saberia que não estou pedindo dinheiro. Não de verdade.

Mas ninguém olha, e não ganho aquelas seis moedas.

Quando finalmente me arrasto para a casa de Zakir muito mais tarde, encolho-me em uma poça na soleira da frente, eu e um menino que também não cumpriu sua cota. Podíamos trocar calor e conforto nesta noite tenebrosa, mas ele também me evita, escala os beirais arruinados e vai dormir no telhado. Nenhuma criança gosta muito de mim.

Naquela noite, prometo às deusas nunca mais reclamar do sono agitado de Inara, porque ser chutada é muito melhor do que dormir sozinha ao relento.

Meu peito dói quando a lembrança desaparece. Fungo como se me livrasse do cheiro do vilarejo miserável, de peixe de água salgada e da fumaça do cachimbo de Zakir. Passei muito tempo com ele. Tempo demais. Foram muitas as noites em que meu único cobertor era a escuridão.

Dos cinco aos quinze anos, nunca tive uma noite de sono realmente boa — não até Midas me resgatar.

Agora está segura. Deixe-me ajudar você.

É muito estranho pensar a respeito, em como passei de criança mendiga em uma esquina lamacenta à mulher enfeitada em um palácio de ouro. A vida leva a gente por caminhos para os quais não existe um mapa.

Espio pela janela da carruagem, deparo-me com os flocos de neve flutuando, a névoa embaçando o vidro. O que eu não daria para ver Midas chegando agora, empunhando tocha e espada ao meu resgate.

Mas ele não sabe onde estou, não sabe nem que estou com problemas. Por isso, o mais importante de tudo é conseguir lhe enviar uma mensagem. Não só por mim, mas porque a última coisa que desejo é que esse exército invada o Quinto Reino e mate todo mundo.

Se eu não fizer todo o possível para avisar Midas sobre aquilo que se aproxima, serei responsável pelo destino do Quinto Reino.

Não posso falhar.

Um aviso é tudo que tenho a oferecer. Não é muito, mas espero que seja o suficiente para ajudar Midas a enfrentar a ameaça em condições de mais igualdade.

Quando ele descobrir que fui raptada, sei que fará de tudo para ter-me de volta. *Tudo.*

Quando a penumbra de um entardecer cinzento se aproxima, minha carruagem para, e sinto o balanço do condutor saltando de seu assento. Passo a manga na janela, abrindo um espaço pelo qual possa enxergar o lado de fora.

Vejo uma única elevação, uma colina cuja curvatura suave lembra uma duna de neve. No centro, a colina é vazia e muito azul. É tão brilhante, mesmo no escuro, que parece quase sobrenatural, como um gigante que dormiu no chão sob um cobertor de neve, inteiramente coberto, exceto por uma íris azul que espia o mundo.

Os soldados montam seu principal acampamento no centro da caverna curta, mas larga. Logo eles acendem uma fogueira bem naquela pupila, um cintilar alaranjado que projeta luz na parte mais profunda da caverna.

Ouço o estalido da fechadura um segundo antes de a porta se abrir e Osrik aparecer. Desembarco, piso no chão ligeiramente escorregado. À minha volta, erguem-se barracas, cavalos são reunidos, fogueiras são acesas, e cava-se uma latrina.

— O comandante quer falar com você.

Olho para ele.

— Por quê?

A língua passa pelo piercing de madeira no lábio inferior de um jeito distraído.

— Fui enviado para buscar você. Não para responder a perguntas idiotas.

Suspiro.

— Ótimo. Vamos lá.

Eu o sigo pela área de acampamento, mas não é fácil. Tenho de desviar de soldados, evitar estacas expostas no chão e caminhar na neve que ainda não foi sedimentada por passos.

Quando quase tropeço em uma pilha de madeira que seria usada para fazer fogo, falo um palavrão, mas me equilibro a tempo de não cair de cara na neve. Osrik olha para mim e ri.

Meu sangue ferve.

— Está me levando pelo caminho mais difícil de propósito, não é?

— Você é meio lenta, mas é bom ver que entende as coisas, afinal — o filho da mãe responde.

Passo por cima do que sobrou da pilha desmontada de madeira e o alcanço.

— Você realmente não gosta de mim, não é mesmo?

Ele grunhe, como se minha pergunta direta o surpreendesse.

— Não gosto de Midas, e você é o símbolo dele.

Paro por uma fração de segundo, antes de continuar andando.

— Como assim, sou o "*símbolo*" dele? — Ninguém nunca se referiu a mim nesses termos.

Osrik me conduz além de vários cavalos reunidos em torno de fardos de feno, obrigando-me a desviar de excrementos espalhados no chão.

— Você é o troféu dele, é claro, mas também é seu espelho — Osrik responde. — As pessoas olham para você, e só enxergam ele. Só pensam em seu poder de transformar tudo em ouro com um toque e em como seria ter essa magia, essa riqueza infinita. Você representa o comando dele, não só sobre seu reino, mas sobre toda ganância em Orea, *e ele ama tudo isso pra caralho.*

Estou chocada, surpresa demais com o que ouvi para formular uma resposta.

— Então, sim, quando olho para você, o bichinho de estimação de ouro que ele exibe, fico furioso.

— Então não olhe para mim — retruco, com tom duro.

— Tento não olhar.

Não sei por que a vergonha esquenta meu pescoço e o rosto, deixando-me com um rubor cor de ferrugem, mas é o que acontece.

— Só para constar: também fico furiosa quando olho para você.

Ele solta uma gargalhada rápida, ríspida, tão alta e repentina que pulo de susto.

— Acho que nenhum de nós deve olhar para o outro, então.

Fito-o de relance.

— Acho que não.

Percorremos o restante do caminho em silêncio, mas noto que agora Osrik escolhe um caminho mais fácil.

13
AUREN

Osrik me leva a uma tenda ampla, diferente das outras. É um espaço de reuniões, a julgar pelo tamanho e pelo formato — redondo como uma tenda em um torneio real.

Entro atrás dele e me deparo com peles no chão e uma mesa redonda no centro do espaço. Três soldados estão sentados em banquetas em torno dela, conversando com o comandante, que está sentado diretamente à frente da porta, do outro lado da mesa. Quando entramos, todos olham para mim.

Degola se dirige aos seus homens:

— Continuamos a conversa mais tarde.

Eles assentem e se levantam, encarando-me com curiosidade ao saírem.

Quando ficamos só nós três, hesito perto da entrada. O Comandante Degola me observa daquele jeito enervante, e a única diferença do que vi hoje de manhã é que, agora, os espinhos em seus braços parecem mais curtos do que de costume, como que parcialmente retraídos.

— Sente-se — ele diz, por fim.

Contorno a mesa e escolho o lugar mais distante dele. O comandante ri quando puxo a banqueta, como se soubesse que eu escolheria me sentar ali. Retribuo-lhe o olhar com um ar de reprovação. Ele ri ainda mais.

Osrik recolhe os papéis espalhados sobre a mesa, e me censuro em pensamento por não ter aproveitado para tentar estudá-los quando tive a chance. Vejo o que parece ser um mapa e algumas cartas, antes de Osrik remover tudo e enrolar os documentos, deixando-os apoiados em uma parede da barraca.

Sem nada sobre a mesa, exceto duas lamparinas, espio ao redor com certo nervosismo. Por alguma razão, o vazio do espaço torna a atenção do comandante mais inquietante.

Não tenho nada em que me concentrar, nada com que me distrair. Talvez ele tenha planejado assim.

Osrik puxa a banqueta ao lado do comandante e se senta, e não entendo como ele consegue sentar ali. Só pode ter se sentado com metade da bunda.

Miro os dois do outro lado da mesa, e torço as mãos em meu colo, sob a mesa, tomando cuidado para que não percebam o movimento.

São intimidadores quando estão sozinhos, mas juntos? É como ser jogada no meio de uma matilha de lobos famintos.

Degola está relaxado, com as costas empertigadas, os antebraços sobre a mesa, os espinhos refletindo a luz. Ele me analisa, e minha pele gelada se arrepia.

É necessário um esforço massivo para não estremecer evidentemente com o arrepio, mas forço meu corpo a ficar imóvel, expressar o nervosismo apenas nos movimentos das mãos escondidas.

— Então, você é a favorita do Rei Midas há dez anos.

Olho para um e para o outro.

— Sim... — respondo, hesitante.

— Gosta disso?

A pergunta me surpreende.

— Se eu gosto? — repito, e a confusão se expressa em meu rosto. Que tipo de pergunta é essa?

Ele assente uma vez, e sinto as defesas à minha volta se erguendo como um muro de tijolos.

— Só para deixar avisado: não vou trair Midas fornecendo informações.

— Sim, Osrik já me deu esse aviso — Degola responde, com uma ameaça de sorriso. — Mas minha pergunta não é sobre Midas. Estou perguntando sobre você.

Meus dedos se entrelaçam, as unhas se enterram no tecido das luvas.
— Por quê?

O Comandante Degola inclina a cabeça.
— Ninguém nunca conversou abertamente com você, Auren?

Deixo escapar um grunhido amargo, antes de responder:
— Não.

Osrik lança um olhar para Degola, e o calor recobre minhas bochechas quando percebo que não censurei o que disse.
— Nem Midas? — o comandante insiste.
— Pensei que não estivesse falando sobre Midas — pontuo, com ironia.

Degola abaixa a cabeça.
— Tem razão. Estamos nos desviando do assunto. — Ele passa a mão na barba por fazer. — A gaiola de ouro é boato? Ou você vive realmente nela em Sinoalto?

Meus olhos dourados brilham com uma intensidade que não tem relação alguma com a luz da lamparina.
— Sei o que está fazendo.

Ele sorri.
— Ah, duvido.

O tom condescendente faz duas fitas desenrolarem da minha cintura, deslizando entre minhas mãos como se quisessem me impedir de fazer alguma bobagem, como pular por cima da mesa e arrebentar uma lamparina naquela cara arrogante.
— Tão desconfiada... — ele comenta, estalando a língua. — Estou só conversando. — A mentira sai com facilidade de sua boca, rola até parar aos meus pés. — Afinal, tenho a companhia da famosa favorita de Midas. Estou muito curioso sobre você.

Quase reviro os olhos. *Sei.*

Sinto uma mudança no ar atrás de mim, mas, quando me viro de repente, há apenas um menino entrando na tenda. Ele se veste como os outros soldados, com couro, exceto que o dele é marrom, em vez de preto como o dos demais.

O garoto entra apressado carregando uma bandeja, e noto flocos de neve em seu cabelo castanho.

— Comandante — ele declara, inclinando a cabeça em respeito.

— Obrigado, Graveto. Pode deixar aqui.

— Sim, senhor. — O menino deposita a bandeja com cuidado antes de sair correndo.

Encaro os dois homens.

— Seu rei obriga meninos tão novos a servirem em seu exército? — Graveto não deve ter mais de dez anos.

O Comandante Degola estende a mão para alguma coisa na bandeja, e não parece incomodado com meu tom.

— Ele é grato por servir ao Quarto Reino.

— Ele é uma criança — respondo, revoltada.

— Cuidado com seu tom, bichinho — Osrik grunhe, mas o comandante balança a cabeça.

— Tudo bem, Os. Ela deve estar com fome, é isso.

Meus olhos cintilam com a irritação. A última coisa que comi foi o mingau no café da manhã. É claro que estou com fome. Mas não vou admitir, e certamente não é esse o motivo da minha raiva. Crianças não deviam ser usadas.

— Não estou com fome — minto.

— Não? — Degola devolve, debochado. — Que pena.

Ele puxa a bandeja e começa a servir três porções do jantar. Sinto cheiro de sopa rica e nutritiva, e vejo a fumaça que se desprende de cada tigela. Também há um grande filão de pão e três canecas de ferro, que espero *muito* que contenham vinho.

Estou precisando de um pouco de vinho.

Ele e Osrik começam a comer com as colheres de metal, e o barulho me irrita. Assisto a tudo em silêncio aflito e, embora nem tente, meus olhos acompanham cada mergulho da colher na sopa, cada movimento da garganta de Degola.

Burra. Por que fui abrir a boca? Devia tê-la usado só para comer.

— Então, a gaiola é verdade.

Desvio o olhar de sua boca, do brilho deixado pelo caldo nos lábios carnudos.

— Isso me faz pensar em que você tem a ganhar — Degola fala com um tom normal, como se esta fosse uma conversa qualquer, mas a atenção intensa desmente a voz desinteressada.

A fome afeta meus nervos, e forma um nó junto à raiva crescente. As fitas em minhas mãos envolvem os dedos, apertam-nos.

— Não precisa saber nada sobre mim — aviso, aborrecida.

— Discordo.

Cada vez que um deles leva a colher à boca e toma mais sopa, sinto-me ferver por dentro. Quando Osrik vira a tigela e bebe tudo de uma vez, minha raiva vira um incêndio.

— Isso me mantém segura. É isso o que ganho.

Degola inclina a cabeça.

— Segura contra o quê?

— Todo mundo.

O silêncio atravessa a muralha entre nós, passa pelas frestas. Não entendo seu jogo. Não sei quais são as ramificações de minhas respostas.

Degola pega a terceira tigela de sopa e a empurra lentamente em minha direção, arrastando o ferro na madeira áspera. Minha boca fica cheia d'água.

Quando a vasilha é posta na minha frente, olho para ele.

— Coma, Auren.

— É uma ordem, comandante?

Em vez de cair na armadilha da minha provocação, ele balança a cabeça e levanta a própria tigela, fitando-me por cima do recipiente.

— Acho que já teve dificuldades demais, Pintassilgo — murmura, com um tom acetinado que me faz mudar de posição no banquinho.

Sua resposta faz meus olhos baixarem com o peso que não sei como medir. Não sei por que a resposta dele me incomoda tanto, mas incomoda.

Como esse homem consegue me despir até as camadas mais finas, por mais que eu tente erguer muralhas grossas?

Não me esqueci de quem é ele. Indiscutivelmente, é o estrategista mais ardiloso do mundo. E deve ser por isso que me sinto sempre tão fora de prumo perto dele. Degola nunca se comporta como eu espero que faça.

Mas aposto que isso também é calculado.

Para me ocupar, pego a tigela e a levo aos lábios, bebo um grande gole, ignorando por completo a colher. O caldo salgado chega às papilas gustativas, o líquido quente é como um bálsamo para minha insegurança.

— Costuma jantar sempre com Midas?

Baixo a tigela para poder olhar para ele do outro lado da mesa.

Outra pergunta. Aparentemente inocente. Feita a mim, mas totalmente relacionada ao meu rei.

Não respondo. Comandante Degola puxa o filão de pão e pega a faca na bandeja. Com precisão meticulosa, corta três pedaços iguais, e o cheiro de alecrim paira no ar assim que a lâmina rompe a casca.

Depois de cortar os três pedaços, ele me entrega um. Quase o recuso por ressentimento, mas estou com fome demais para negar comida duas vezes. Então o pego.

Os olhos pretos estudam minhas mãos.

— Não prefere tirar as luvas para comer?

— Não. Estou com frio.

Degola me estuda — ambos me estudam — e, apesar de faminta, sinto o estômago começar a protestar com o desconforto.

Ele leva o pão à boca, assim como eu, e mordemos ao mesmo tempo. Osrik, por outro lado, enfia o pedaço inteiro na boca, mastigando de um jeito desagradável, derrubando migalhas no colete e as removendo distraído.

— Vai ignorar e se esquivar de todas as minhas perguntas? — Degola me interroga depois de engolir o pedaço de pão.

Mergulho meu pedaço na sopa restante, encharco o miolo com todo o caldo que é possível absorver, basicamente para não ter de absorver seu olhar.

— Por que quer saber se eu jantava com Midas?

Ele apoia um braço na mesa, sem se alterar.

— Tenho meus motivos.

Termino de mastigar o pão, mesmo sem conseguir saboreá-lo.

— Claro. E essas razões certamente têm a ver com encontrar fraquezas, certo? Está tentando determinar qual minha importância. O que pode conseguir por mim. Vou facilitar as coisas, Comandante Degola. Meu rei me ama.

— É claro. Ama tanto que a deixa em uma gaiola — ele fala, com um desprezo sombrio.

Perco a cabeça e bato com a tigela na mesa.

— Eu queria ficar lá! — revelo, com uma expressão ameaçadora.

Degola inclina o corpo para a frente, como se minha fúria o atraísse, como se o seu objetivo tivesse se cumprido: me deixar com raiva.

— Quer saber o que acho?

— Não.

Ele me ignora.

— Acho que é mentira.

Meu olhar é tão fulminante que me surpreendo por não soltar fumaça pelas orelhas.

— Ah, é? Vindo de você, isso é engraçado.

Finalmente, *finalmente*, a atitude indiferente de Degola é abalada. Os olhos escuros se estreitam.

— Já que parece interessado em falar sobre mentiras, diga, comandante, seu braço direito aqui sabe o que você é? Seu rei sabe?

Os dois ficam completamente imóveis.

Encaro Degola, sentindo-me gratificada, celebrando a virada de jogo, o fato de ter conseguido colocar *o comandante* no centro das atenções.

Os espinhos parecem se mover de raiva, ou como uma ameaça, não sei.

A voz de Degola é baixa. Áspera. Tal como pedras irregulares na praia.

— Se quer falar sobre isso, que seja — ele diz, e levanta a mão. — Você primeiro, Pintassilgo.

Merda.

Olho para Osrik por um segundo, mas o homem é de pedra. Não consigo ler nada no gigante. Nenhuma surpresa nisso.

As fitas se contorcem no meu colo em resposta à descarga de adrenalina. Ele não pode vê-las, é impossível, mas os olhos de Degola passam pela beirada da mesa antes de voltarem ao meu rosto.

A sopa azeda em meu estômago, o ácido sobe até a garganta.

— Mantemos uma mentira por uma mentira, ou trocamos uma verdade por outra verdade. Como vai ser, Auren? — Sua voz é como mel, tentadora e cheia de malícia.

Minha respiração é entrecortada, como se congelasse no peito, uma coisa seca e pontiaguda que não tem para onde ir.

A verdade... Que coisa complicada.

O problema com verdades é que são como temperos. Uma pitada pode enriquecer as coisas, revelar novas camadas. Mas, se exageradas, tornam-se intragáveis.

Minhas verdades parecem sempre arruinar a refeição.

No entanto, quase quero falar tudo. Revelar o que não revelei. Tirar de cima de mim o peso de meus segredos. Só para surpreender Degola, pegá-lo desprevenido.

É tentador, como a luz deve seduzir a mariposa. A promessa da luz me atrai, mas sei que, se abrir a boca, a verdade vai me queimar.

Selo os lábios.

Degola ri e se recosta na cadeira, um oponente vitorioso e arrogante à minha frente. Eu o odeio, porém, de algum modo, me odeio um pouco mais.

— Obrigada pelo jantar — agradeço, com tom firme, ao me erguer, removendo toda emoção da voz.

De repente, estou exausta e arrasada. Uma folha de grama pisoteada por pés em marcha.

Osrik ameaça se levantar, o observador silencioso na sala, mas o fito com desprezo.

— Não se preocupe, eu encontro o caminho de volta à minha gaiola. É o que caracteriza um bom bichinho de estimação, não é? — provoco.

Viro-me e saio sem esperar a dispensa do comandante, sem sequer pedir sua permissão. Entretanto, felizmente, ele não me faz parar, e Osrik não me segue.

Por ora, minhas verdades intragáveis permanecem atrás da língua, eternas com seu sabor agridoce.

14
AUREN

Com o capuz na cabeça e as mãos nos bolsos, observo os soldados do canto que encontrei, uma alcova rasa na caverna azul de gelo, espaço suficiente apenas para eu me sentar.

É um lugar perfeito para me manter isolada, mas próxima o suficiente a ponto de ver a fogueira construída no meio do vão na colina.

As estalactites de gelo no teto pingam com o calor do fogo. Poças se formaram no chão, mas ninguém parece se importar. Estão felizes demais por terem saído da neve.

O aroma que vem do espeto girando sobre o fogo me indica que, de algum jeito, conseguiram encontrar carne fresca nesta terra deserta e gelada. Minha boca saliva ante o aroma, mas isso não me tenta a chegar mais perto deles. Vou ter de me contentar apenas com a sopa e o pão que comi.

O lado positivo? Pelo menos comi antes de sair de lá. Na próxima vez, vou ficar até beber o vinho também.

Continuo encostada na parede lisa de gelo, observando todo mundo. Não consigo ignorar a curiosidade sobre eles, quero procurar seus defeitos, analisar suas interações. Porque, apesar do discurso de Degola sobre confiar em seus soldados, gosto de vê-los com meus próprios olhos. E também prefiro que seja de longe.

Suponho que não seja incomum, depois de ser mantida isolada durante tantos anos. Ainda sinto falta de interagir com as pessoas, apesar de meu histórico infeliz. No entanto, às vezes, estar perto de tanta gente sem a proteção da gaiola me deixa nervosa. Não se pode confiar nas pessoas.

Em especial em um grupo tão grande. E este grupo? Essas pessoas são, supostamente, as mais cruéis, as mais letais.

Contudo, quanto mais os observo, mais percebo que não se encaixam na narrativa. Esses homens não formam um grupo sedento por sangue, de coração apodrecido e moral corrompida. São só pessoas. Um exército inimigo, sim, mas não são monstruosos. Não que eu tenha visto, pelo menos.

E Degola...

Fecho os olhos, abraços os joelhos e os puxo contra o peito. Queria poder dizer que faço isso para me aquecer, mas a verdade é que estou me segurando, tentando me manter inteira.

No momento em que o Comandante Degola entrou naquele navio pirata e na minha vida, meu mundo saiu do eixo. A cada vez que interagimos, esse eixo se inclina um pouco mais.

Degola é esperto. Essas conversas entre nós servem para me desequilibrar. Ele me manipula, tenta me jogar contra Midas.

Sei o que está fazendo, mas não consigo resistir à dúvida que ele cria. Como sombras sobre o chão, ela vai se espalhar e crescer, a menos que eu a impeça.

No momento, estou confusa. Dividida. Uma bagunça de pensamentos e emoções, de dúvidas e complicações. É exatamente a intenção de Degola, e estou fazendo o jogo dele quando deixo a mente girar em círculos aflitivos.

Vou me manter sentada por mais uns minutos, só até poder respirar sem tremer a cada inspiração. Só até conseguir fazer um discurso motivador para mim mesma e me lembrar de ficar em guarda, não permitir que minhas muralhas desmoronem.

Lá em cima, a neve cai mais intensa, flocos grossos como unhas arranhando um céu sem estrelas.

Olhando mais uma vez para o grupo de soldados, saio do meu esconderijo. Fecho o casaco e ponho as mãos embaixo dos braços. As costelas doem um pouco, e ainda sinto o rosto um pouco inchado, mas o frio é bom para uma coisa, pelo menos: me entorpecer.

Por outro lado, talvez o torpor não tenha nada a ver com o frio.

Afasto-me da fogueira. Sei mais ou menos em qual direção está a carruagem, sei que a tenda não está longe dela. Tudo o que quero é deitar no meu pallet e dormir, mas não posso. Ainda não.

Preciso lembrar sempre com quem estou. Preciso me manter focada e não deixar Degola me afetar.

Tomada por nova determinação, deixo os pés seguirem na direção do meu olhar.

As barracas pelas quais passo são como uma colcha de retalhos de couro costurados na neve; cada passo é um ponto. Passo pelos cavalos, vejo a respiração deles se espalhando como nuvens, os focinhos nos fardos de feno. Existe uma tenda-lavanderia não muito distante dali, na qual os soldados esfregam suas roupas imundas e espalham cera preta em botas esfoladas.

Ninguém se incomoda comigo, são só alguns olhares mais persistentes, mas evito o contato visual. Meu rosto está frio mesmo com o capuz, a neve já começa a se acumular sobre as tendas, encharcando o material e deixando no ar o cheiro de couro molhado.

Descobri que alguns odores são fios amarrados a lembranças. Quando você sente determinados cheiros, esses fios são puxados. Como um barco trazido ao porto, forçado a flutuar no sentimento. Infelizmente para mim, couro molhado não me ancora a uma recordação agradável.

Couro molhado. Não umedecido pela neve, mas pela saliva de minha língua, contaminando meu paladar e minha voz. Tiras rasgadas sabe o Divino de onde. Tive medo demais para cuspir.

Essa lembrança vai se misturar ao que está acontecendo agora? Couro molhado passando de mordaça ao cheiro sufocante das tendas do Quarto, saturadas de neve?

Meus pensamentos giram e param.

Meu rei me ama.

É claro. Ama tanto que a deixa em uma gaiola.

Uma ruga profunda aproxima minhas sobrancelhas, mas expulso da cabeça o eco das palavras de Degola.

Seu objetivo é criar um abismo entre mim e Midas, por isso não posso acreditar que deseje apenas conversar. Ele é um estrategista. Um estrategista *inimigo*, tentando me convencer a mudar de lado, e soltar minha língua.

É por isso que preciso encontrar aquele falcão mensageiro. Preciso encontrá-lo, mandar um aviso para Midas, e então Degola vai entender que minha lealdade é sólida. Não importa que tente parecer respeitoso e alegue que só quer conversar, tenho de me lembrar da verdade.

— Ele é um filho da mãe arrogante e diabólico — resmungo.

— Espero que não esteja falando de mim, milady.

Viro a cabeça para a esquerda e vejo Hojat de perfil. Ele está olhando para baixo, mexendo a mistura em um caldeirão sobre uma pequena fogueira. A parte deformada do rosto hoje parece ter um tom de rosa mais profundo, como se o frio afetasse a pele contorcida.

Não tem mais ninguém ali compartilhando o fogo, porém, assim que sinto o cheiro do que ele está cozinhando, entendo o porquê.

Cubro nariz e boca com uma das mãos, antes de sufocar com a ânsia.

— Grande Divino, o que é isso?

Ele nem desvia o olhar da mistura.

— Absinto, betônica, cartilagem de gado e mais algumas coisinhas.

Meu nariz coça.

— O cheiro... — Paro de falar quando ele olha para mim. — Hum... tem um cheiro forte — concluo, parando antes de revelar o que realmente pensava. Horrível. Nojento. Completamente rançoso.

Para ser honesta, não sei como ele consegue ficar debruçado em cima desse caldeirão, tão perto, deixando o vapor fétido envolver o rosto assim.

— É mesmo? Deve ser a porção de intestinos escaldados. O odor é bem forte.

Desta vez, não consigo evitar a náusea que contrai minha garganta. Engulo um pouco de ar, evitando olhar para o caldeirão.

— Por que mesmo está preparando isso?

— É uma mistura nova que estou testando para tratar dores. — De repente, ele ergue o corpo e me encara, e vejo o brilho em seu olho de pálpebra caída. — Quer ser minha cobaia?

Meu queixo cai.

— Quer que alguém *beba* isso aí? — Não consigo banir da voz o tom horrorizado.

— É claro que não, milady. O preparado é uma pomada tópica.

Não consigo nem piscar, porque minha cabeça está ocupada imaginando esse homem esfregando cartilagem e intestinos fervidos nas pessoas. Se minha pele não fosse de ouro, neste momento estaria ficando verde.

Hojat continua a me fitar, cheio de expectativa, e percebo que ele espera uma resposta.

— Ah, hum, quem sabe na próxima vez?

A decepção é evidente em seu rosto, mas o curador assente.

— É claro, milady. Vejo que seu lábio está melhor.

Levanto a mão e passo os dedos sobre o corte em cicatrização. Não vejo meu reflexo há muito tempo, e prefiro continuar assim.

— O rosto poderia estar melhor — murmura, acentuando os "t" como se a língua quisesse encobri-los. — Não fez a compressa, como eu disse, não é?

— Fiz... — Tento não deixar a culpa dominar minha voz. — Por alguns minutos.

Ele suspira e balança a cabeça, a boca parece querer se contorcer em uma careta aborrecida.

— Sempre ignoram a ordem para fazer compressa de gelo — resmunga.

— Vou fazer hoje — garanto, apressada.

— Ah, vai, é claro — ele responde enquanto revira os olhos, deixando evidente que não acredita em mim. — Posso fazer outro tônico para a dor, se quiser. E se me deixar examinar suas costelas, isso...

— Não, obrigada — interrompo, tensa.

Hojat suspira.

— Vocês, da terra de Midas, são bem desconfiados, sabe?

Meu corpo todo fica tenso.

Vocês, da terra de Midas. Ele viu os outros.

Tenho de fazer um esforço enorme para não me deixar levar pela ansiedade.

— E acha que estamos errados? Somos prisioneiros do Quarto.

— Somos todos prisioneiros de alguma coisa, até de coisas que não queremos admitir.

Estranho as palavras, mas não tenho tempo para pensar nelas.

— Na verdade, estou indo encontrar os outros agora. Posso ajudá-lo a convencê-los a aceitar os tratamentos que acha que são necessários, se quiser ir comigo.

É uma mentira bem ruim. Eu sei e, considerando o jeito como ele olha para mim, Hojat também sabe.

— Tem permissão para isso? — ele pergunta, inseguro.

— Tenho — respondo depressa.

Ao que parece, Hojat não está convencido, porque balança a cabeça.

— Se quer ir ver os outros, primeiro vai ter de pedir permissão ao comandante.

Um suspiro frustrado escapa por entre meus dentes como um chiado.

— Por favor — imploro. — Não vou causar problemas. Só quero ter certeza de que estão todos bem. É claro que, como reparador, é capaz de entender meu desejo. — É uma tentativa pífia, mas às vezes elas dão certo.

Uma expressão hesitante, mas solidária, passa pelo rosto de Hojat, e por um momento penso que o convenci. Mas ele balança a cabeça outra vez.

— Não posso, milady. Desculpe.

— Eu a levo.

Ambos nos assustamos quando um soldado aparece de repente ao nosso lado, como se tivesse se materializado das sombras.

Por um segundo, fico tão chocada por ver uma mulher militar, que tudo que faço é encará-la boquiaberta. Ela está vestida com couro marrom e preto, leva uma espada sobre o quadril e exibe uma expressão pretensiosa.

Sua pele é bonita, lisa e marrom-escura, com subtons quentes que desabrocham nas maçãs do rosto. O cabelo preto é curto, com áreas raspadas formando padrões complexos. De início, penso que os desenhos são pétalas pontiagudas, porém, quando observo com mais atenção, vejo que são adagas afiadas desenhadas em torno da cabeça como uma coroa, apontando para cima.

— Quem é você? — indago, notando o pequeno piercing no lábio superior. O fragmento de madeira se encaixa com perfeição bem no meio do arco do cupido, e é adornado por uma brilhante pedrinha vermelha.

Ela não responde, está olhando Hojat.

— Devia ir pegar seu jantar antes que todos os imbecis acabem com a comida, reparador.

O lado esquerdo da boca de Hojat aponta para baixo, uma expressão contrariada que é mais uma careta.

— Já vou. Preciso mexer a mistura por mais cinco minutos, pelo menos, antes de deixá-la esfriando. — E olha para mim, depois novamente para ela. — Tem certeza de que vai ficar bem com milady?

Ele continua me chamando de "milady", sem nunca ser grosseiro ou me tratar como prisioneira. É difícil não gostar dele quando faz essas coisas.

A mulher ri.

— Sou capaz de escoltar nossa prisioneira dourada.

— O comandante...

— Está tudo certo. — Ela bate no ombro dele com simpatia, e consegue interromper seu discurso. — Boa sorte com a mistura, reparador.

Hojat olha para mim com uma expressão indecifrável, depois volta a se concentrar no caldeirão, mexendo e encarando a mistura como se fosse a coisa mais interessante que já viu. O desconforto se espalha em mim como um inseto rastejando entre os lençóis.

A mulher me avalia de cima a baixo.

— Vamos ver suas montarias, então?

Espio Hojat mais uma vez, todavia ele nos ignora.

Pigarreio.

— Vá na frente.

Desconfiada, eu a sigo. Minha necessidade de ver os outros é maior do que todas as ressalvas. Além do mais, Hojat teria me avisado se ela fosse perigosa.

Certo?

15
AUREN

A mulher ao meu lado se move tal qual uma ave.

Com passos leves, ela não marcha, não saltita nem faz o que descrevo como andar. Ela desliza, avança sobre a neve compactada com uma graça que eu nem sabia ser possível. Enquanto eu só consigo me esforçar para tentar não escorregar.

Ela me leva em sentido contrário àquele em que eu ia antes, mantendo-se afastada da fogueira e do grupo numeroso na caverna, e, apesar de não ver seus olhos em mim, eu os sinto. O arrepio de um lado do rosto me diz que ela está me estudando.

Meus ombros ficam tensos sob a observação silenciosa, meus lábios se comprimem a fim de me impedir de falar. Ela só se dirige a mim quando já estamos bem longe de Hojat.

— Então, você é a famosa mulher dourada de que todos estão falando.

— A menos que tenha outra escondida em algum lugar...

Ela bufa, mas não sei se é irritação ou humor. Espero que seja a segunda opção.

Chegamos perto de uma fogueira menor, com um grupo de uns trinta soldados em torno dela, mas a mulher vira à esquerda com brusquidão, passando por trás de uma pilha de lenhas. Quase tropeço com a súbita mudança de direção.

Um pouco mais adiante, alguns soldados se movimentam por ali, e novamente ela faz uma curva inesperada, e somos obrigadas a nos espremer entre barracas bem juntas a caminho de outra trilha.

Um mau presságio me domina quando olho em volta e percebo que aquela área está vazia.

— Está mesmo me levando para ver as montarias... não é?

— Eu disse que estava, não disse?

Não é bem uma resposta.

A cada vez que vemos outro soldado, ela muda de direção, até eu me sentir tão perdida e confusa com seus esforços clandestinos, que não sei qual dos dois me deixa mais nauseada. Ou o comandante realmente não permitiria que eu fosse ver as montarias, e ela está desobedecendo as regras, ou...

Ah, grande Divino. Ela vai me matar.

Cada curva acentuada e manobra de evasão que ela executa para fugir de soldados próximos aumenta a certeza de que vou morrer.

Muito obrigada, Hojat. E eu já estava começando a gostar do curador do exército e preparador de intestino fervido.

Minhas fitas vibram de um jeito nervoso embaixo do casaco, todavia, quando me preparo para dar meia-volta e correr, a mulher bate palmas.

— Isso!

Paro onde estou, e ela corre para uma das barracas e se abaixa ao lado de um grande barril de madeira bem na frente da tenda.

Quando percebe que continuo imóvel a alguns metros de distância, ela olha para mim com impaciência.

— O que está fazendo aí? Depressa, venha me ajudar com isso.

Confusa, levo uns segundos para me aproximar dela e parar na frente do barril.

— O que quer que eu faça?

Ela revira os olhos.

— O que pode ser? Segure de um lado. — Sem esperar mais nada, ela tomba o barril, e só tenho uma fração de segundo para reagir e segurá-lo.

O peso quase arranca meus braços, e deixo escapar um grito de surpresa. Quase derrubo o barril quando ela encaixa as mãos sob a base e o levanta, sacudindo o líquido dentro dele.

— Vamos lá, Mechas Douradas, mexa-se — ela diz, e voltamos pelo mesmo caminho, mas agora carregando uma porcaria de barril pesado.

— O que tem nesta coisa? — pergunto por entre os dentes, tentando não cair.

— É meu — ela responde, altiva.

— Certo... e por que estamos carregando o barril?

— Porque os filhos da mãe do flanco esquerdo o roubaram do flanco direito. E eu estou roubando de volta.

O líquido sacode dentro do barril e faz barulho perto da minha orelha, a madeira áspera amassa meus dedos dentro das luvas.

— E você é o flanco direito? — deduzo.

— Isso. Mantenha seu lado elevado. Não me obrigue a fazer todo o trabalho sozinha.

Tento espiá-la por cima do barril, entretanto quase tropeço, e volto a prestar atenção em meus pés. Minha escolha está me obrigando a roubar. Provavelmente, não é a melhor circunstância para mim, considerando que já sou prisioneira deles.

O lado positivo? Ela não vai me matar. Sou só sua cúmplice em um crime.

A mulher ajeita a carga do seu lado.

— E aí, doeu muito?

Intrigada, lanço um olhar confuso na direção dela, fazendo o possível para não ofegar.

— O quê?

Ela vira de lado, conduzindo-me entre duas tendas por um espaço ridiculamente pequeno.

— Todo mundo em Orea ouviu falar de você. Mas, agora que a vejo de verdade, sei que não é pintura nem um boato idiota, e quero saber se doeu quando o Rei Midas a tocou e transformou você... nisso — ela conclui, deixando os olhos castanhos passearem por meu corpo.

Minha cabeça tropeça na pergunta, a surpresa quase me faz esquecer que estou segurando um barril de cinquenta quilos. Ela quer saber se o toque de ouro *me machucou?*

Ninguém me perguntou isso antes.

Perguntaram outras coisas, é claro. Coisas grosseiras. Palavras que jamais passariam por seus lábios se as pessoas me vissem como uma pessoa comum digna de tratamento decente.

Contudo, pelo fato de Midas ter feito de mim um símbolo, elas podem dizer o que quiserem para satisfazer sua curiosidade. Acreditam que minha notoriedade lhes dá o direito de fazer todas as perguntas horríveis que quiserem.

Mas isto é diferente. Não tem a ver com o que meu corpo dourado significa para ela. É o que ele significa para mim.

Percebo que ela ainda espera a resposta, que o silêncio se prolongou e se espalha como uma sombra.

Pigarreio.

— Não. Não, não doeu.

Ela responde com um som baixo, o cabo da espada batendo de leve na madeira a cada passo.

— Você não odeia? Ser olhada o tempo todo?

É mais uma coisa que nunca me perguntaram. Mas, dessa vez, não preciso pensar para responder.

— Odeio. — A palavra sai como um sopro, involuntária e imediata.

Sempre que Midas me levou para perto de outras pessoas — fosse a sala do trono repleta de gente ou um café da manhã íntimo com o propósito de impressionar —, o resultado foi o mesmo. As pessoas olham. Falam. Julgam.

Por isso a amizade com Sail foi tão renovadora. Ele não me fez perguntas sobre ser dourada. Não me analisou nem me tratou como uma novidade.

Ele só... me viu como uma pessoa, tratou-me como uma amiga. Uma coisa muito simples, mas para mim foi tudo.

Mas Sail se foi, e eu estou aqui. Com uma mulher sobre a qual não sei nada, exceto que Hojat ficou um pouco amedrontado ao vê-la, e que ela gosta de roubar barris nas horas vagas.

Notando o formato dos músculos visíveis sob as mangas pretas da peça de couro e o jeito confiante como toca o cabo da espada, decido que, para mim, ela parece uma guerreira.

Eu a estudo, curiosa, mas minhas mãos estão presas, os braços queimam e tremem.

— Não aguento segurar esta coisa por muito mais tempo — aviso.

Ela estala a língua.

— Precisa fortalecer esse braço, Douradinha — ela responde, antes de acenar com a cabeça para um círculo de tendas. — Bem ali.

Ela me conduz a uma das barracas, e depositamos o barril no chão com todo o cuidado. Assim que o soltamos, ela sorri, presunçosa, à medida que faço uma careta e sacudo mãos e braços doloridos.

Ela entra na tenda e volta com várias peles, que joga aleatoriamente em cima do barril.

— Pronto.

Avalio a cobertura descuidada com uma sobrancelha arqueada.

— Não está muito bem escondido.

O colete de couro dela se mexe com o movimento quando ela dá de ombros.

— É o suficiente. Aqui. — E volta à tenda para pegar uma taça de ferro. Ajoelhada na neve, enfia a mão embaixo das peles na base do barril e vira o braço, e escuto o barulho de líquido correndo.

Ela fica em pé, bebe um gole generoso que esvazia metade da taça, depois a oferece a mim.

Olho para o líquido vermelho com ar de espanto.

— Isso é...

— Vinho. Feito com os frutos das videiras do Quarto Reino.

Pego a taça da mão dela antes do fim da explicação e bebo tudo com goles ávidos. É doce, mas picante; denso, rico, mas refrescante. Talvez seja a abstinência, mas acho que este pode ser o melhor vinho que já provei.

Deixo escapar um gemido de satisfação quando limpo a boca com a manga da blusa.

— Grande Divino, que delícia.

Ela ri.

— Eu sei.

Tento não fazer cara de frustração quando ela pega a taça de volta e a joga dentro da tenda. Senti falta do vinho, muita falta.

— Muito bem, agora vou levar você para ver suas montarias. Mas essa coisa do barril de vinho nunca aconteceu, certo? — E aponta para o meu rosto. — Não estou brincando.

— Eu nunca brinco com vinho — respondo.

— Ótimo. Vamos.

Talvez seja efeito do álcool, mas agora me sinto muito mais calma com essa mulher estranha.

— Então... você é uma soldada.

— Como você descobriu? — ela devolve, com tom seco.

— O Rei Ravinger sempre permitiu mulheres em seu exército?

Ela vira a cabeça e me encara, os olhos brilhando no escuro, os lábios retraídos.

— Permitir? Como se estivesse fazendo um favor para nós, mulheres?

— Não, eu só...

— Sorte a dele ter mulheres em seu exército — ela interrompe. — Todos os reinos em Orea deveriam ter a inteligência de utilizar suas mulheres, mas não as utilizam. Por isso o Quarto sempre será superior.

Levando em conta a veemência de sua voz, eu diria que ela já teve essa discussão antes.

— Desculpe — reajo depressa, na tentativa de acalmá-la. — Só fiquei surpresa. Nunca ouvi falar que mulheres eram aceitas no exército em outros reinos.

Ela assente, tensa, e nos desviamos de uma fileira de baldes no chão.

— Como eu disse, o exército do Quarto é superior.

Ponho as mãos nos bolsos do casaco.

— Os homens... são cruéis com você e com as outras mulheres em serviço?

— Quer saber se eles se metem com a gente.

— Sim.

Ela dá de ombros.

— Sempre tem uns cretinos que gostam de pensar que são melhores do que nós — ela responde. — Mas não é como está pensando. Nenhum soldado em todo este exército abusaria de uma das mulheres.

— Sério? — insisto, incrédula.

— É claro — ela confirma, com segurança. — Para começar, o comandante arrancaria a cabeça de quem fizesse uma coisa tão vergonhosa. Além disso, o exército é um clã. Podemos ter de aturar uma merda ou outra no treinamento, mas todo mundo aqui conquistou seu lugar, seja qual for o nome do que tem entre as pernas. Estar no exército do Quarto sob às ordens do comandante é uma honra que nenhum de nós desconsidera.

Ela fala como se servir sob o comando de Degola fosse uma honra imensa, parece quase fanática em seu respeito por ele.

Nunca imaginei que Degola ou o Rei Ravinger dessem tanta importância à equidade das mulheres. Midas nunca pensaria em aceitar soldados do sexo feminino em seu exército.

Como se lesse meus pensamentos, ela me observa como quem me conhece, passando a mão na cabeça raspada em busca de remover os flocos de neve.

— Não me surpreende que a ideia lhe pareça tão estranha. Seu Rei de Ouro quer que as mulheres sejam montarias, não que montem para participar de uma batalha.

Não respondo, porque não tenho nada a dizer. Ela está certa.

— Qual é seu nome? — pergunto. Devia saber, agora que roubamos um barril de vinho juntas.

— Lu.

— Só Lu?

— Talula Gallerin, mas, se me chamar de Talula, eu chuto sua bunda de ouro, Mechas Douradas.

Sorrio.

— Obrigada pelo aviso. O meu é Auren.

— Só Auren? — ela retruca, desconfiada. — Não tem sobrenome de família?

— Não tenho família.

Depois disso, Lu fica quieta. A família que tive um dia sumiu para sempre. Queria ter sabido que aquela noite seria a última vez que os veria. Teria abraçado meu pai um pouco mais forte. Teria inalado o perfume do cabelo de minha mãe enquanto ela me abraçava e tentado memorizar seu cheiro.

É engraçado como esqueci aquele cheiro, mas lembro nitidamente o sabor do doce de mel que ela me deu naquela noite, porque era meu favorito, e ela me subornava para que eu fosse corajosa.

Lembro-me do peso no bolso da camisola, de como ele amoleceu na minha mão trêmula, suada. Eu me lembro do gosto do doce também, uma explosão de calor que derretia na língua e se misturava ao sal das minhas lágrimas.

Um docinho para uma noite escura e amarga.

Empurro a lembrança para longe, amasso-a como o papel da embalagem que deixei no fundo do bolso naquela noite.

Lu me leva a uma barraca grande, para diante dela, onde dois soldados conversam sentados em banquinhos ao lado de uma pequena fogueira, cujas chamas projetam um brilho alaranjado em seus rostos. Estão jogando alguma coisa, dados de madeira que rolam a cada sacudida de mãos.

Eles viram ao ouvir o som dos nossos passos, olham para mim com espanto.

— O quê... — O homem para de falar quando percebe que Lu me acompanha.

O outro soldado resmunga um palavrão, e os dois se levantam imediatamente e se colocam em posição de sentido.

— Capitã — o homem à esquerda fala, com um breve aceno de cabeça, enquanto o outro cospe o cigarro enrolado que tinha na boca, deixando que se apague na neve com um ruído que lembra uma serpente raivosa.

— Boa noite, cavalheiros — ela fala, animada. — Mechas Douradas aqui quer ver as montarias.

Os dois se entreolham.

— Ahm...

Assim como fez com Hojat, Lu sorri e dá um tapa cordial nas costas do soldado, ignorando sua hesitação.

— Não vai demorar mais do que cinco minutos.

Ela se senta em um dos banquinhos que os soldados ocupavam pouco antes, pega o cigarro da neve, percebe que ainda tem um pouco de fumaça saindo dele e o aproxima da chama da fogueira a fim de acendê-lo de novo.

Com o cigarro entre os lábios, eleva a cabeça para fitar os soldados e arqueia uma das sobrancelhas.

— Então? Vão ficar aí parados, idiotas, ou vão me ensinar esse jogo de dados?

Os homens relutam, movem os pés na neve sem saber como agir, porém, quando ela estala os dedos, apressam-se a atendê-la.

Primeiro, Hojat ficou um pouco nervoso diante dela, e agora esses soldados a chamam de "capitã". É evidente que ela não é uma soldada comum e que tem status.

Interessante.

Lu sorri-lhes e pisca para mim com ar conspirador.

— Cinco minutos, Douradinha. E nem pense em tentar alguma bobagem. Experimente, e não vai ser a única a se meter em confusão. Entendeu?

— Entendi — confirmo, com um balançar de cabeça.

— Ótimo. Porque, se fizer alguma coisa para interferir nessa detenção, vai sofrer as consequências.

Não tenho dúvida disso. Assim como não tenho dúvida de que não vou querer pagar esse preço.

16
AUREN

Não me permito hesitar muito na frente da barraca, porque tenho medo de perder a coragem. Vou acabar me virando e dizendo a Lu que prefiro jogar dados, em vez de encarar as montarias.

O problema é que não sei o que esperar, mas vou sair certa de que elas ainda não gostam de mim.

Levanto a aba da tenda e entro.

Assim que meus olhos se adaptam, inicio uma contagem mental. Quando confirmo que o resultado da contagem ainda é doze, suspiro com alívio.

Apesar de eu estar inerte e desconfortável na entrada da tenda, sentindo o frio da noite batendo nas costas, nenhuma das montarias percebe minha presença de imediato. Estão ocupadas demais discutindo entre si.

Há pilhas de peles por todos os lados, lamparinas penduradas nas estacas que sustentam o tecido da barraca e bandejas de comida deixadas de lado, esquecidas. A tenda é grande, mas parece pequena com todas elas lá dentro, com a energia irritadiça da discussão.

Miro a fonte da voz mais alta, e vejo Mist e seus cabelos pretos. Ela discute com uma mulher pequena e com aparência de fada, Gia. Estão frente a frente, de braços cruzados, e a raiva é visível em seus olhos.

— Você rasgou meu maldito vestido! — Gia acusa e, de fato, a manga de seu vestido está rasgada, meio caída.

Mist dá de ombros.

— Avisei para não esticar esses braços magrelos para o meu lado.

— Vou me esticar onde eu quiser, Mist. Você não manda aqui, e esta barraca mal comporta todas nós, caso não tenha notado. E você só piora a situação, porque tem o dobro do meu tamanho.

Mist mostra os dentes como se estivesse pronta para rasgar o pescoço da garota, no entanto uma montaria de cabelo vermelho e comprido as interrompe:

— Acha que sua situação é ruim, Gia? Isis fede tanto que até as deusas nos céus estão de nariz tampado.

Isis, a montaria escultural do outro lado da tenda, vira a cabeça na direção da ruiva.

— Como é que é? Acha que você está com perfume de rosas, vadia? — ela dispara, e um rubor furioso tinge seu rosto. — Está se lavando com trapos e neve derretida e cagando em buracos, assim como todas nós, não finja que é melhor! — guincha.

— Não quero saber quem está fedendo — Mist reage, encarando Gia como se lançasse facas com o olhar. — Se tocar em mim de novo quando eu estiver tentando dormir, não vai ser o vestido. Eu arranco a porcaria do seu cabelo.

Gia cerra os punhos.

— Experimente, sua puta!

As outras montarias se envolvem para defender o lado preferido, gritando insultos tão pesados que tenho medo de que logo se ataquem fisicamente.

Muito bem, então, as montarias não estão muito bem.

O lado positivo? As doze estão vivas.

Pigarreio, tentando me fazer ouvir em meio à gritaria.

— Hum... oi. — Não é minha melhor declaração, mas todas cessam a discussão.

No mesmo instante, duas loiras que estão de costas para mim se viram ao ouvir minha voz.

— O que você está fazendo aqui? — Polly pergunta, medindo-me de cima a baixo. Ela ainda usa meu casaco dourado, e o desprezo por mim parece ter voltado.

Mist agora dirige a mim toda a fúria que antes despejava sobre Gia.

— Ah, olha, é a favorita — comenta, praticamente cuspindo.

Eu a ignoro.

— Só vim me assegurar de que estão todas bem — anuncio, e observo ao redor.

Mist solta uma risada seca, feia, e se acomoda sobre uma pilha de peles, puxando uma para se cobrir.

— Ouviram isso? A favorita desceu do pedestal para vir saber de nós, montarias inferiores. Quanta bondade.

Minhas fitas se movem para junto das costas, como se antevissem o movimento de empurrá-la de novo, como fizeram no navio pirata.

Eu a ignoro, determinada.

— Está tudo bem? — pergunto, e olho para Rissa à espera de uma resposta.

Ela não se pronunciou desde que entrei, e é ela que, mais do que as outras, me deixa nervosa. Queria realmente ter certeza de que as montarias estavam bem, mas estaria mentindo para mim mesma se não admitisse que vim ver Rissa especificamente.

Minha vida depende disso.

Rissa dá de ombros, as mãos trançam pequenas porções do cabelo, enquanto os olhos azuis e astutos me observam.

— Na medida do possível.

Assinto.

— Estive com o curador do exército. Ele disse que algumas de vocês não aceitaram sua ajuda.

Outra garota, Noel, revira os olhos.

— Confiar em um deles? Como pode ser tão burra?

— Ele não vai machucar vocês.

Várias montarias riem, balançando a cabeça.

— Acho que ela é burra mesmo — Noel murmura.

— Por que a surpresa? Todas sabíamos que o Rei Midas não a mantinha por causa da inteligência, e sim pela coisinha de ouro no meio das pernas — alguém comenta, rindo baixinho.

Sinto o rosto esquentar, a vergonha arranhar meu rosto e deixar vergões. Mais uma vez, sou posta em meu lugar. Sempre uma forasteira. Elas podiam estar discutindo quando entrei, mas todas concordam sobre uma coisa, pelo jeito.

Elas me odeiam.

Respiro fundo para me manter calma e forço as palavras a saírem de minha boca:

— Se alguma de vocês estiver machucada ou doente, aceite o atendimento do curador. Ele não me machucou, e não acredito que tenha más intenções.

— Para que se importar com isso? — Mist pergunta.

Olho para ela.

— Como assim?

Por trás do ódio, enxergo o cansaço e a preocupação. O cabelo preto está embaraçado, e sombras desenham luas crescentes sob seus olhos.

— Logo os soldados vão ficar entediados e vão começar a se divertir com a gente. Mesmo que esse curador faça o trabalho dele, vamos acabar ainda mais arrebentadas.

Meus nervos formam nós de preocupação.

— Ouviram os soldados falando alguma coisa sobre isso?

— Não precisamos ouvir — Polly se manifesta, e apoia a cabeça no ombro de Rosh, a montaria homem. — Olhe em volta, Auren. Somos prisioneiras de um exército repleto de soldados solitários. Cedo ou tarde, eles vão tirar proveito disso. Os homens são todos iguais. — Ela olha para Rosh e toca seu rosto. — Menos você, Roshy.

Ele ri e balança a cabeça, mas também parece incomodado com o que ouve. Olho para as outras e vejo isso no rosto delas, a resignação perturbada.

Cada uma delas acredita mesmo que essa trégua no cativeiro vai acabar logo, que os soldados vão usá-las como quiserem. E, sinceramente, por que não acreditariam nisso? Seria ingenuidade pensar de outra maneira.

Do mesmo modo que sou vista como uma estátua em um pedestal para ser admirada, elas sempre foram tratadas como montarias para se cavalgar.

Sou invadida pela náusea, uma onda agitada que se quebra no fundo do meu estômago e espalha preocupação.

E se estiverem certas? E se os soldados do Quarto começarem a usá-las?

A presença das montarias aqui não é segredo, e quem sabe há quanto tempo os soldados estão viajando, dia após dia?

Degola alega confiar em seu exército, e até Lu garantiu que ninguém ali faria mal às mulheres que servem com eles, mas e quanto a fazer mal às montarias? Afinal, elas pertencem ao inimigo.

— Este é o mundo real, Auren — Polly me diz, com altivez. — Não somos as favoritas de Midas. Não temos o título para nos proteger, como você. Por isso estamos aqui, e você está lá.

Todas as montarias concordam, fitando-me com inveja e rancor, cada olhar me penetrando como um alfinete que me mantém no lugar.

Queria poder dizer que estão erradas, que ninguém vai fazer mal a elas. Mas o fato é que não sei. Não posso fazer falsas promessas e torcer para que isso tudo não desmorone.

— Sabem onde estão mantendo nossos guardas? — questiono, em voz baixa. Qualquer confiança que eu tivesse antes de entrar nessa tenda desapareceu.

— Não — Gia responde, cruzando as pernas sob o corpo pequenino ao sentar-se, puxando a bainha do vestido rasgado e sujo. — Eles nos mantêm aqui separadas, provavelmente para não tentarmos nada suicida, como fugir.

Assinto, distraída, catalogando os rostos cansados, amarrotados e preocupados. Não é à toa que estão se atacando. Estão descarregando as emoções umas nas outras, e não posso condená-las por isso.

Estão com medo, espremidas como formigas em um buraco, pisando umas nas outras e prontas para explodir. Foram capturadas pelo mais temido exército de Orea, e vivem com o medo de sofrer abusos a qualquer momento. É provável que eu também estivesse brigando por causa de odores corporais e espaço para as pernas.

Olho para Rissa de novo. Palavras não ditas engrossam minha língua e me fazem parecer desajeitada.

— Rissa, posso falar com você por um momento?

Ela me encara com firmeza, com um brilho conhecido nos olhos azuis. Minhas mãos começam a suar dentro das luvas, e uma pergunta batuca em minha cabeça como um tambor.

Nós duas ainda usamos o mesmo vestido, as roupas que usávamos quando estivemos com o capitão. Queria saber se isso causa arrepios nela, saber que o tecido foi tocado por ele. Se ela se esfrega tentando limpar a pele com o mesmo desespero que eu, se encontrou alguma marca de sangue nos fios do tecido.

Enquanto nos encaramos, as outras montarias olham para nós duas, sentindo a tensão. Torço as mãos à frente do corpo, e meu estômago imita o movimento.

Uma questão continua perpassando minha cabeça ao me deparar com ela, o desconhecido me cercando como um abutre pronto para mergulhar.

Será que ela contou?

17
AUREN

Olhos azuis me observam, um rosto bonito que nada revela. Não estou surpresa. Rissa não é do tipo que mostra demais.

Também não consigo julgar o que as outras montarias sentem. São boas demais em fingir, muito treinadas nas palavras, nos truques e enigmas da corte.

— Posso falar com você, por favor? — repito quando o silêncio se torna demais para mim. Rissa está me deixando nervosa, cada segundo é pior do que o anterior.

Rissa percebe que estou mordendo a boca antes que eu consiga me controlar. Ela conhece meu segredo mais importante, mais guardado, e não sei se contou para alguém. Não sei no que está pensando, e isso me preocupa.

Finalmente, ela se levanta.

— É claro que podemos conversar.

Um suspiro de alívio audível escapa do meu peito, mas olho em volta desanimada. Não há qualquer lugar neste espaço onde possamos conversar sem que nos ouçam.

Rissa se adianta.

— Venha. Os guardas deixam a gente sair algumas vezes por dia para esticar as pernas.

Eu a sigo para fora da tenda, e Lu me encara assim que apareço do lado de fora. Rissa olha para os guardas.

— Só estou esticando as pernas, rapazes — explica, com um sorriso ensaiado, as tranças loiras perfeitamente arrumadas em volta da cabeça. Embora use aquele mesmo vestido há dias e não tenha pente ou escova, ela ainda consegue ficar bonita, de algum jeito.

O guarda mais próximo nos observa com uma expressão desconfiada.

— Conhece as regras. Só uma de cada vez.

— Tudo bem — Lu interfere, olhando diretamente para mim. — Mechas Douradas não vai se afastar. Vai?

— Não — respondo depressa.

O soldado faz uma careta de insatisfação, mas cede.

— Só em volta da tenda — avisa.

— É claro — Rissa ronrona antes de virar, e eu a acompanho. Começamos a andar juntas em volta da barraca das montarias, com a sombra da noite fornecendo um arremedo de privacidade.

Vibro de preocupação, praticamente tremendo com ela enquanto caminhamos na neve lado a lado, e Rissa desliza um dedo pelo couro da tenda enquanto se move. Ouço as vozes abafadas das montarias lá dentro, já começando outra discussão.

— Você sabe o que vou perguntar — rompo o silêncio.

— Sei? — Rissa devolve, com um tom frio.

Deixo escapar um suspiro de frustração, empurrado pela espiral de tensão em minha garganta. Ela não vai facilitar para mim. Soube disso quando ela me fez esperar.

Podemos ter passado por um momento traumático com o Capitão Fane, mas isso não significa que agora ela é minha aliada.

Baixo a voz, e nossos passos lentos adotam o mesmo ritmo.

— Contou para alguém?

A única luz que temos é uma lua leitosa em meio a nuvens cinzentas, tal como creme despejado em ardósia.

— Contei o quê? — ela retruca, em um sussurro.

Minha mandíbula se enrijece.

— Contou para alguém o que eu fiz com o capitão pirata?

Minha pergunta é lenta, como os flocos de neve que caem sobre nós. Mais uma vez, ela fica em silêncio, alimenta minha aflição enquanto andamos, o cabelo loiro adquire um tom ainda mais claro quando passamos por uma lamparina pendurada em uma tenda próxima.

Ela responde, por fim:

— Não contei para ninguém.

Suspiro com a mão no peito.

— Graças ao Divino — desabafo, e a condensação sai de minha boca como fumaça.

Ela se vira para mim e para, interrompendo-me:

— Por enquanto.

Meu alívio breve desaparece, tropeça e cai como um bezerro recém-nascido. Observo seu rosto, seus olhos. Azuis cintilantes para disfarçar as profundezas sombrias.

— Você prometeu que não ia contar — lembro.

— Tenho de fazer muitas promessas. Não significa que as cumpro. — Seu tom é uma mordida, um aviso gelado. — Como isso funciona mesmo?

Reajo com uma expressão incrédula.

— Acabou de admitir que pode deixar de cumprir a promessa que fez para mim, e acha que vou lhe contar mais alguma coisa?

Ela movimenta um ombro delicado, sacudindo neve dos cabelos.

— Quero saber como funciona.

— Como o *quê* funciona?

Rissa sorri, como se estivesse se divertindo com minha tentativa de complicar a situação.

— Esquece. É óbvio que o Rei Midas transferiu alguns dos poderes dele para você com o toque de ouro e não quer que ninguém saiba — deduz, em voz baixa, fazendo meu coração parar.

Ela analisa meu rosto, e não sei o que percebe em minha expressão, mas seus lábios se distendem em um sorriso vitorioso.

— É por isso que ele recusa o toque de ouro a qualquer outra pessoa. Não por você ser a única favorita, mas porque não quer transferir a magia dele acidentalmente para mais ninguém.

Ela fala mais para si mesma do que para mim, uma confirmação que lê nas linhas do meu rosto.

Olho em volta para ter certeza de que não há ninguém por perto, apavorada, apesar de Rissa sussurrar. Formou-se um nó na minha garganta, um obstáculo que não se move.

Se Midas souber desta conversa...

— Com que frequência consegue ter acesso ao poder dele? — ela pergunta, reflexiva.

— Precisa parar de fazer esse tipo de pergunta, Rissa. Não pode contar a ninguém o que aconteceu com o Capitão Fane. Tem de guardar segredo — cochicho, desesperada, olhando para a esquerda e para a direita.

Ela inclina a cabeça, encarando-me, as engrenagens rodando, a cabeça funcionando a mil.

— Quer meu silêncio?

— *Sim* — declaro, enfática.

Alguma coisa cintila nos olhos dela — como o brilho que um peixe vê antes de abocanhar o anzol.

— Ótimo. Mas eu quero ouro.

Meu coração parece falhar, porque eu sabia que isso viria e, ao mesmo tempo, esperava que não viesse.

— Rissa...

Ela me encara sem remorso.

— Segredos têm um preço neste mundo, e todas temos de pagar. Até mesmo a garota feita de ouro.

Quero rir, não por ela estar errada, mas porque sei exatamente quanto está certa.

Gastei *tudo* em segredos. Dinheiro. Tempo. Sofrimento. Momentos preciosos. Precisei desistir da minha infância, da minha liberdade, de qualquer fragmento de felicidade que jamais tive.

Aprendi que segredos custam caro demais.

— Tenho de sobreviver, assim como você — Rissa declara, com firmeza, sem qualquer nota de remorso na voz. — Precisa do meu silêncio? Eu preciso de ouro. Este é meu preço.

Segundos passam entre nós como respiração, um depois do outro, sem intervalo entre si. Rissa mantém o queixo erguido e as costas eretas, mas sei que a marca deixada pelo cinto do Capitão Fane continua lá, assim como o chute que ele desferiu nas minhas costelas ainda está em processo de cura.

Mas é a dor sem marcas que me preocupa mais.

Meus ombros cedem um pouco, e um suspiro derrotado sai de minha boca.

— Lamento que o Capitão Fane tenha tocado você — digo, em voz baixa. — Desculpe por eu ter deixado ir tão longe.

Ela bufa.

— Não estou fazendo isso porque ele me tocou, e não preciso da sua piedade. Fui tocada de jeitos muito piores e por muito mais tempo. Além do mais, meu dever como montaria é ser cavalgada.

Balanço a cabeça em negativa.

— Não faça isso. Não precisa fazer parecer que a ofensa não é nada. Não comigo. Você pode ser montaria, mas é uma montaria real, seu dever é só para com o rei. Mas, mais do que isso, você é uma mulher que merece ser tratada com amor e respeito.

Dessa vez ela ri com vontade, com a cabeça inclinada para trás, os olhos voltados para os flocos de neve que caem do céu. Deixa o frio pousar em seu rosto, a neve entrar na boca e salpicar seu cabelo loiro.

Cruzo os braços, fechando os dedos na luva como se pudessem conter minhas emoções.

— Qual é a graça?

Rissa balança a cabeça e volta a andar, obrigando-me a acompanhá-la.

— Depois de todo esse tempo, ainda acha que essas coisas são reais? — pergunta.

Nesse momento, passamos por Lu e os guardas, o que é bom, porque me dá uma desculpa para hesitar antes de responder.

Será que eu acho? Será que acredito que essas coisas são reais?

Se Rissa me fizesse essa pergunta dois meses atrás, eu teria respondido de imediato que Midas me ama. Sempre amou, desde quando me resgatou.

No entanto...

Meu rei me ama.

É claro. Ama tanto que a deixa em uma gaiola.

A rachadura no vidro está de volta — a que se formou quando pensei que Midas estivesse me dando ao Rei Fulke.

A rachadura se alastra tal qual uma teia de aranha, fios finos se prolongando, imperfeições no amor nítido que sempre nutri por ele. Está ficando difícil enxergar através dela. Mas é minha culpa? Estou deixando o Comandante Degola me influenciar?

— Amor e respeito existem — declaro, em voz baixa, justamente quando damos outra volta na tenda.

Posso estar muito confusa agora com relação a Midas, mas meus pais se amavam. Não lembro quanto, mas sei disso.

— Talvez para algumas pessoas — ela concorda, e sua voz agora é mais baixa, mais triste. — Mas não existem para mulheres como nós.

A confissão é feita para o horizonte, palavras para as nuvens absorverem e devolverem em forma de chuva.

— Somos bonitas e agradáveis aos olhos, perfeitas para alimentar a luxúria, desempenhar um papel. Mas não recebemos amor de verdade, Auren. E as únicas mulheres respeitadas em Orea são as que se sentam no trono. Mesmo assim, *sempre* serão secundárias a suas contrapartes masculinas. Já devia saber disso.

— Rei Midas...

Rissa me interrompe:

— Rei Midas é só isso: um rei. E reis têm amor por uma coisa acima de todas as outras: poder.

O pessimismo vertente de sua língua é um veneno poderoso sem antídoto algum.

— Ouro, Auren — ela reitera depressa, antes do próximo passo. — Se quer que eu guarde seu segredo, quero ouro.

— Não posso fazer ouro para você. — Esfrego os olhos, vendo a bainha de meu vestido e do dela arrastando na neve densa.

Ela continua me fitando.

— Então, pode ter acesso ao poder dele, mas não com muita frequência? Faz sentido. Ficou exausta naquela noite, ficou óbvio. Pensei que fosse desmaiar depois do toque de ouro no capitão com a calça abaixada.

— Quase desmaiei. — As únicas coisas que me mantiveram foram a adrenalina e o medo.

Ela reflete por um momento à medida que completamos outra volta, passando por Lu e os guardas. Minha escolta olha diretamente para mim, avisando que meu tempo está prestes a acabar.

— O Rei Midas sabe quando você usa o poder dele? — Rissa indaga.

— Shhh! — falo, apressada, olhando para trás a fim de garantir que ninguém ouviu. Nenhum deles está olhando para nós. Lu está ocupada demais se vangloriando da vitória na rodada, enquanto os outros dois resmungam sobre sorte de principiante.

Relaxo um pouco quando fazemos a curva novamente, embora a falta de discrição seja inquietante.

— Se queria tanto ter ouro, devia ter arrancado um pedaço do Castelo Sinoalto — resmungo.

— Tem ideia da frequência com que os guardas inspecionam cada centímetro daquele palácio? — Rissa ri e me encara como se eu fosse uma idiota. — Não sou boba. As poucas montarias que se atreveram a pegar um pedaço, um pedacinho de nada, sempre foram pegas. Sempre! E pode acreditar, não valeu a pena.

Engulo em seco, imaginando todos os castigos possíveis. Nunca pensei nas inspeções que Midas devia manter à procura de garantir que ninguém roubasse nada de dentro do castelo, ou pedaços de sua estrutura.

— O ouro que vai me dar tem de ser novo, completamente separado de tudo que o rei tem ou toca. Transforme as porcarias das colheres em ouro, não me importo. Desde que seja o suficiente.

A ideia de contrabandear ouro para Rissa me incomoda bastante.

— Suficiente para quê? O que vai fazer com isso?

— Comprar minha liberdade.

Ela responde muito depressa e de um jeito bem sucinto, o que mostra que pensa nisso há algum tempo.

— Mas... o contrato de montaria real tem um valor muito alto. Precisa...

— De muito ouro para comprar a liberação — ela conclui, com um movimento de cabeça. — Eu sei. É aí que você entra.

Nego, balançando a cabeça com veemência.

— Não tem como juntar todo esse ouro sem levantar suspeitas. O rei descobriria.

— Não se eu fizer a coisa direito, e vou fazer. Não tenho a menor intenção de ser pega e acabar com a cabeça na ponta de uma estaca.

— Isso é ridículo, Rissa.

— Não é impossível uma montaria ganhar algumas moedas quando agrada quem a monta — ela argumenta. — Já ganhei gorjetas.

— Mas...

Ela me cala com um gesto.

— É simples. Todo o ouro que me der, vou trocar por moedas. E quando tiver o suficiente, compro minha liberação do contrato. Se o rei tentar investigar, explico que economizei todo dinheiro extra que ganhei nos últimos sete anos. Digo até que o Capitão Fane me deu muito dinheiro, porque ficou satisfeito demais com o meu desempenho. — Ela sorri. — O rei vai acreditar. Sou a melhor montaria que ele tem.

Não posso desmentir sua confiança, porque ela diz a verdade. Está com Midas há anos, e é a melhor, a mais elegante, a mais sedutora montaria que já vi.

— Finalmente vou ser dona do meu destino — ela sussurra, e para atrás da barraca. Sua voz vibra com a clareza do desejo profundo. Percebo nesse momento que não existe nenhuma possibilidade de convencê-la a desistir da ideia.

Os olhos de Rissa brilham.

— *Liberdade*, Auren. Enfim vou ter liberdade, e você vai me ajudar a conquistá-la. — Ela inspira profundamente pela boca, como se já pudesse sentir o sabor. — Você me ajuda a comprar a liberação do contrato real e ainda ficar com algum dinheiro para começar a vida em outro lugar, e eu guardo seu segredo. Para sempre.

— Seu preço é alto demais.

— É um preço justo.

— Alguns diriam que você deve guardar meu segredo por lealdade.

— Sou leal apenas a mim mesma. — Seu tom não demonstra culpa nem vergonha. Mas quem pode condená-la? Neste mundo, oferecer lealdade a alguém além de si mesma é perigoso.

— Não quero ter de contar seu segredo, Auren. Mas vou fazer o que for preciso para obter liberdade.

Noto a expressão de implacável determinação em seu rosto, e não restam dúvidas de que está falando sério. Ela vai fazer o que for necessário e, apesar de isso me colocar em uma posição terrível, descubro que não estou brava com ela. *Quero* ajudá-la.

Só espero não sofrer as consequências disso.

— Tudo bem — concordo por fim, e o suspiro de Rissa revela com que ansiedade ela esperava minha resposta. — Não conte uma palavra disso a ninguém, e eu consigo seu ouro. Um pagamento. O suficiente para comprar sua liberdade e recomeçar em outro lugar. Mais nada.

— Quando? — ela pergunta, impaciente.

Tento pensar no que posso fazer, em como fazê-lo. Ninguém pode saber. Especialmente Midas.

— Não posso transformar nada em ouro agora. Quando estivermos novamente com o Rei Midas, aí vai ser possível.

— Por quê? Precisa encostar nele para recarregar o poder? — questiona, com uma expressão de curiosidade, tentando conseguir mais informações.

Eu a encaro, séria.

— Quando chegarmos ao Quinto Reino, Rissa. Isso é o melhor que posso fazer. É pegar ou largar.

Dois instantes se passam, e depois ela assente.

— Negócio fechado.

Voltamos à frente da tenda em silêncio e passamos pelos guardas uma última vez.

— O tempo acabou — Lu anuncia.

— Já terminamos — Rissa responde, com um sorriso simpático.

Mas o sorriso desaparece quando ela para por um segundo na frente da entrada, e quase tropeço nela. Paro, assustada, e fito-a com surpresa.

Baixando a voz novamente, ela me encara, séria.

— Assim que chegarmos ao Quinto Reino.

Concordo com um movimento de cabeça.

Sei que ela está lendo minha expressão, e também a linguagem corporal, pesando minhas palavras, confirmando se a promessa é sincera. Está perto o suficiente para eu sentir sua respiração no rosto, e o dela é iluminado pelo brilho da fogueira ao nosso lado.

— É bom não desistir, Auren — ela murmura, com um fogo ameaçador na voz, uma chama que ajudei a acender. — Ou vou ter de fazer um acordo melhor com outra pessoa.

Rissa se vira e entra na tenda sem dizer mais nada, deixando-me na neve, esmagada pelo peso da promessa ameaçadora, tentando imaginar qual de nós duas vai acabar queimada.

18
RAINHA MALINA

O átrio é a parte da qual gosto menos no castelo inteiro. Houve um tempo em que gostava daqui. Quando era cheio de plantas das quais minha mãe cuidava, quando o ar tinha cheiro de terra, flores e *vida*.

Agora é uma tumba.

Centenas de plantas, todas mortas, todas presas em seus caixões de ouro. Com o teto abobadado feito inteiramente de vidro, não há como escapar do reflexo quando a luz cinza e nebulosa do dia entra no ambiente.

Cada planta pela qual passo é uma lembrança.

As unhas de minha mãe sujas de terra, seu sorriso quando me entregava a tesoura de poda. O jeito como cantarolava enquanto andava, corredor por corredor, molhando cada roseira e cada muda.

Naquele tempo eu adorava. Agora, sinto arrepios aqui.

É claro, como rainha regente, sou forçada a vir aqui com mais frequência. Para minha sorte, é sempre neste aposento que os nobres visitantes querem me encontrar.

Lady Helayna para, as saias roçando as tulipas perfeitamente arrumadas, algumas ainda curvas com o peso das pétalas.

Olhos brilhantes, cabelo preto perfeitamente luminoso e penteado em um coque frouxo, a condessa impecável pertence a uma das famílias mais ricas no Sexto Reino, da qual agora é a chefe. Uma rara posição de poder para uma mulher em uma família forte.

— Que extraordinário — ela elogia, contemplando fascinada a fonte de ouro maciço.

Tento enxergar tudo de seu ponto de vista, noto os dedos deslizando pelas ondinhas estagnadas. O fio de água corrente ficou congelado no tempo, a corredeira contínua é como uma cortina dourada.

No fundo da fonte existe uma explosão que nunca vai desaparecer, água que nunca mais será transparente e fresca, ou suficientemente pura para ser bebida. A água que um dia jorrou no topo agora desenha um arco gracioso e imóvel, jatos de ouro maciço tão grossos quanto meu braço.

— Que perfeição, Rainha Malina. É cativante.

— Que bom que gosta, Lady Helayna. Eu devia tê-la convidado para vir a Sinoalto décadas atrás.

— Sim, bem, é bom ter tempo para fazer essas coisas agora. — Ela alisa a frente do vestido preto, e meus olhos acompanham o movimento.

— Como tem passado? — pergunto enquanto a levo para longe da fonte. O vento começou a uivar lá fora, a neve bate nas vidraças como punhos de fantasmas furiosos. Mais uma prova de que esta sala me assombra.

Lady Helayna ajeita o tecido fino preso à gola alta do vestido. O véu do luto será mantido sobre seu rosto por um mês, tirado apenas no confinamento do lar ou na presença da realeza.

— Ah, estou lidando com a situação, Majestade.

Nossos passos ecoam no espaço amplo e, embora tudo que eu queira seja fugir, consigo conduzi-la em um ritmo respeitável. Quando ela para diante das trepadeiras que descem pela parede, ranjo os dentes.

— Imagino que tenha sido muito difícil desde a morte de seu marido — comento, com tom gentil, segurando seu cotovelo em uma demonstração de pesar, quando a verdade é que o gesto serve para levá-la dali, continuar andando.

As trepadeiras douradas podem ser tentadoras de olhar, mas aprendi que tudo neste castelo é insidioso. Cada caule retorcido e botão rebuscado não é mais que uma isca de armadilha.

Lady Helayna tira um lenço do bolso, limpando os olhos lacrimejantes enquanto caminhamos rumo à porta.

— Sim, tenho saudade do meu Ike. Era um bom homem.

Era um traidor, como todos os outros, mas guardo esse pensamento para mim.

Abaixo a cabeça.

— Lamentei muito ter perdido o funeral.

— Ah, não tive a presunção de esperar sua presença, Majestade. Está ocupada demais governando o reino — ela responde e guarda o lenço.

Ela para antes de ultrapassarmos a porta, notando a gaiola embutida no outro extremo do aposento, as barras que se estendem até o corredor escondido ao fundo.

— Estranho — ela murmura, mirando a pilha de almofadas de seda ainda no chão, como se o bichinho de Tyndall continuasse por ali para passar dias e noites deitada nelas.

Quando meu marido disse que ia expandir as gaiolas de Auren para permitir a entrada dela no átrio, fiquei furiosa. Este espaço, embora eu agora o deteste pelo que se tornou, ainda é *meu*.

Minha mãe cuidava dessas plantas, que foram mortas com tanto descuido, sufocadas no interior de esquifes metálicos. Foi neste aposento que ela morreu, para onde a cama dela foi trazida para que estivesse entre as plantas verdes e exuberantes, respirando o perfume das flores em seu leito de morte.

Tyndall jogou tudo isso na minha cara quando trouxe aquela garota para cá. Quando a deixou olhar pelas janelas sob as quais minha mãe viveu e morreu.

Acho que foi então que comecei a realmente odiá-lo.

— Majestade?

Olho surpresa para Lady Helayna. Nem percebi que tinha parado, que estava contemplando a gaiola.

Balanço a cabeça e lhe ofereço outro sorriso ensaiado.

— Desculpe. Estava vendo a tempestade que começa a cair — minto, olhando deliberadamente além da gaiola para as janelas.

Ela assente e observa a neve que se acumula sobre a cúpula, banhando-nos em tons de cinza — um céu sombrio.

— Acho melhor ir embora, antes que a tempestade piore.

— Eu a acompanho até lá embaixo.

Passamos por quatro dos meus guardas de ambos os lados da soleira do átrio, e seus passos firmes nos seguem quando começamos a longa descida da escada.

— Obrigada por me convidar para o chá e pela visita ao átrio, Majestade.

— Espero que volte — respondo.

Torço para que ela aborde o assunto em torno do qual demos voltas durante a tarde toda, mas ela não se manifesta. Recomeço a ranger os dentes.

Quando chegamos ao primeiro andar, as amas de Lady Helayna já estão lá, esperando com o casaco e o chapéu. Ela levanta o véu de luto e o prende ao chapéu que as amas colocam sobre sua cabeça, e seus traços perdem a nitidez atrás do tecido fino que esconde seu rosto.

Assim que as amas a ajudam com o casaco, Lady Helayna olha para mim. Mantenho o sorriso agradável, apesar de estar fervendo por trás dele, pensando em tudo que eu poderia ter feito ou dito de maneira diferente, imaginando se outra tática teria funcionado. Calculando quais nobres ainda podem ser cooptados, mesmo sem ela.

Lady Helayna faz uma reverência, e seu vestido se espalha pelo piso dourado e gasto.

— Minha rainha.

Estendo-lhe a mão, mas meu sorriso é tenso. Um dia inteiro. Perdi um dia inteiro com ela e...

Os dedos apertam minha mão em um gesto amistoso, e ela se inclina para mim em uma atitude conspiradora, o rosto obscurecido.

— Tem todo o meu apoio para governar o Sexto na ausência de seu marido.

Paro, sinto a vitória fria se espalhar por mim como gelo fresco. O frio é um bálsamo para meu espírito, uma vitória que me leva para muito mais perto de manter o controle.

Posso não ter nascido com magia, mas vou provar a Tyndall, à minha corte, a todo o meu reino, que tenho meu tipo de poder. Com ele, o Sexto Reino vai se tornar mais forte do que nunca. *Eu* vou me tornar mais forte do que nunca.

— Não entendo a hesitação das outras casas nobres — ela confessa, e quase posso sentir como revira os olhos. — Um Colier reinou no Sexto por gerações e vai continuar reinando. Você pode governar aqui, enquanto o rei continua ajudando o Quinto Reino a defender suas fronteiras.

Desta vez, o sorriso que distende meus lábios é autêntico. Ter uma mulher no posto de chefe de casa é raro, e eu sabia que era a oportunidade perfeita para abrir espaço nos círculos da nobreza. Uma tarde de cortesia, e conquistei seu apoio.

Contar com a condessa ao meu lado vai me ajudar a conquistar a confiança das outras mulheres da nobreza. Sei que conversam entre si, e Lady Helayna é quem elas respeitam como líder. Se puder trazer todas as mulheres para o meu lado, vai ser uma vitória importante.

As mulheres não são chefes de suas casas, mas falam no ouvido dos homens que o são. Se feitos da maneira correta, tais incentivos sussurrados podem se tornar os pensamentos subconscientes de homens ignorantes.

— Tem minha gratidão, Lady Helayna. A coroa será sempre grata por seu apoio.

— Nós, mulheres, precisamos nos unir — ela diz, com um sorriso acanhado, quase invisível atrás do véu. — Tenha um bom dia, Majestade.

— Você também — respondo, em tom cúmplice.

No momento em que Lady Helayna sai, meus conselheiros aparecem como aves de rapina atacando em bando.

— Majestade.

— Tenho o apoio de Lady Helayna — declaro, orgulhosa, encarando os três. Barthal, Wilcox e Uwen, conselheiros de meu marido que foram deixados para comandar Sinoalto. Agora são subordinados a mim.

— Tem? — Wilcox pergunta, com uma expressão incrédula no rosto envelhecido.

Assinto.

— Eu lhes disse, cavalheiros: não há nada errado em ocupar o lugar de meu marido.

— É claro, minha rainha — Uwen concorda, segurando o cinto para impedir que a barriga transborde por cima dele. — Nossa preocupação era só porque o Rei Midas nos deu instruções muito claras. Devíamos manter as coisas como sempre foram e mandar um falcão para qualquer comunicação, bem como para relatórios regulares. Ele tomaria as decisões e...

— *Eu* vou tomar as decisões.

Estive trabalhando sem parar para reforçar meu controle frágil sobre o reino, e os três são os que mais duvidam de mim. E é por isso que faço tudo que posso para provar que estão errados, colocando-os em seu devido lugar.

— Como disse antes, não precisamos de falcões. Quaisquer relatórios e outros assuntos devem ser trazidos a mim — anuncio.

Viro e começo a subir a escada, apesar do imenso prazer que sinto quando eles começam a correr atrás de mim como cães treinados.

— Mas os nobres... — Barthal começa.

— Conforme mostrei a vocês a semana inteira, os nobres são leais à família Colier — declaro, com firmeza, andando pelo carpete dourado com passos silenciosos.

— A senhora se encontrou com diversos nobres esta semana, é verdade — Barthal admite.

— Sim, e nenhum deles tem dúvidas de que o Sexto Reino está em boas mãos — pontuo.

— No entanto, receio que a mudança de poder que está promovendo no reino preocupe algumas dessas nobres famílias, e não podemos correr o risco de dissensão — Uwen lembra.

Paro no patamar do segundo andar e viro de frente para os três. Meus guardas param atrás deles.

— Olhem em volta. Sinoalto é capaz de lidar com qualquer risco. — Meu tom é duro, os olhos são frios. — Se houver alguma dissensão no futuro, eu lido com ela, mas, por ora, continuem marcando reuniões. Quero ver um membro de cada uma das famílias nobres e importantes em Sinoalto.

Eles se entreolham, ruminam a pergunta que não ousam verbalizar. Sabem que não devem questionar minhas intenções ao conquistar o apoio pessoal dos nobres.

Mas eles sabem. Ou suspeitam, pelo menos, de que planejo tornar permanentes essas mudanças. Fazer o povo responder a mim, e não a Tyndall.

Meu marido pode ter o toque de ouro e a língua de prata, mas eu tenho o sangue e a história. Eram os meus ancestrais que governavam este reino.

Como uma Colier, sei tudo o que há para saber sobre estas terras e as famílias de Sinoalto, e sei como manipular sua lealdade.

— Sim, Majestade — Uwen responde, com uma reverência.

Fito-os com frieza.

— Agora, a menos que planejem me seguir aos meus aposentos pessoais, creio que terminamos por hoje. Estou cansada, e vocês ainda precisam responder àqueles questionários que redigi. Estou à espera dessas informações.

Wilcox coça a barba rala.

— Sobre isso, Majestade. As perguntas a respeito de nossas forças...

— Quero todas as respostas, Wilcox.

— Sim, mas... — Ele hesita, olha novamente para os outros dois, mas ninguém faz nada. Uwen parece ter um fascínio repentino pelo chão, enquanto Barthal está ocupado ajeitando a lapela.

Wilcox suspira e olha para mim.

— Perdoe-me se ultrapasso os limites, mas esses inquéritos... parece que planeja se preparar para a guerra.

Sorrio-lhe com falsa bondade e desço um degrau. Mais um, outro, e de repente estou diretamente na frente dele. O homem fica paralisado, os olhos azuis se arregalam quando ajeito a insígnia do Sexto Reino em sua túnica, o broche de metal preso no meio da gola. Eu o aperto com tanta força que o homem se encolhe.

Contenho um sorriso ao passo que ajeito sua gola, arrumo o cintilante sino de ouro bem em cima da garganta.

— Lembra-se do que dizia o Rei Colier, meu falecido pai?

Wilcox engole em seco, e sua garganta se mexe enquanto balança a cabeça em negativa.

— Ele dizia: "Tolo é o rei que não se prepara para o ataque. Para os externos e os *internos*". — Abaixo a mão e ergo os olhos para o rosto que empalideceu de repente. — É um bom conselho, não concorda, Wilcox?

O ar que atravessa seus lábios é trêmulo, nervoso, mas ele consegue assentir.

— Sim, Majestade.

Olho para os outros dois e percebo o choque: o suor na testa de Uwen, a palidez de Barthal.

Uma declaração formulada com cuidado, e dei meus avisos. Considero todos os aliados como uma ameaça em potencial, e não vou hesitar em eliminar quem se colocar contra mim.

— Espero em breve respostas para os meus questionários. Por ora, é isso, cavalheiros — encerro, divertindo-me com cada parte do desconforto deles enquanto meus guardas me seguem, passando pelos conselheiros atordoados.

Viro no corredor do segundo andar, seguro o corrimão e olho para baixo, para eles.

— Ah, e o uso dos falcões está suspenso a partir de hoje. Nenhuma mensagem pode entrar ou sair sem minha aprovação direta.

Assistir aos três de queixo caído quase me faz sorrir. Satisfeita, sigo para meus aposentos, consciente de que a cada dia, a cada manobra executada, me aproximo de efetivar o controle sobre Sinoalto.

Quando Tyndall tentar voltar ao Sexto Reino, será tarde demais.

19
AUREN

Estou doente.

Não sei se peguei alguma coisa dos batalhões de soldados, se é estresse ou se meu corpo simplesmente não suporta mais ficar no frio interminável. Seja o que for, meu cérebro parece querer saltar da cabeça.

Não me sinto doente assim há muito tempo, mas a indisposição traz de volta lembranças ruins de Zakir. Lá eu ficava doente com frequência — assim como todas as crianças.

O negócio de nos comprar para manter o funcionamento do negócio de mendicância era bom para os lucros, mas não o suficiente para fazê-lo querer cuidar bem de nós. Tínhamos de aguentar tudo, porque ele não dava um dia de folga para ninguém. Dizia que as pessoas sentiam mais pena de crianças doentes, na verdade.

Éramos muitas dormindo amontoadas em lugares frios e às vezes molhados, com comida que nunca era suficiente e higiene quase que inexistente.

Não gosto nem de pensar nas vezes que tive de procurar sobras para comer. Lixo. Às vezes eu comia lixo.

Mesmo assim, as outras crianças roubavam essa comida de quem tentava guardar alguma coisa; ninguém ligava para a sujeira existente nela. Era compreensível a frequência de doenças.

Ainda assim, odeio me sentir mais fraca do que já sou. Tudo o que posso fazer é dormir até melhorar, e torcer para ninguém perceber que estou ainda mais vulnerável do que antes.

Quase dou risada. Se tem uma coisa de que o comandante tem conhecimento são das minhas vulnerabilidades. As montarias também, na verdade.

Faz três dias que Rissa estabeleceu o preço por seu silêncio. Mas, nesses três dias, não vi o Comandante Degola nenhuma vez, com exceção de sua silhueta adormecida quando saio silenciosa da tenda todas as manhãs, antes da primeira luz.

Tentei visitar as montarias de novo todas as noites desde que fixamos acampamento. Fui rejeitada duas vezes. Ontem à noite, os guardas de plantão eram os mesmos que me viram com Lu, e permitiram uma visita rápida, mas foi quase pior.

As meninas mal olharam para mim, exceto para cuspir a frustração em relação à minha liberdade para andar por ali, em oposição ao confinamento delas à tenda lotada.

Pelo menos consegui confirmar que nenhum soldado tentou usar alguma delas até agora.

Quero continuar tentando me aproximar delas e mostrar que não sou a inimiga, mas o esforço é sempre desanimador, porque nunca me leva a lugar algum.

Na verdade, elas passaram a me odiar ainda mais.

No entanto, não é só por elas que tenho insistido nessas visitas. Também quero continuar procurando os falcões mensageiros.

Faço um caminho diferente todas as vezes, para continuar mapeando o acampamento. Eles montam tudo da mesma maneira todas as noites. Seria fácil, se esse exército não fosse tão grande.

Mas a ideia de andar na neve neste momento e depois ter de lidar com as montarias me faz gemer de exaustão.

Vou me dar a noite de folga, e amanhã recomeço, quando eu não tiver a sensação de que os espinhos do comandante estão furando minha cabeça.

Falando no diabo...

A porta da carruagem é aberta, e olho para Degola, cuja silhueta é salpicada pela luz do entardecer.

Hoje ele não usa armadura, só o casaco de couro congelado nas extremidades, com o cabelo preto penteado pelo vento e os espinhos ocultos.

— Dói quando guarda essas coisas? — pergunto.

Degola olha para o braço sob meu escrutínio, como se estivesse surpreso por não ver os espinhos à mostra, ou talvez por eu ter perguntado sobre eles.

— Não.

— Hum. — Umedeço os lábios secos com a língua e engulo a saliva com uma pontada de dor, e então lembro sobre o que realmente queria falar com ele. Levanto um pouco a cabeça ao perceber que estou caída. — Quero saber onde estão os guardas de Midas.

— Ah, é? — ele devolve, com uma voz grave, um ombro apoiado no batente da porta. — Bom, quero saber quem eram seus amigos mais próximos no Sexto Reino.

Eu o encaro com os olhos ardendo, a cabeça um pouco mais lenta para processar as palavras. Mesmo quando consigo organizar a resposta, ainda estou confusa.

— Por que sempre faz as perguntas mais estranhas sobre mim? Por que quer saber disso? — Meu tom é surpreso e defensivo.

— Eram as montarias que esteve visitando?

Então ele sabe sobre as visitas. Acho que não devia estar surpresa, mas estou, porque ele permitiu que continuassem.

Deixo escapar um gemido quando abaixo a cabeça e esfrego os olhos, que ardem cada vez mais.

— Ah, sim. Elas me adoram. Trançamos os cabelos umas das outras todos os dias, enquanto trocamos histórias sobre Midas na cama.

Grande Divino, eu realmente disse isso? Devo estar mais doente do que imaginava.

Ouço uma risada rouca.

— Interessante.

Abaixo as mãos, e as garras que perfuram meu crânio aumentam a sensibilidade dos meus olhos mesmo sob a luz fraca.

— O que é interessante?

— Você tentar visitá-las todas as noites, quando nem acredita que são suas amigas. Queria entender o porquê.

Inquieta, lamento não termos conseguido concluir o quarto dia sem interação. Pelo visto, não tenho tanta sorte.

— Vai me manter nesta carruagem a noite toda, ou posso sair? Estou cansada.

Degola inclina a cabeça de lado, e os espinhos curtos na testa ficam mais pronunciados.

— Cansada? Normalmente, mal pode esperar para comer e ir visitar as montarias.

— É, bom, como você mesmo disse, elas não são minhas amigas, portanto vou me poupar do esforço — declaro.

Essa criatura faz minha cabeça doer ainda mais.

Seus olhos pretos se tornam mais estreitos quando me estudam com atenção. Examinando meu corpo da cabeça aos pés.

— Está doente?

— Estou bem. Agora, se não se importa... — Olho para a porta, que ele continua bloqueando.

Fico surpresa quando ele dá um passo para o lado, abrindo passagem para mim. A noite ainda não caiu por completo, mas o que resta de luz cinzenta desaparece com rapidez. Respiro fundo, e o ar fresco me faz sentir muito melhor, depois de passar o dia todo presa na carruagem abafada.

Começo a bater os dentes e cruzo os braços como se segurasse um escudo, na tentativa de evitar um arrepio e criar uma camada de proteção contra esse homem. Ele me faz sentir como se removesse minhas camadas, vendo o que busco esconder. E, no momento, não me sinto bem o bastante para me defender, acompanhar suas táticas de batalha mental.

Felizmente, a tenda já foi montada bem ao lado da carruagem. Quero cair na cama improvisada embaixo de uma pilha de peles e não sair de lá até minha cabeça parar de latejar.

Dou um passo em direção à barraca, e de repente enxergo tudo embaçado. A dor ameaça rasgar minha testa. Fecho os olhos e cambaleio, as pernas moles como geleia.

A mão de Degola me alcança com uma agilidade espantosa e segura meu braço. Ele me ampara, mantém-me firme. A sensação de desorientação desaparece, como se o toque do comandante fosse a corrente de uma âncora que eu pensava ter perdido. Balanço como um barco na água, e recupero-me aos poucos enquanto essa âncora me mantém em pé, empertigada.

Uma fração de segundo depois, percebo meu erro — depender de seu amparo com tamanha intensidade. Abro os olhos e me viro, puxando o braço que ele segurava.

— Não toque em mim! — sibilo, olhando em volta, transtornada, com o coração quase saltando do peito quando contemplo o céu.

Sou tomada por outra onda de vertigem, mas elevo as mãos diante do corpo à procura de mantê-lo afastado.

Os olhos de Degola se endurecem como aço, os espinhos irrompem das mangas e nas costas. Parecem respirar, cada curva afiada se expandindo como costelas.

Ele me encara.

— Você mal consegue ficar em pé. Está mesmo doente.

— Já disse que estou bem.

Ele dá um passo à frente, invade meu espaço, obriga-me a levantar a cabeça.

— E eu falei para não mentir enquanto não souber mentir melhor — ele responde, em voz baixa, com uma vibração que lembra serra cortando madeira. — Vá para a barraca. Vou mandar chamar o reparador.

Ranjo os dentes ao ouvir a ordem, já que era isso o que eu estava fazendo, mesmo. Mas minha cabeça dói demais para eu pensar em uma resposta, e não consigo respirar direito com ele tão perto.

Resmungando pragas contra ele, viro e me afasto, prestando atenção aos meus pés e sentindo o olhar em minhas costas até me abaixar para entrar na tenda.

O espaço é um pouco frio, porque as brasas ardentes ainda não tiveram tempo suficiente para espalhar calor, mas tiro as botas geladas de neve e o casaco, e desabo no pallet do lado direito, encolhendo-me embaixo de camadas de peles abençoadas.

Tenho a sensação de que acabei de fechar os olhos quando sinto a mão tocando minha testa. Minha cabeça roda, e por um momento penso que é a mão de minha mãe, seu toque confortante me desejando boa noite.

Mas então noto os calos nas palmas, sinto a pele áspera deslizar por minha testa como lixa alisando madeira.

Não pode ser ela, suas mãos eram macias, delicadas. O toque era carinhoso, não clínico, não esse contato sem familiaridade.

Acordo assustada, piscando para enxergar direito, e Hojat entra em foco acima de mim. Demoro um segundo, mas, assim que percebo que é a mão dele tocando minha testa, sou tomada por um pânico irracional.

Horrorizada, ergo-me de repente, e as fitas se esticam, reagindo por puro instinto. Elas o empurram com força, as pontas de cetim batem em seu peito com violência.

Com os olhos arregalados e surpresos, e um grunhido provocado pela força do empurrão, ele é jogado para trás. Acontece quase em câmera lenta, enquanto assisto a tudo em choque.

Um grito estrangulado escapa do meu peito quando ele quase cai em cima das brasas quentes. O impulso o mantém em movimento, promovido pelo empurrão forte demais, e prendo a respiração ao notar que sua trajetória o leva de encontro às estacas da barraca.

Um segundo antes de Hojat se chocar contra elas, Degola está ali, amenizando o impacto da queda do curador.

O comandante consegue ampará-lo com as mãos em seus ombros, e Hojat recupera o equilíbrio, em vez de bater na sustentação da tenda e derrubar tudo, o que provavelmente o faria abrir a cabeça nesse processo.

Solto o ar de uma vez só.

Por um momento, ninguém se mexe, nenhum de nós fala. Com as fitas abertas dos dois lados do corpo, o único ruído audível é minha respiração ofegante.

Consigo me acalmar o suficiente para voltar a respirar de maneira normal, e me deparo com a escuridão da noite através da fresta entre as abas da entrada da barraca. Devo ter cochilado por pouco tempo.

Contudo, ao reagir em pânico, acabei mostrando a mão... ou melhor, as fitas.

Hojat se afasta do comandante a fim de se ajeitar.

— Ora, ora, você é forte — ele comenta, com uma risadinha nervosa que repuxa a boca deformada em uma careta.

As fitas caem turvamente, e deito outra vez na cama, encolhendo as pernas trêmulas.

— Desculpe, foi sem querer — digo, e afasto os cabelos suados do rosto. — Eu só... não gosto de ser tocada. Ninguém tem permissão para me tocar.

Vejo a piedade no rosto dele.

— Não queria assustá-la.

Encontro coragem para encarar Degola. Não sei em que ele está pensando. Sua expressão é ilegível, o olhar é penetrante. Meu coração, que já estava acelerado, dispara.

O suor escorre em minha testa e nas costas, e de repente me arrependo de ter dormido embaixo de todas aquelas peles, porque não estou mais com frio. Estou suando muito.

E tem tudo a ver com o modo como o olhar de Degola me queima.

20

AUREN

Degola e Hojat continuam ali parados, observando-me. Eu me sinto uma garotinha pega em flagrante com comida roubada. Hojat parece nervoso e constrangido, porém noto a curiosidade em seus olhos castanhos quando espia as fitas de cetim que acabaram de arremessá-lo do outro lado da barraca.

— Então, é *possível* movê-las — Degola comenta, e sua voz corta o ar como adagas.

Seu tom é reflexivo, como se falasse mais para si. Ele esfrega a barba nascendo no queixo e observa as fitas que agora repousam imóveis no chão.

Não sei o que falar. Estou presa entre uma mentira e uma verdade. Espremida pelos dois lados, encurralada entre duas paredes. Nenhuma das duas é a escolha certa. Nenhuma delas vai me proteger.

Por isso sempre escolho o silêncio, quando posso, porque o silêncio, às vezes, é tudo que se tem. Como os Deificados — o povo religioso que reside no Saara Espelhado do Segundo Reino. Quando passam por aquelas portas para fazer o voto de silêncio, não há como voltar atrás. Depois que têm as línguas cortadas da boca, eles nunca mais precisam escolher entre proferir verdades ou mentiras.

Às vezes tenho inveja deles, porque aprenderam a enganar essas paredes esmagadoras.

De olhos baixos, enterro os dedos trêmulos nas dobras da saia, agora desbotada de sua glória dourada, amarrotada, meio úmida, larga e usada em excesso. Sinto cada centímetro do tecido, pesado como o olhar de Degola.

— Eu sabia que tinha visto você usar isso aí para amenizar a queda, quando desceu do navio dos Invasores Rubros.

Continuo em silêncio. Não é algo que eu possa negar. Mas também não preciso admitir.

— Por que as esconde? — ele pergunta, curioso, sem mencionar que quase matei o pobre Hojat, como se não se preocupasse o suficiente para me considerar uma ameaça. Acho que para Degola, mesmo com as fitas, não sou ameaça. Nada que se compare a ele, pelo menos.

Bato a mão nas fitas, chamando-as para que se recolham atrás de mim na cama, onde descansam em rolinhos apertados.

— Por que acha que escondo? — pergunto, com a voz tensa, quebrando as palavras como se fossem galhos secos. — Devo mantê-las expostas o tempo todo, assim como você exibe seus espinhos?

Segue-se um movimento de ombros arrogante.

— É exatamente o que deveria fazer.

Sufoco uma risadinha.

— Para você é fácil falar, comandante. Ninguém se atreve a tocar em você. Mas isto aqui? — Pego algumas fitas com a mão suada. — Não preciso de mais um motivo para as pessoas olharem para mim e me cutucarem. Esconder é o melhor que posso fazer.

— Por isso não gosta de ser tocada? — Sinto o sangue fugir do meu rosto. — As pessoas... cutucam você por causa disso? — Degola pergunta, apontando para as fitas.

Respiro fundo, mas sou poupada da necessidade de responder, porque uma tosse seca e rouca rasga minha garganta e interrompe sua interrogação.

Hojat, ainda paralisado do outro lado da tenda, recupera-se de repente ao ouvir o som.

— Desculpe, comandante — ele resmunga antes de se aproximar de mim.

O curador se ajoelha na cama e abre a sacola, examinando o conteúdo.

— Sei que tem febre e tosse. É só isso que a incomoda, milady? E a dor nas costelas?

Solto o ar e pressiono a têmpora dolorida com um dedo.

— Minha garganta está raspando e a cabeça dói — admito. — Mas as costelas não incomodam mais.

Ele avalia meu rosto por um instante.

— A face e o lábio também cicatrizaram.

Toco as regiões com os dedos.

— É, tudo melhorou.

— Muito bem, vamos resolver o restante. — Ele pega três frascos e um paninho que contém ervas. Habilidoso, coloca tudo sobre as peles ao meu lado, tomando cuidado para não tocar em mim.

Olho para os frasquinhos de vidro.

— Nenhum deles tem intestino fervido, tem?

Hojat balança a cabeça, e parte do nervosismo desaparece de seu rosto.

— Nada de intestino desta vez, milady.

— É o lado positivo — resmungo, antes de tossir de novo.

Ele toca o frasco perto de mim, o que contém um líquido verde e oleoso.

— Beba metade deste agora para melhorar a tosse. Não é bom deixar que se instale no peito.

Obediente, pego o frasco e removo a rolha, bebo metade do conteúdo com uma careta, esperando o sabor horrível. Mas o líquido é surpreendentemente doce.

— Não é tão ruim quanto pensei que seria — admito, e fecho o vidrinho antes de devolvê-lo.

— Tem um pouco de mel para encobrir o gosto de...

Levanto a mão rapidamente.

— Não me conte.

Ele fecha a boca, mas os olhos castanhos têm um brilho de humor. É um alívio que não esteja mais olhando para mim com receio e desconforto.

— Este pode ser espalhado no peito, se a tosse piorar — ele explica, apontando o segundo frasco. — E o terceiro deve ser misturado com um pouco de neve e usado em um pano para cobrir os olhos e a testa, melhora a dor de cabeça. A neve também ajuda com a febre.

Assinto e olho para as ervas no paninho.

— E isso?

— Ponha embaixo do travesseiro.

— Para quê?

Ele abre o tecido e exibe seu conteúdo. Não são ervas, como eu pensava, mas flores secas.

— De onde eu venho, colocar peônias embaixo do travesseiro de alguém doente traz boa sorte, milady. Mas vai ter de pôr as flores entre as peles — diz, piscando com o olho bom.

— Está me dando isso? — pergunto, com uma nota surpresa e emocionada.

As bochechas dele ficam vermelhas, e o sotaque, mais acentuado por causa da timidez repentina.

— Pegue. — Ele me oferece o pacotinho.

São três flores delicadas em caules secos, com parte das folhas rachadas e esfareladas. Eu as viro na palma da mão, examino as flores que foram cor-de-rosa, mas desbotaram, e agora têm a borda das pétalas marrom como casca de pão.

— Obrigada — murmuro, sentindo as lágrimas no fundo dos olhos.

Peônia para a saúde. Um ramo de salgueiro para sorte. Caules de algodão para prosperidade. A folha suculenta de jade para trazer harmonia.

Hojat hesita, talvez por notar como as flores me afetam. Respiro fundo para me recuperar e as deixo de lado, resistindo às lágrimas.

— Mantenha a neve na cabeça, mas mande me chamar se começar a sentir-se pior — ele orienta.

— Você é um reparador militar muito bem preparado — respondo, com um sorriso. Continuo a ignorar Degola, desejando que fosse embora, desejando que não tivesse visto o que viu. É só uma questão de tempo antes de começar a questionar e exigir respostas.

— Preciso ser — Hojat responde, com um movimento de ombros, guardando as coisas na sacola. — Ah, e também queria agradecer, milady.

— Por quê?

— Por falar com as montarias. Graças à sua interferência, algumas poucas aceitaram tratamento — ele revela, animado, sem qualquer sinal do constrangimento de antes.

— Sério? — Estou surpresa. Não esperava que as garotas fossem me ouvir sobre Hojat, todavia fico feliz por saber que ouviram. Quem sabe o tipo de ferimentos que sofreram quando foram capturadas pelos Invasores Rubros?

— Sim, é uma coisa boa, considerando a condição de uma delas — ele continua, ajeitando os frascos no chão ao lado da cama para mim. — Ela vai precisar ser cuidadosa, em especial se levarmos em consideração nossa atual localização. Não pode se expor ao frio excessivo, e as rações de viagem não têm feito muito bem ao estômago dela.

Eu o vejo sair da tenda e pegar um pouco de neve, a qual ajeita sobre um pedaço de pano. Depois despeja em cima da neve o líquido do outro frasco e amarra a compressa.

— Ela vai ficar bem?

— Vai — ele responde, e me entrega a compressa de gelo. — Está progredindo bem. Não há sinais de risco de aborto.

Meu coração para.

— Espere. *O quê?*

Hojat se vira, e sua expressão muda diante do que vê em meu rosto. Ele olha para Degola, que continua parado no mesmo lugar, silencioso como uma gárgula de pedra, com os espinhos recolhidos e os braços cruzados.

— Desculpe — Hojat murmura. — Só pensei que... Bem, esteve visitando as mulheres... Esqueça.

— Qual delas? — pergunto, sem desviar o olhar das linhas e cicatrizes em seu rosto, notando como a pele fica ainda mais marcada com o arrependimento.

Hojat olha para Degola novamente, e o comandante assente uma vez, sem desviar o olhar de mim.

O curador hesita, guarda a verdade na cavidade torta da boca.

— Cabelo preto e liso, meio distante e fria. Acho que o nome começa com M...

Um estalo em meu peito, como uma pinha congelada esmagada por uma bota pesada.

— Mist.

Ele confirma com um movimento de cabeça.

— Isso.

O pouco ar que me restava no peito sai de mim em um sopro, enquanto minha cabeça começa a rodar e ferver, os pensamentos giram como um turbilhão em um rio, puxando-me para baixo.

— Grávida — murmuro, olhando para o nada sem enxergar. — Ela está grávida. — Minha voz não passa de um sussurro rouco.

O filho é de Midas. Só pode ser.

Um ruído baixo chama minha atenção e abaixo a cabeça, contemplando as peônias que, sem querer, esmaguei na mão fechada. Nem senti que as segurava de novo.

Solto as flores depressa, mas fragmentos ficam presos em minha luva, os caules partidos ao meio.

Mist está esperando um filho de Midas.

Mist, a mais eloquente, a mais veemente em seu ódio por mim. Grávida de um herdeiro ilegítimo de Midas.

Lágrimas escorrem por meu rosto, mas não sinto o calor das gotas na pele febril.

Um bebê. *O bebê de Midas*.

Algo que ele me disse muitas vezes que eu nunca poderia ter. Ele não podia se expor a ter um filho bastardo comigo. Não quando a Rainha Malina nunca engravidou. Sou sua Preciosa, não sua reprodutora. Ele disse que não seria correto para com sua esposa.

Um soluço arranha minha garganta, beiradas ásperas de pedra congelada que me fazem sangrar. Quero me esconder sob as peles de novo, bloquear toda luz reveladora, todo arrepio. Quero que Hojat desminta tudo, que isso seja uma mentira elaborada.

Mas sei que não é. Vejo a verdade no rosto contorcido do curador.

Sempre que tínhamos nossas intimidades, Midas nunca terminava dentro de mim. Nunca quis correr o risco. Com as montarias, era sempre menos cuidadoso. Eu tentava não deixar que isso me aborrecesse, porque sabia que todas tomavam alguma coisa para impedir a gravidez. Mas ele nunca quis me dar aquela erva, disse que não podia permitir que eu a tomasse, porque uma das montarias adoeceu e acabou morrendo depois de usá-la.

Observo Hojat trocar um olhar com o comandante e dizer alguma coisa em voz baixa, mas estou arrasada demais para ouvir.

Ele pendura a alça da sacola no ombro e sai da barraca, e assim que as abas se fecham, deixo a cabeça cair sobre as mãos. As palmas cobrem os olhos, recolhem as lágrimas que caem como se fossem canecas enchendo lentamente.

Rachaduras. Muitas rachaduras no vidro.

Como isso aconteceu? Como cheguei aqui, depois de achar que nunca mais teria de olhar através de coisas quebradas de novo? Enquanto meu reflexo estivesse com Midas, seria sempre inteiro, bom e claro, eu pensava. Mas essas rachaduras continuam aparecendo, continuam fragmentando.

Sei que Midas faz sexo com todas as montarias. Que droga, ele exibe isso. Ele me faz assistir, me faz ficar ali como uma espectadora silenciosa atrás das grades de ouro. Talvez tenha pensado que assim estaria me incluindo, por mais pervertido que pareça.

Consegui sufocar essa dor e essa tristeza ao longo dos anos, mas isso... A barriga de Mist vai crescer para abrigar o filho que ela fez com o homem que eu amo. Como vou suportar isso?

A verdade se afunda cada vez mais fundo, como sedimento nas profundezas de um lago, afiado sob pés descalços, turvando a água.

Sempre preferi ignorar. Empurrar para longe todo o mal e olhar só para o bem. Mas a gravidez de Mist muda tudo, os encontros deixam de ser episódios de luxúria sem importância e se tornam algo mais. *Muito mais.*

Todo o ódio de Mist agora faz sentido.

Aos seus olhos, sou a mulher que ele põe em um pedestal. Ela não precisa se preocupar apenas com a rainha, mas comigo também. E agora carrega um filho no ventre.

Grande Divino, que confusão.

Levanto a cabeça, os cílios unidos pela dor úmida, a garganta fechada. Degola agora está sentado em seu pallet, envolto em sombras e na luz das brasas e da lamparina. Um vilão assistindo à minha queda.

O conteúdo do frasco, o que quer que fosse, já amenizou o incômodo na garganta, mas o aperto no peito, a sensação de que a tenda se fecha à minha volta, isso não vai passar, e nada tem a ver com a doença.

— Fique à vontade — declaro, com um tom entorpecido e um olhar vazio. — Pode se vangloriar. Abra mais a fissura entre mim e Midas. Pode me fazer questionar tudo. Duvidar, me revoltar e praguejar.

Quero esbofeteá-lo. Quero deixar as fitas se soltarem e empurrarem Degola para longe. Quero brigar e explodir, só para não ter de sentir essa tristeza esmagadora.

O rosto do comandante agora parece ainda mais pronunciado, e as pontas proeminentes das orelhas me fazem lembrar do que ele é. Meu oponente. Meu inimigo. Um feérico famoso por sua crueldade. E, neste momento, isso é exatamente o que quero.

— Pode falar — sibilo, e a raiva afoga a ânsia de vômito.

Alguma centelha brilha nos olhos dele, algo que não consigo identificar.

— Acho que não preciso fazer nada disso agora, Pintassilgo — ele responde, em voz baixa.

A fúria se eleva em mim como um leviatã, rompendo a superfície com sua presença gigantesca.

— Vá se foder — disparo, sentindo na língua o ácido que é quente o bastante para queimar o frio que está em minha alma. — Você planejou tudo isso, não foi? Está me manipulado a cada passo, fazendo-me questionar tudo!

O discurso furioso acaba em um ataque de tosse, mas a ira persiste. Degola não exibe sinais de remorso, não há qualquer mudança no vácuo preto de seus olhos.

— Acho engraçado que me acuse com tanta facilidade de manipular você, quando parece que se fez de boba para fingir que não via seu amado rei fazendo isso durante anos.

Antes mesmo de perceber o que estou fazendo, pego um frasco no chão e arremesso contra ele.

Degola levanta a mão e pega o frasquinho no ar.

— Isso não é verdade! — grito, e levo as mãos à cabeça para puxar os cabelos, como se pudesse arrancar da mente as palavras cruéis.

— Pare de mentir para si mesma — ele rebate, com uma calma perturbadora.

Neste momento, eu o odeio mais do que todo o resto junto.

— Aposto que nem é verdade. Você fez Hojat me dizer aquilo, não foi?

— Por mais poderoso que eu seja, não tenho suborno suficiente no mundo para fazer Hojat mentir. Meu reparador detém uma honestidade que às vezes me deixa furioso.

O fogo queima em meu peito, deixa a vista turva.

— Odeio você.

— Sua raiva é mal direcionada, mas gosto dela — ele comenta, com um sorriso feroz, deixando à mostra os caninos afiados. — Cada vez que deixa escapar mais um pouco dela, consigo vê-la melhor, Pintassilgo.

O músculo em minha mandíbula salta.

— Você não vê *nada*.

— Ah, eu vejo. — Sua voz é baixa, grave, como duas pedras em fricção, tentando produzir fogo. — Mal posso esperar para ver o resto de você. Quando se soltar, quando finalmente a deixar fluir, sua fúria vai iluminar o espírito que você cercou de sombras — ele fala, como alguém que venceu, gabando-se de sua superioridade. — Espero que essa luz seja tão ardente que queime seu Rei de Ouro até transformá-lo em cinzas.

Minha visão fica turva.

— Saia.

Ele ri para mim, o filho da mãe.

Sem pressa, ele se levanta, e os espinhos aparecem nas costas e nos braços como um dragão abrindo as asas.

Ele me encara, mas as lágrimas que transbordam dos meus olhos me impedem de retribuir com o olhar penetrante que eu queria. Por uma fração de segundo, seu rosto se abranda, os olhos impiedosos refletem algo além de arrogância.

— Quer saber o que penso? — ele pergunta, em voz baixa.

— Não.

— Bom, mas vou falar assim mesmo.

Abro um sorriso de escárnio.

— Que ótimo.

Seus lábios se distendem em um segundo de humor.

— Você pode não estar mais atrás das grades, mas permanece naquela gaiola. E acho que parte de você quer continuar lá, porque tem medo.

Minha boca endurece, as fitas se contraem como punhos.

— Mas... — ele continua, dando um passo à frente e ameaçando meu espaço, sua aura invisível lambendo minha pele como se provasse seu sabor, antes da mordida. — Acho que outra parte de você, a parte que reprime, está pronta para ser livre.

O pulso em minhas veias é como um trovão, uma explosão de luz a cada piscada.

— Você adoraria isso, não é? Acabar comigo?

Ele me encara com algo semelhante a piedade.

— Acabar? Não. Está esquecendo que sei quem você é. É muito mais do que se permite ser.

Tento não reagir fisicamente, não demonstrar quanto as palavras dele me afetam, com que força me atingem.

Levanto o queixo, fingindo toda confiança de que sou capaz.

— Não vou mudar de lado. Vou escolher *sempre* ele.

Degola estala a língua, um ruído de decepção e pesar produzido por sua língua venenosa.

— Ah, Pintassilgo. Para o seu próprio bem, espero que isso não seja verdade.

Ele sai da tenda, e o fim da descarga de adrenalina me deixa cansada e fraca.

Por um momento, tudo que posso fazer é encarar a saída.

Depois pego o pacote de neve do chão, onde o derrubei, e tiro o vestido, as meias e as luvas. Pego as peônias quebradas e as coloco embaixo das peles sob minha cabeça, e só então me deito na cama.

As palavras de Degola ecoam de um jeito cruel em minha cabeça, enquanto vislumbro o crescimento da barriga de Mist, o reflexo rachado de Midas, minhas fitas machucando Hojat.

Seguro a compressa fria sobre os olhos e me convenço de que a umidade em meu rosto é a neve derretendo, que a dor de cabeça é pior do que a dor no meu coração.

Acho que o comandante está certo. Eu devia aprender a mentir melhor, porque nem eu mesma acredito em mim.

21

AUREN

Olho em volta, analisando a sala de jantar formal, as tapeçarias sobre as janelas que se estendem do teto até o chão, as paredes revestidas e enfeitadas por objetos ornamentais. Um lustre pende sobre nós como uma estalactite de gelo, cheio de cristais cintilantes como os olhos de um amante.

Mesmo depois de meses aqui, ainda não superei todo o luxo, o tamanho do palácio. É tudo incrivelmente elaborado, e me sinto deslocada, pequena.

A riqueza no Castelo Sinoalto é suficiente para me deixar tonta, e isso já acontecia antes de Midas decidir que queria tudo transformado em ouro.

— Você está bem, Preciosa?

A pergunta de Midas me faz virar a cabeça já com um sorriso nos lábios.

— Sim — respondo. — Fica bonito assim, não acha?

Estamos sozinhos na sala, e ainda é estranho pensar que agora é aqui que moramos. Não me acostumei com isso. Também não me acostumei com esse "nós". Antes, Midas usava calças baratas e botas esfoladas. Agora está sempre de túnicas de seda e calças de corte perfeito. O mais estranho de tudo é quando uma coroa repousa sobre sua cabeça de cabelo loiro-acobreado.

Mesmo assim, combina com ele. É como se ele existisse para isso — todo esse requinte não o incomoda nem o faz parecer deslocado. Pelo contrário, ele desabrochou em Sinoalto, apesar de ter precisado vestir tão rapidamente o manto de rei.

Estou orgulhosa dele. Muito orgulhosa de como não hesitou, não recuou. Para um homem criado em uma fazenda, sem família alguma, ele assumiu o papel de rei com muita facilidade.

Seus olhos, cuja cor me faz pensar na vagem de uma alfarroba, avaliam a sala com atenção meticulosa.

Hoje examinei o castelo inteiro com ele; partes que se transformavam diante de nossos olhos. Um parapeito aqui, um tapete ali, xícaras de chá e almofadas para cadeiras, arandelas nas paredes e maçanetas nas portas.

A noite caiu minutos atrás, apagando a luz aguada e remanescente do dia. Criados já haviam entrado para alimentar a lareira, chamas que eram como um animal faminto rugindo e cuspindo, espalhando pelo cômodo uma luz alaranjada.

Dezenas de velas enfeitam a mesa de jantar, lugares postos com perfeição sobre a superfície de brilho novo. Ainda consigo ver as fibras da madeira, mas o tampo polido agora é de ouro, assim como o tapete, as cortinas e os pratos.

— Ficou bonito, mesmo — Midas aprova, notando os detalhes que ainda não haviam sido convertidos: o piso de mármore branco, as paredes revestidas, o teto e o encosto das cadeiras. — Mas vai ficar ainda melhor quando tudo aqui for de ouro — conclui, sorridente. — Você deve estar com fome. Vamos comer.

Ele toca minhas costas e me conduz à mesa, onde dois criados já aguardam e puxam as cadeiras. Antes mesmo de ter terminado de me sentar, ouço o ruído de uma porta abrindo, de saltos martelando o assoalho.

Congelada, não consigo colaborar com o criado que tenta empurrar minha cadeira. Olho para Midas com ar de pânico, mas ele está olhando para a porta por onde ela acabou de passar. Sua esposa, sua rainha.

Ouço o ruído da saia arrastando no chão à medida que se aproxima. A rainha contorna a mesa e senta à direita de Midas, na minha frente.

A sala de jantar é invadida por uma tensão súbita, e a Rainha Malina sabe disso. Um movimento sutil atrás de mim põe fim à minha hesitação, e agradeço ao criado que empurra minha cadeira para perto da mesa.

— Esposa, veio jantar comigo — Midas diz, usando o tom frio para encobrir qualquer outra emoção que possa estar sentindo.

A rainha nunca janta com ele, a menos que tenham convidados. Eles compartilham o café da manhã, e o chá, talvez, mas nunca o jantar.

O jantar é meu, supostamente.

Os criados entram e depositam um prato e uma tigela diante de cada um de nós, e servem o vinho nas taças. Se percebem o desconforto, não demonstram.

— Hoje à tarde fui à cidade, acabei de voltar. Não almocei, então pensei em jantar com você hoje — Malina diz, com tranquilidade inabalável.

Seu cabelo branco está dividido de lado, preso em um coque na altura da nuca. Ela usa um vestido dourado, assim como eu, mas o dela é mais elaborado, as saias são cheias, o corpete tem acabamento de renda, babados e camadas.

Comparado ao dela, meu vestido de cetim é pouco mais do que uma camisola. Os únicos enfeites são as argolas nos ombros, que mantêm o vestido no lugar.

— É uma alegria ter sua companhia — Midas responde.

Encaro a tigela de sopa na minha frente, desejando estar em qualquer lugar, menos aqui. Estou com raiva por ela ter vindo roubar minha única refeição com ele. É tudo que tenho e, às vezes, nem isso.

Sinto o olhar da rainha em minha cabeça baixa, o couro cabeludo se arrepiando de frio, como se os olhos azuis contivessem o próprio gelo do inverno.

Quando ouço Midas iniciando a refeição, pego a colher e me obrigo a imitá-lo. Não posso olhar para ele, porque isso só a enfureceria ainda mais. A última coisa que desejo é chamar atenção. Não me atrevo a fazer barulho ou soltar a colher. Tento não emitir nenhum ruído.

Comemos em um silêncio desconfortável por alguns minutos. Tenho certeza de que o caldo é delicioso, assim como tudo aqui sempre é, mas não consigo sentir o sabor em meio à amargura que sinto.

Malina está sentada ereta e orgulhosa em minha frente, sem um fio de cabelo ou botão da roupa fora do lugar, nobre e dominadora na própria essência. Basta fitá-la para ter certeza de que é da realeza.

— Hum — ela murmura, mexendo a sopa antes de me observar. — Parece que sua pequena órfã dourada melhorou as maneiras à mesa, desde a última vez.

Paro com a colher a caminho da boca.

Midas suspira.

— Malina, não comece.

Ela dá de ombros com elegância, mas percebo que o olhar gelado se torna mais duro.

— Foi um elogio, Tyndall. Na última vez que a vi comer, pensei que teríamos que recolher o guisado do colo dela.

Meus dedos enrijecem quando abaixo a colher, meus olhos se voltam para ela. Nossos olhares se encontram, azul e ouro, gelo e metal. Consigo enxergar ali, naquele olhar... o ciúme, a raiva.

E ela encontra a mesma coisa no meu.

Embaixo da mesa, o pé de Midas toca de leve minha perna. É um toque leve e secreto de conforto que me ajuda a voltar a respirar, mas também é um lembrete.

Malina pode me provocar tanto quanto quiser, porque a posição dela lhe permite. Mas eu sou só a *montaria favorita* que ela tolera. Sou a outra mulher, e não posso fazer nada que demonstre desrespeito abertamente.

Posta sutilmente em meu lugar, sinto o fogo dentro de mim se apagar tal qual um sopro apaga a chama de uma vela. Baixo os olhos.

— O que achou da sala? — Midas pergunta a Malina, desviando sua atenção, mudando de assunto. Sou grata pela tentativa de levar a conversa para longe das críticas verbais contra mim, porém, só para variar, gostaria que ele me defendesse.

Mas ele não pode. É o anel dele que a rainha tem no dedo. É ela quem se senta ao lado dele no trono, é Malina quem ele conduz pelo braço quando visitam a cidade. Não posso ser nada disso para ele.

Midas é um rei, e eu não sou nenhuma rainha.

Malina olha em volta, notando todas as mudanças na sala, todos os lugares modificados pelo toque de ouro. Queria saber o que ela pensa sobre isso, sobre todas as modificações.

Desde que o pai dela faleceu, Midas passou a ser chamado de Rei de Ouro. E ele certamente faz jus ao título. Cômodo a cômodo, o castelo tem sido transformado. Todos os dias, um pouco mais de ouro brilha em suas superfícies.

Às vezes, Midas quer que as coisas sejam sólidas porque gosta da aparência delas, como as plantas no átrio, agora atemporais e imutáveis. Uma declaração ousada de riqueza que não requer palavras.

Mas isso não vale para tudo. Não seria confortável dormir em camas sólidas de ouro. Então, em grande parte, o material é modificado, taças de vidro são revestidas, fios de tecido são fiados de ouro, molduras de madeira se tornam douradas, tudo isso com um único toque.

— Ficou bom — *Malina responde por fim, com a voz tensa.*

— Bom? — *Midas repete, com uma expressão contrariada no rosto bronzeado, bonito.* — Sinoalto nunca esteve melhor. Quando eu terminar, tudo será tão superior que ninguém vai lembrar como era antes.

Se eu já não a estivesse olhando, teria perdido o instante de dor que perpassa seu rosto. É uma fração de segundo, aparece e some em um momento, mas eu vi.

Isso me surpreende, porque a rainha fria nunca demonstra qualquer emoção além de superioridade.

Malina engole o caldo, um delicado movimento da garganta, antes de deixar a colher sobre o guardanapo diante de si.

— A sopa não está me fazendo muito bem — *anuncia.* — Acho que vou me recolher, afinal.

— Quer que a acompanhe? — *Midas pergunta.*

— Não, obrigada.

Não consigo evitar, deixo escapar um suspiro de alívio, e meus olhos se iluminam com a remoção do peso de sua presença.

Mas eu devia ter disfarçado, não devia ter reagido, porque ela percebe. Seus olhos se estreitam, projetam um frio ácido cuja intenção é me congelar.

Recupero no mesmo instante a expressão cordial, cautelosa, no entanto é tarde demais. O estrago está feito.

Um criado se apressa a afastar a cadeira dela, quando Malina começa a se levantar. Ela para ao lado de Midas, toca seu ombro com a mão pálida, fantasmagórica. Noto as veias azuis sob a pele de porcelana quando os dedos brincam com as pontas do cabelo dele.

— Vai subir hoje? — *ela pergunta, em voz baixa.*

Midas afasta a perna da minha antes de assentir para a esposa.

— Sim, é claro.

Ela sorri, mas está olhando para mim, destruindo cada gota daquele alívio e colocando no lugar dele algo que faz meu estômago ferver.

— Que maravilha — Malina ronrona, depois se curva para beijar o rosto dele. — Tenha um bom jantar com seu bichinho de estimação, Midas. Encontro você na cama daqui a pouco.

O gelo daquele olhar atravessa meu coração.

Não sei o que ela vê em minha expressão, mas o sorriso arrogante de retaliação se espalha por seu rosto. Satisfeita, Malina endireita as costas e sai com passos ruidosos, um clique-clique dos saltos, enquanto sou consumida por um ciúme sombrio que não posso demonstrar.

Não chore. Não se atreva a chorar.

Quando a porta da sala é fechada, Midas se vira de imediato e toca meu queixo com um dedo.

— Auren.

Olho para ele, para o rosto pesaroso mas firme, os lábios macios comprimidos.

— Não pode reagir a ela — ele diz.

Meus olhos são poços enchendo, baldes de água à beira de transbordar.

— Eu sei.

— Ah, Preciosa — ele murmura, e seu olhar acaricia meu rosto. — Sabe que tem meu coração. Preciso de um herdeiro, só isso.

Posso não ser uma rainha, posso não ser sua esposa, mas tenho o coração dele.

É o suficiente. Precisa ser. Mas isso sempre acontece, esse sentimento estrangulado, sempre, sempre acontece.

Eu gostava mais quando Malina me ignorava. Acho que, no início, ela pensava que ele se cansaria de mim. Talvez agora tenha percebido que isso nunca vai acontecer.

Quando uma lágrima escorre, Midas a enxuga com o polegar, e apoio o rosto em sua mão.

— Venha cá. — Ele afasta a cadeira, e não preciso de outro convite. Sento em seu colo, e os braços dele me envolvem, enquanto os criados saem apressados.
— Você ainda está em adaptação — ele pontua, e afasta a trança do meu ombro.

— Acho que sim.

— Vai ficar mais fácil com o tempo.

Choramingo, me controlo.

— É.

Ele apoia o queixo em minha cabeça, as coxas sob mim, os braços me amparando.

— Nós dois sabíamos o que ia acontecer quando decidimos vir para Sinoalto.

— Eu só... não sabia que seria tão difícil — reconheço, em voz baixa. Não sabia que ia doer tanto.

Sinto a carícia reconfortante nas costas.

— O casamento com Malina foi necessário. Não só para garantir o futuro do Sexto Reino, mas para garantir um futuro para você — ele explica, e sinto sua voz vibrar em minha cabeça encostada em seu peito.

Ele está certo, é claro.

A mão se move novamente, levanta meu queixo para que eu o encare.

— Aqui está segura e protegida, Auren, e isso é o que mais importa para mim. Sabe disso, não é? Nunca mais vou deixar o mundo machucar você.

Assinto e contemplo sua boca. Quero beijar seu rosto, substituir o beijo que a esposa dele deixou ali, mas seria infantil, então me contenho.

— Estou segura graças a você — digo, com um sorriso contido.

Linhas finas aparecem no canto de seus olhos quando ele sorri de volta. Amo esse sorriso. Faz meu coração ficar apertado no peito, como a sensação de quando alguém segura sua mão.

— E sempre vai estar aqui comigo — ele promete. — Ainda está com fome?

Respondo que não com um movimento de cabeça. O pouco que consegui comer azedou no estômago.

— Então, o que acha de eu levar você lá para cima, e mais tarde mando enviarem comida para você?

— Sim, por favor.

Ele beija minha testa e me ajuda a ficar em pé, tocando minhas costas novamente ao me conduzir para fora da sala de jantar.

Em silêncio, eu o sigo pela escada, subindo vários andares do castelo. Agora estou acostumada com o caminho, minhas pernas já não doem tanto por causa dos degraus, mas meu espírito parece se arrastar.

Quando chegamos ao último andar, Midas assente para os guardas posicionados no corredor. Passamos pela porta juntos, paramos no meio do cômodo. Não é um aposento comum, é o meu quarto. Há uma sala de vestir e um banheiro compondo a suíte.

— Pronta? — ele pergunta, e eu confirmo movendo a cabeça, apesar de deixar escapar um suspiro ao ver as grades douradas.

Midas chamou um famoso ferreiro ao castelo para construir isso para mim. Demorou semanas, mas agora o quarto dispõe de uma elegante gaiola embutida, um espaço vasto o bastante para acomodar uma pessoa e toda a mobília.

A estrutura abobadada é complexa, com voltas de metal que se curvam na base e no topo, com belas vinhas gravadas na faixa dourada que contorna o teto.

É elaborada, bonita e forte. Nenhum homem poderia quebrar as grades, nenhum corpo poderia passar entre elas. Quando Midas prometeu me manter segura, pedi que provasse.

Esta é a prova.

Ele se dirige à porta da gaiola, e a dobradiça não produz o menor ruído quando a abre. Midas entra comigo, nós dois passamos pela cama e pela poltrona no meu caminho rumo à janela. As vidraças têm um contorno de neve, como açúcar de confeiteiro grudado nas beiradas. Não tenho a melhor vista daqui, mas ainda amo observar lá fora.

Os dedos dele brincam com as fitas presas em laços em minhas costas. Sei que a carícia tem a intenção de fazer eu me sentir melhor. Não só pelo confronto com Malina, mas porque, por mais que me sinta reconfortada pela segurança da gaiola, ainda fico sozinha aqui dentro. Entediada. Às vezes, quando durmo, acordo em pânico com a ideia de estar presa.

— Coma mais um pouco depois — ele pede.

— Vou comer.

— E toque sua harpa. Você é tão boa nisso.

Dou risada, viro as costas para a janela e contemplo a harpa de ouro que ele me deu há dois meses.

— Não é verdade. Sou péssima.

Ele sorri.

— Vai melhorar com a prática.

— Tenho muito tempo para isso — provoco. Mas a verdade é que prefiro o tédio a voltar às ruas com alguém como Zakir. Se minha única queixa é um pouco de tédio de vez em quando, minha vida é boa demais. Preciso me lembrar disso.

— Tenho uma surpresa para você — Midas diz de repente.

Ergo as sobrancelhas e dou uns pulinhos.

— O que é?

Ele sorri diante da minha empolgação. Não consigo evitar. Adoro presentes.

— Vou expandir sua gaiola.

Arregalo os olhos.

— O quê?

— Vai dar um pouco de trabalho, e não vai acontecer da noite para o dia — ele explica, depressa. — Os operários vão ter de recortar algumas paredes e construir um corredor privado para conectar à gaiola, entretanto, quando ficar pronto, você vai poder ir à biblioteca e ao átrio quando quiser, e vai ficar segura no seu espaço.

Chocada, eu o fito em silêncio por um momento, como se tentasse confirmar a veracidade disso tudo.

— Sério? — murmuro.

Midas me dá um sorriso deslumbrante.

— Sério.

Antes mesmo de ele terminar de responder, pulo em cima dele, enlaço seu pescoço com os braços e o cubro de beijos.

— Obrigada, obrigada, obrigada!

Ele ri, e o som relaxado me aquece por dentro, meu coração transborda.

— Sei quanto gosta do átrio e de ler — diz, recuando a fim de olhar para mim. — E você sabe que gosto de fazê-la feliz.

— Obrigada — repito, com um sorriso largo. Quando puder ir ao átrio sempre que quiser, não vou mais me sentir presa o tempo todo. Vou ter a melhor vista do castelo.

— Feliz? — ele pergunta.

— Feliz — confirmo.

— Que bom. — Midas toca meu nariz.

O sino gigante na torre do castelo começa a badalar, marcando as horas. Toca alto o bastante para ser ouvido montanha abaixo e na cidade de Sinoalto; sua ressonância faz o ar vibrar.

Quando o barulho cessa, Midas toca meu rosto.

— Vejo você de manhã. Descanse bastante. Temos muito a fazer amanhã.

— Vou descansar.

Eu o acompanho até a porta da gaiola e ele sai, vira e fecha a porta, a trancando por fora. Guarda a chave no bolso e bate de leve sobre ela. Um lembrete de que ninguém pode me alcançar, de que ele, e apenas ele, pode abrir a gaiola.

— Boa noite, Preciosa.

Seguro as grades.

— Boa noite.

Midas sai e fecha a porta do quarto.

Assim que vai embora, o sorriso de felicidade desaparece do meu rosto, como água que pinga da neve que derrete lentamente. Tento não pensar em para onde ele vai, o que vai fazer. Ela é a esposa, eu sou o bichinho de estimação de ouro que ela tolera.

Dou as costas para a grade e observo a cadeira, a mesa, os travesseiros sobre a cama de dossel, os cobertores empilhados. Tenho aqui tudo de que preciso, cada conforto que nunca pensei que teria.

Midas nunca me desapontou. Não estou mais em perigo. Não tenho mais que me preocupar todos os momentos do dia. Ele cumpriu sua promessa, cumpriu-a desde o momento em que me encontrou.

Então por que, quando a porta da gaiola se fecha, ainda me sinto perdida?

22

AUREN

—Ei, Dourada, é você? Fico tensa ao ouvir a voz de Tonel e paro. Todos os soldados na fila da ração do jantar olham para mim.

Fico surpresa por Tonel me encontrar no meio de tanta gente. Pensei que estivesse sendo discreta. Mas acho que sou como um farol, mesmo à noite. A dourada luminosa à luz do fogo, enquanto todo mundo se veste de preto.

— Sei que me ouviu, menina. Traga seu traseiro aqui!

Com um suspiro derrotado, viro e abro caminho em direção à fogueira. Os soldados saem da minha frente, cedem espaço ante minha aproximação. A conversa a respeito da lição de Osrik naqueles dois soldados deve ter se espalhado pelo acampamento todo e servido de exemplo.

Tonel serve colheradas de comida para os soldados no início da fila. Assim como no café da manhã, ele mexe alguma coisa em uma panela enorme, mas é sopa, em vez de mingau.

— Onde esteve? Não vi você na minha fogueira nas duas últimas manhãs — ele comenta, intrigado.

— Fiquei um pouco indisposta. — Apesar de ter jogado Hojat longe como um pedaço de papel, o curador foi muito atencioso, manteve-me sempre abastecida de remédios, comida e peles extras.

Tonel estala os dedos, impaciente, chamando outro soldado com sua tigela a fim de servir a porção.

— Sinto muito — ele me diz. — Sabe o que é bom para indisposição?

— O quê?

Olhos castanhos se voltam em minha direção.

— Comer a comida quente que sirvo na minha fogueira.

Dou risada.

— Desculpe. Vou me lembrar disso na próxima vez.

— Faça isso — ele diz, com autoridade. — Está melhor agora?

— Muito melhor. — E é verdade. Minha dor de cabeça passou, a garganta não dói mais. Não estou nem tossindo. Até costelas, ombro e rosto estão curados.

— Ótimo. Não há motivo para não comer, então. — Ele estende a mão na direção da fila para deter os soldados que se aproximam, depois pega uma caneca de ferro da pilha e a põe em minha mão. — Vai receber uma porção extra agora, já que perdeu a refeição hoje de manhã.

— Ei, seu café me deixou com dor de barriga. Posso ganhar uma porção extra também? — um dos homens debocha.

— Não — Tonel responde, irritado. — E teve dor de barriga porque seu uniforme aperta toda essa gordura o dia todo — acrescenta, fazendo os outros rirem. Depois serve a sopa em minha caneca, que fica cheia até a beirada. — Isso vai deixar você forte.

— Obrigada, Tonel.

Levo a caneca à boca e bebo a sopa, que lembra vagamente um tipo de caldo de peixe. Tonel tem razão, tenho a sensação de que a refeição me preenche por dentro, mas não de um jeito bom.

Contudo, bebo até a última gota, porque, apesar de ter morado e comido em um palácio nos últimos dez anos, não sou enjoada para comer. Posso agradecer à minha infância por isso, sempre com fome, nunca com alimento suficiente.

Devolvo-lhe a caneca assim que termino.

— Obrigada. Estava... bom. — Mais ou menos. Estava *mais ou menos*.

Tonel estufa o peito em orgulho. Por alguma razão, ele realmente ama me alimentar.

— Ninguém come mais depressa do que você, Mechas Douradas.

Estreito os olhos.

— Esteve falando com a Lu, não é?

Tonel ri.

— Gostei do apelido que ela lhe deu.

— Que bom — respondo, com tom seco, apesar do esboço de sorriso. Mas é muito estranho ter *isso*... essa sensação de camaradagem com ele. Tonel nunca fez eu me sentir a inimiga. Pelo contrário, na verdade.

Talvez esse seja outro motivo para eu o ter evitado. A cada vez que converso com Lu, Tonel ou Hojat, sinto-me uma traidora.

— Ei, idiota, quanto tempo vou ter de esperar para jantar? — um soldado grita.

Tonel revira os olhos.

— Exército cheio de chorões.

Sorrio.

— Até mais tarde, Tonel.

— Até amanhã — ele me corrige. — No *café*.

— Amanhã — prometo, e me afasto da fogueira.

Ando pelo acampamento em busca de esticar as pernas, vendo fogueiras espalhadas pela área e ouvindo o constante murmúrio de vozes que ecoa como o mar. Hoje não está nevando, e o ar é limpo e frio, como acontece com temperaturas de inverno. Eu devia aproveitar o tempo para ir visitar as montarias, já que não estou mais doente, mas...

Pensar em encontrar Mist me causa náusea.

Além do mais, agora Rissa me observa com uma expressão quase faminta, como se eu fosse a resposta para suas orações. E ainda é melhor do que os olhares de ódio que recebo das outras, suponho.

Não, estou sem vontade alguma de visitar as montarias hoje, definitivamente.

Em vez disso, caminho por ali sem rumo, metade da minha atenção voltada à procura de sinais da localização dos falcões do comandante, a outra metade dirigida à minha culpa.

Apesar de minhas reservas e dos pré-julgamentos, *gosto* de Tonel, Lu e Hojat. E isso... isso complica as coisas. Deixa tudo menos definido e certo.

Seria muito mais fácil para minha consciência se me tratassem com crueldade. Se toda essa porcaria de exército fosse cruel e horrível. Era o que eu esperava, ser submetida à maldade ininterrupta, sofrer uma punição esmagadora.

Mas não foi o que aconteceu. O exército do Quarto não é mais um inimigo sem rosto que posso cobrir de ódio.

Então, onde estou, se não seguramente do lado oposto?

Meus pensamentos atormentados são interrompidos por um grito distante.

Intrigada, mudo de direção e vou rumo ao barulho, movimentando-me com passos rápidos. Uma gritaria animada irrompe quando chego a uma pequena elevação. Subo a encosta coberta de neve espessa com passos escorregadios, todavia consigo chegar ao topo da elevação.

Lá embaixo, do outro lado, há cerca de duzentos soldados reunidos à luz de uma fogueira alta no chão plano. Há um círculo grande e rudimentar desenhado na neve e, dentro dele, um grupo de soldados luta.

Quatro contra quatro, homens de peito nu se enfrentam com uma brutalidade que me deixa sem ar. Alguns deles estão cobertos de hematomas, o sangue pingando na neve aos seus pés. Eles se movem, atacam com movimentos treinados, acertam golpes onde e quando podem.

Alguns lutam com espadas; outros, com os punhos, mas a cada golpe desperdiçado ou certeiro, os espectadores gritam para aclamar ou vaiar. Os rostos estão iluminados por um fervor empolgado. A cada vez que alguém acerta um ataque, eles batem o pé na neve, um batuque sedento de sangue que reverbera no solo e sobe por minhas costas.

Quando um dos lutadores consegue abrir uma linha vermelha na barriga de outro, o jato de sangue me faz recuar.

Um segundo depois, alguém é derrubado de costas, e o impacto levanta um lençol de neve. O oponente monta sobre o homem caído e esmurra seu rosto, um soco depois do outro. Mesmo de onde estou, juro que consigo ouvir os ossos quebrando. Sinto o cheiro metálico do sangue que jorra do rosto cortado e respinga na neve.

Até agora, os soldados pareciam relativamente dóceis. Marchando dia após dia em formação perfeita e montando acampamento todas as noites.

Mas isso é como espiar atrás da cortina para testemunhar sua crueldade, é como ver o que se esconde atrás do espelho. Esses homens são lutadores treinados, e a empolgação do grupo demonstra quanto a sede de sangue e a propensão à violência são intensas em meio a eles.

Um assobio agudo interrompe imediatamente a luta. Procuro a origem do som e encontro Osrik.

Ele está em pé na frente do grupo, ao lado da roda de luta. Pernas afastadas, braços cruzados diante do peito, rosto duro e autoritário. Sei quase que de imediato que ele comanda esse espetáculo.

Osrik fala alguma coisa para os lutadores, e os oito saem do círculo, alguns mancando, outros sangrando. Exibem no peito as marcas do que enfrentaram, e têm o rosto corado de frio e os lábios inchados por causa dos socos. Mas sorriem. Eles de fato *sorriem*, como se arrancar pedaços uns dos outros fosse divertido.

Acho que esse exército precisa de um novo hobby.

Hojat está lá embaixo, com sua sacola e examinando os ferimentos. Começa a aplicar pomadas e a fazer curativos, enquanto os homens trocam tapas nas costas e insultos, e a plateia se divide entre provocações e aplausos.

Estou prestes a sair dali, porque não tenho interesse algum em assistir enquanto as pessoas se machucam por diversão, porém, no momento em que levanto o pé, vejo Osrik apontar para o grupo, escolhendo novos lutadores.

Fico boquiaberta quando o jovem serviçal, Graveto, é escolhido. Com cabelo castanho e sem vida, roupas de couro marrom que não são de seu tamanho, o rapaz parece magro e pequeno, uma vareta no meio de todos aqueles homens grandes e fortes. Provavelmente, foi assim que ganhou o apelido.

Graveto adentra a roda e despe o casaco de couro e a camisa, que joga na neve. Seu peito nu e magro o destaca ainda mais do que antes. Cerro os punhos quando a plateia grita, ao passo que Graveto fica ali, nervoso, mexendo os pés na neve.

Osrik parece refletir por um momento, antes de escolher outro lutador. O homem tem cabelo loiro e amarelo como mostarda, e se destaca dos outros como um dedão ferido. Nada que seja colorido e radiante se integra a essa demonstração de barbárie.

Seu corpo é magro e alto, mas o porte esguio não importa. Ele ainda é um adulto musculoso, com idade e experiência. Não pode lutar contra uma criança.

Antes que eu perceba, desço a encosta coberta de neve. Passo por entre corpos muito juntos, empurro, desvio, uso minha estatura mais baixa a meu favor, à procura de me espremer no meio da multidão.

Chego à frente do grupo bem a tempo de ver o homem de cabelo amarelo enfiar o cotovelo na barriga do menino. A força do golpe deixa Graveto sem ar, que se dobra ao meio como um... bem, um graveto quebrado.

A raiva tinge meu campo de visão de vermelho.

Graveto eleva um braço para proteger a cabeça, na tentativa de bloquear uma sequência de socos rápidos e precisos. O homem de cabelo cor de mostarda sorri como se aquilo o divertisse. O ar transporta a euforia da multidão clamorosa, uma coleção de vozes indistinguíveis.

Minhas orelhas queimam a cada incentivo violento.

Antes que Mostarda acerte mais um golpe, entro no círculo de luta. Sem hesitar, coloco-me na frente de Graveto e encaro o soldado com um olhar furioso.

23

AUREN

O homem de cabelo cor de mostarda para antes de me acertar. Arregala os olhos, abaixa os punhos e olha em volta, como se procurasse um motivo para minha súbita aparição.

A plateia se manifesta confusa e irritada, e os gritos que dirigem a mim são como tapas em minhas costas.

De perto, consigo ver que Mostarda é mais velho do que eu pensava, é o rosto sem barba que lhe confere um ar jovial. Mas em seus olhos é possível vislumbrar a verdade de um guerreiro endurecido.

— Deixe o menino em paz — ordeno, e me impressiono com a força que consigo imprimir à voz, o modo como ela não treme sob a pressão.

— É... o quê? — Mostarda reage, boquiaberto.

Ouço um assobio agudo e percebo que Osrik se aproxima. Ele é tão grande que quase posso sentir o chão tremer a cada passo dele. Ou sou só eu tremendo nas botas.

— Que porra está fazendo? — ele pergunta ao parar na minha frente.

Levanto o queixo.

— Impedindo isto aqui. Não vou deixar que um garoto seja esmurrado por seus soldados por diversão.

Osrik abre a boca, o piercing de madeira no lábio inferior se mexe, a veia na têmpora pulsa com a irritação.

— Como é que é? Que *porra* você pensa que é?

Atrás de mim, ouço a voz de Graveto:

— Senhorita, não devia ter entrado na roda.

Olho para ele por cima do ombro.

— Não se preocupe com isso, Graveto. Eu resolvo.

Osrik solta uma gargalhada cruel.

— Não, não resolve. E o garoto está certo. Não devia ter entrado na roda de luta.

— Não — Mostarda repete, cruzando os braços sobre o peito bronzeado e se inclinando um pouco para trás. — Conte para ela quais são as regras, Os — ele continua, como se estivesse se divertindo.

Osrik olha para mim.

— Quem entra na roda tem de lutar.

— E tirar a camisa. Não esquece essa parte, é importante. — Mostarda sorri. — Não vai querer sujar a roupa de sangue — diz, com uma piscada.

Meu estômago ferve.

— Cala a boca, Judd. — Osrik se irrita.

— Senhorita, está tudo bem, de verdade. — Graveto tenta de novo. Meu coração dói com o esforço que ele faz para me proteger.

No entanto insisto, mesmo com a plateia mais agitada e mais barulhenta. Mesmo que não entrem na roda, parecem mais aglomerados, como se tentassem chegar mais perto de mim. A tensão é densa e pegajosa, o ar oleoso dificulta a respiração e recobre minha pele de gordura.

Osrik olha para trás de mim.

— Volte para a formação, garoto.

Graveto obedece, mas eu o acompanho, balançando a cabeça.

— Não.

Não me interessa se Osrik é grande, forte ou cruel. Determinadas situações despertam em nós a coragem para enfrentar um gigante.

Osrik inclina a cabeça para trás e suspira, como se buscasse paciência no meio do ar fumacento. Quando a tentativa não dá o resultado esperado, ele dá um passo em minha direção. Se a intenção é me intimidar, funciona. Ele poderia me partir ao meio, e Graveto também, sem fazer força.

Mesmo assim, não recuo. Porque houve um tempo em que era eu nesse lugar, forçada a brigar nas ruas, crianças postas umas contra as outras enquanto meu dono, Zakir, administrava as apostas com os outros homens. Ninguém nunca intercedeu por mim, por mais que eu o desejasse.

Mantenho-me no lugar.

— Faça o que quiser comigo, mas não vou permitir que Graveto seja espancado.

Ao meu lado, Judd assobia baixinho.

Osrik revira os olhos castanhos, e a barba parece ainda mais desgrenhada do que de costume.

— Talvez se surpreenda com isso, já que era mimada em seu castelo — ele diz. — Mas sabe de uma coisa? No mundo real não tem mimo, e certamente também não tem nada disso no exército do Quarto. Aqui, todo mundo precisa conquistar seu lugar. Inclusive o Graveto.

Cerro os punhos junto do corpo.

— Ele é uma criança!

— É, e vai aprender a se defender. Para poder ser um bom soldado um dia, para poder ter um futuro. Ganhar dinheiro. Ser honrado. Ele escolheu estar aqui. — Osrik acena com uma das mãos, mostrando o círculo. — Isto aqui não é diversão barata, e ele não vai ser espancado. Isto é treinamento.

Espantada, abro a boca e deixo escapar toda a indignação. Observo Graveto, que me fita acanhado, com o rosto vermelho de vergonha.

— Você... você *quer* isto?

Ele assente devagar, como se temesse ferir meus sentimentos.

— Sim, senhorita. Sir Os e Sir Judd sempre me deixam treinar um pouco durante os círculos de luta.

Grande Divino, onde tem um buraco no chão quando a gente precisa?

— Ah. Bem... — Pigarreio, tento recuperar alguma dignidade. — Vá em frente, então. Eu vou... seguir meu caminho.

Osrik se posiciona na minha frente, os olhos iluminados, a boca encurvada em um sorriso.

— Não tão depressa. Ouviu a regra. Se entrou na roda, vai ter de lutar. Olho diretamente para ele.

— Se não sair da frente, vou enfiar o joelho nas suas bolas.

Judd ri de um jeito que parece um latido.

— Isso seria divertido.

Osrik continua sorrindo para mim.

— Pode vir. Vou adorar ver a tentativa.

A multidão enlouquece, e suas vozes em uníssono emitem um rugido feroz, como se saísse das mandíbulas de um animal.

Osrik parece gostar de me acuar desse jeito na frente de todo mundo.

— Não está mais no Sexto Reino, bichinho. Se quer sair por aí espalhando acusações e ordens, é melhor se garantir. E regras são regras. Você entrou na roda.

Balanço a cabeça, sentindo mechas de cabelo se soltarem da trança, o suor escorrer na nuca.

O capitão se inclina para a frente, chega mais perto do meu rosto, faz com que eu recue.

— Ah, vamos lá, mostre suas garras douradas, bichinho. Vamos ver o que tem aí.

Os gritos da plateia ecoam em meus ouvidos, incentivam-me a lutar. O som, a energia reverbera em minha pele, desafia minha determinação, me pressiona a partir de todas as direções. Sinto o gosto de violência no ar, tenho a sensação de que posso explodir com isso.

Estou cercada por barulho e pressão, pressão e barulho, e só quero que isso pare.

— Pare — peço, e agora minhas mãos tremem, sinto a boca seca sob os olhares dos espectadores sedentos por sangue.

— Você veio até aqui e achou que ia acontecer o quê?

— Não pensei nisso, pra ser honesta.

Judd joga a cabeça para trás e gargalha.

Osrik adoraria se eu tentasse atacá-lo, porque ambos sabemos que eu não teria a menor chance. E, se eu o atacasse, ele teria todo o direito de retribuir contra mim. Não, obrigada.

— Vamos lá, bichinho de estimação de Midas. Cadê sua vontade de lutar? — Osrik debocha, e a provocação me atinge no peito.

Todo o meu corpo está tenso, tudo é tão alto que não consigo discernir entre minha pulsação e os pés da plateia batendo no chão.

Recuo um passo, dois, três.

Ele percorre a distância com um único passo.

— Que foi? Não está com medo, está?

Estou com medo. Mas não é só dele. Não.

Estou aqui, mas também estou lá. Encurralada contra um prédio, com os tijolos ásperos nas costas, enquanto homens olham para mim, puxam minhas fitas, meu cabelo, meu vestido.

Naquele momento, a plateia, embora não tivesse mais de meia dúzia de pessoas, também era barulhenta. O mesmo clamor familiar, e eu arrastada por essa onda se erguendo, prestes a estourar.

Não quero ser levada de novo.

— Chega, Os.

De algum jeito, a voz firme e solitária domina toda a multidão. O som silencia todo mundo, as bolhas de pressão estouram de repente.

Viro a cabeça e me deparo com Degola ali parado, e o choque de sua presença é como um balde de água fria despejado sobre minha cabeça.

O filho da mãe do Osrik tem a audácia de rir.

— Aaahhh, mas estava começando a ficar interessante. Acho que quase mexi com os nervos dela.

O rosto de Degola é ilegível, os olhos pretos se movem para os soldados reunidos à nossa volta.

— Todo mundo de volta para o acampamento. — A ordem corta o ar como um raio, e todos se movem rapidamente, tentando escapar da tempestade.

A velocidade com que acatam ordens é chocante. Sem resmungar, sem hesitar. Em uma fração de segundo, passam de horda turbulenta a regimento obediente. Obediência absoluta ao comandante.

Osrik olha para Graveto.

— Vai, garoto. Treinaremos amanhã.

Graveto assente e pega suas roupas. Ele hesita, olha para mim.

— Hum, senhorita?

— Sim?

— Obrigado por pensar que estava me protegendo... mas não faça isso de novo, por favor. Vou ter de aguentar essa merda por *semanas*.

— Hum, sim. Desculpe.

Osrik e Judd riem baixinho.

— Cuidado com a boca, Graveto.

O menino olha para Degola, que conseguiu se aproximar de nós sem que eu notasse.

— Desculpe, senhor — o menino responde, com imediata contrição.

Degola assente para ele.

— Pode ir.

Graveto não precisa de mais incentivo. Vira e sai correndo como se toda velocidade ainda fosse insuficiente.

Também começo a andar, mas, é claro, não dou mais que três passos.

— Você, não.

Suspiro e viro para trás, porém me nego a encarar Degola nos olhos. Em vez disso, acompanho os soldados que se afastam a caminho do acampamento.

Logo somos apenas Degola, Osrik, Judd e eu.

O olhar intenso dos três me causa arrepios. Foi bobagem interferir e tirar conclusões precipitadas, mas o fato de Degola ter visto piora tudo, e muito.

Sinto-me vulnerável. Derrotada. Como se fosse um daqueles soldados que derramaram sangue na neve.

Olho para o comandante e sinto meu corpo tenso, preparando-me para o confronto.

— Fale de uma vez.

Degola arqueia uma das sobrancelhas, e os espinhos pequeninos acompanham o movimento.

— Falar o quê?

Aponto para os três.

— Debochem de mim por ter me metido. Fiquem furiosos com as minhas conclusões. Riam da minha cara. O que tiverem de fazer, façam logo. — Minha voz treme no final, e me odeio por isso.

— Talvez mais tarde — ele responde, com uma nota de humor. — Por ora, vamos nos ocupar com outra coisa.

O pânico reverbera em mim como um tambor.

— Com o quê?

Não consigo ler a expressão no rosto de Degola, mas tenho certeza de que não é nada bom.

— Você ouviu Os. Entrou na roda de luta. Precisa lutar antes de sair dela.

Meu queixo cai.

— Não pode estar falando sério.

— O comandante sempre fala sério, amor — Judd pontua. — É um de seus maiores defeitos.

Degola solta um suspiro prolongado, sofrido, e diz:

— Os.

Sem esperar nem um segundo, Osrik dá um tapa na cabeça de Judd. O homem de cabelo cor de mostarda dá risada.

Balanço a cabeça, surpresa com a súbita constatação.

Eles são... amigos.

Eu sabia que Osrik era uma espécie de braço direito para Degola, contudo agora vejo a camaradagem entre eles, a confiança. Saber que o famoso matador é *amigo* desses dois homens muda as circunstâncias, de algum jeito. Fico confusa, como se minha mente tentasse localizar cada interação e analisar todas elas de novo.

— Não tem nada a dizer? — Degola me pergunta.

Balanço a cabeça.

— Posso ir? Estou com frio.

— É claro que pode. Assim que lutar — ele responde, com um sorriso, e os outros dois riem.

Fico irritada.

— Não sei lutar — declaro por entre os dentes.

— Não tem lugar melhor para aprender — Degola responde.

Encaro os três, um por um, à espera do desfecho da piada, todavia percebo que ele está falando sério. Não só isso, mas parece empolgado com a ideia. Por isso seus soldados são tão sanguinários. Absorvem isso dele.

Cruzo os braços.

— Não vou lutar.

— Bem, então vai ficar bem pouco confortável aqui na roda a noite toda — Degola avisa, sem se alterar.

Sinto a contração do músculo em minha mandíbula. Não duvido que ele de fato me deixe aqui, se eu me recusar a lutar. É cretino nesse nível.

— É, e os pés dela provavelmente vão ficar dormentes em algum momento, comandante — Judd comenta.

— Não tem uma caminha e peles para dormir — Osrik acrescenta, com um aceno de cabeça.

Fecho as mãos. Creio que este é meu castigo pela interrupção da porcaria da roda de luta, ou por ser leal a Midas, talvez.

— Odeio vocês.

— O ódio pode ser uma emoção muito poderosa, na luta. É só usá-lo a seu favor — Degola orienta. Que idiota arrogante.

— Grande Divino, não vou lutar! — grito, irritada, com frio e intimidada.

Ele olha para mim tranquilo, sem remorso, sem ceder nem um milímetro.

— Então vai ficar aqui até mudar de ideia.

Um rosnado de verdade escapa da minha garganta.

— Por que é tão idiota?

— Ah! Faço essa pergunta a ele há anos.

Viro-me na direção da nova voz e vejo Lu, que se aproxima de nós quase flutuando, quase sem deixar marcas na neve. Suas mãos seguram o cabo da espada, os olhos brilham.

— E o que foi que eu perdi? — ela pergunta, parando ao lado de Degola e Judd como se fosse íntima deles. Mais uma peça no círculo de amizade.

Judd passa um braço sobre os ombros dela, ainda de peito nu e sem se incomodar com a temperatura muito abaixo do ponto de congelamento.

— A Mechas Douradas aqui achou que estávamos fazendo um espetáculo e que íamos dar uma surra no Graveto por esporte, e decidiu intervir.

Um jato de ar passa entre meus lábios quando olho para Lu.

— Contou essa droga de apelido para todo mundo?

Ela sorri, e o piercing no arco do cupido brilha vermelho.

— Pegou depressa — diz, animada. — Mas vamos voltar ao assunto. Você entrou na roda de luta?

Se eles mencionarem essa regra estúpida mais uma vez...

— Contra quem ela vai lutar? — Lu quer saber, praticamente saltitando.

— Contra ninguém — respondo.

Ao mesmo tempo, Degola anuncia:

— Contra mim.

Olho para ele e sinto meu coração parar de bater. Lutar contra *ele*? Esse homem por acaso é louco? Osrik já era bem ruim. Não posso lutar contra o comandante e sair viva para contar a história.

— De jeito nenhum — protesto, e dou um passo para trás como se a distância fosse ajudar.

Uma sugestão de presas aparece em seu sorriso.

— Está com medo? — ele desafia, e seu tom de voz me deixa mais nervosa.

— É claro que estou com medo. Você é o comandante do exército do Quarto — retruco. — Seu apelido é *Degola* porque arranca a cabeça dos adversários!

Os quatro ficam imóveis por um instante. E então, como uma comporta que se rompe, eles caem na risada, gargalham como doidos.

Fico ali parada, chocada e incomodada.

— O que diabos é tão engraçado?

O peitoral inteiro de Osrik vibra. Judd se curva para a frente, segurando a barriga, e Lu tem de limpar as lágrimas dos olhos.

— É, *Degola* — ela fala, entre uma gargalhada e outra. — Por que não conta para a Douradinha qual é a graça?

Ele é o primeiro a parar de rir, mas mantém a expressão de humor seco.

— Quem foi que espalhou esse boato? — pergunta.

— Fui eu — Judd responde, orgulhoso, passando a mão no cabelo cor de mostarda. — Bom saber que chegou até o Sexto Reino.

Enrugo a testa em busca de acompanhar a conversa.

— Espera... O quê?

Dessa vez é Osrik quem responde:

— Nós demos esse apelido para ele — explica, com um sorriso torto. Osrik sorrindo é um pouco bizarro. — Mas não é porque arranca a cabeça das pessoas. Foi um toque bem criativo, Judd.

Mostarda parece satisfeito consigo mesmo.

— Também achei.

Meus pensamentos tropeçam.

— Então, Degola não é... porque ele degola as pessoas? — repito, atordoada.

Lu balança a cabeça.

— Não, mas a ideia é muito engraçada. Todo mundo no Sexto acredita nisso?

— Não sei. Só ouvi em algum lugar.

— Divino, não é à toa que os guardas de Midas quase molham as calças a cada vez que você aparece. — Ela ri.

Meus ombros ficam tensos e eu reajo.

— Os guardas. *Meus* guardas?

Olhos pretos se voltam para mim.

— Os guardas de Midas, sim.

Ignoro a correção firme.

— Quero vê-los — declaro, e me adianto, tomada por um novo desespero.

O comandante nem pisca.

— Não.

A raiva faz minhas fitas se retraírem.

— Por que não? Você permitiu que eu visitasse as montarias.

— É diferente.

— Diferente como? — insisto.

— Aqueles soldados tinham o dever de servi-la, protegê-la, e falharam — ele explica, com tom tranquilo, mas sem o humor de antes, como se as sombras se aprofundassem em seu rosto. — Não merecem sua visita.

Levanto um pouco mais a cabeça.

— Não fale assim deles. Os guardas não podiam fazer nada contra os Invasores Rubros. Quero ir vê-los — exijo, e com o olhar eu o desafio a negar meu pedido.

Os outros três ficam quietos, e posso praticamente sentir os olhares alternando entre mim e Degola.

O comandante dá um passo à frente, e eu recuo um passo. Digo a mim mesma que é uma reação automática causada por todos aqueles espinhos à mostra, porém, na verdade, Degola intimida mesmo sem eles.

— Muito bem — ele diz, e me surpreende.

Mas eu devia saber que não seria tão fácil. O sorriso arrogante deveria servir para me alertar.

Ele se aproxima mais.

— Se quer tanto assim ver os guardas, é melhor começar logo — anuncia, com os olhos brilhando. — Porque, como eu disse, não vai sair da roda enquanto não lutar.

24

AUREN

Degola anda à minha volta. O espinho mais alto entre as omoplatas parece uma barbatana de tubarão rompendo a superfície da água.

Os outros três também se enfrentam; homens e mulher, cada um por si, lutam como se fosse seu esporte favorito e trocam insultos, provocações.

No entanto, só consigo prestar atenção neles por poucos momentos e de soslaio, porque sei que não posso me distrair do homem que me rodeia.

A fogueira está à minha esquerda, espalhando um cobertor cor de laranja sobre o chão coberto de neve, envolvendo tudo com uma luz de fogo.

— Você ainda parece assustada — Degola comenta ao parar na minha frente.

— Seria idiota se não estivesse.

Não me interessa se a história sobre arrancar cabeças não é verdadeira. Ele ainda é um matador. Ainda é capaz de reduzir exércitos e dizimar reinos. Todo o seu corpo exala força. Posso quase ouvir o vibrato da violência cantando em suas veias.

— Tem razão. — Ele tira o casaco de couro imundo e o joga no chão. Meu coração começa a bater mais forte.

Seus olhos percorrem toda a extensão do meu corpo, provavelmente para me deixar mais nervosa.

— Quer tirar as penas, Pintassilgo?

Seguro o casaco contra o peito.

— Não, obrigada.

Com os lábios distendidos, ele levanta as mãos e desamarra as tiras marrons do colete. Os espinhos nos braços e nas costas se retraem para baixo da pele, antes de ele tirar o colete de couro e o arremessar longe.

Sem deixar de me observar, leva as mãos às costas e tira a túnica de algodão preto, que deixa sobre a pilha de roupas. Então, ele está ali na minha frente com o peitoral nu, e o tempo congela, como areia suspensa em uma ampulheta, os grãos retidos na queda.

Sinto um arrepio provocado pela visão, porque ele é intimidante. Mas também é bonito. Degola exala uma sedução sobrenatural e um magnetismo inconfundível.

De repente entendo os insetos que voam voluntariamente para as plantas carnívoras. A atração é tão forte, hipnótica, que dá para esquecer o perigo até já estar preso lá dentro.

Por que é ele que se despe, e eu que me sinto vulnerável?

O lado positivo? Pelo menos a vista é boa.

Meus olhos vagam por conta própria ao passo que percebo quanto Degola é realmente forte. Seu corpo é um navio de guerra. Cada músculo foi trabalhado com perfeição, e a imagem me deixa com a boca seca.

A pele pálida não é fantasmagórica ou doentia como a de Malina. É esculpida, com pelos finos salpicados no peito, mas meus olhos buscam a fileira de pontos pretos em seus antebraços.

Devia parecer estranho, bizarro ou assustador, mas não é nada disso. Ele é inteiramente *feérico*.

Parado à minha frente, não se esconde, mas me deixa ver, analisar, e percebo, por sua postura, que se orgulha de quem é. Do que é.

Isso faz alguma coisa em mim doer. Não consigo desviar a atenção do refinamento feroz e da elegância predadora. Meu coração bate tão forte que ecoa nos ouvidos, meus lábios se afastam para uma inspiração insegura.

Antes que eu me detenha, dou um passo à frente, chegando tão perto que a saia toca a calça dele. Degola fica imóvel. Acho que nem respira.

Contemplo os quatro pontos entre o punho e o cotovelo, onde os espinhos submergiram. Resta apenas uma delicada sugestão deles sob a pele, como uma mancha no braço. Não há saliência estranha ou ângulos inusitados quando estão retraídos. É como se se colassem nos ossos.

— Incrível... — o sussurro escapa sem eu perceber.

Incapaz de me controlar, elevo a mão e toco com a ponta dos dedos os pontos pretos na pele branca. Arfo, surpresa, ao sentir o espinho enganchar no tecido da luva, a ponta de uma garra pronta para perfurar.

Degola pigarreia, e o barulho me arranca do devaneio.

Mortificada por ter tocado o comandante com tanta ousadia, removo a mão.

— Desculpe — murmuro. — Não sei o que deu em mim.

A parte preta dos olhos de Degola, indistinta entre íris e pupila, agora ficou maior, como se a cor dominasse o espaço.

— Você não gosta de ser tocada. Eu não me incomodo muito.

Minhas bochechas esquentam. Existe alguma coisa na voz dele. Uma carícia que abranda extremidades afiadas e desliza sobre minha pele. Algo que me assusta enquanto me atrai.

Meu rosto, antes quente, pega fogo, mas não desvio o olhar, não recuo. Sou aquele inseto enganado, preso em suas garras carnívoras, pronto para ser devorado.

Durante todo esse tempo, fui cautelosa com o comandante. Tive cuidado por causa dos comentários em relação a sua crueldade, do perigo que ele representa para meus segredos, por ser uma ameaça a Midas.

Contudo, neste momento, percebo que existe uma razão inteiramente diferente para eu precisar me proteger contra ele. E esse motivo tem tudo a ver com o calor que se espalha em meu peito, com o modo como arrepios percorrem minha pele, enviados pelo ronronado em sua voz.

Campainhas de alerta disparam em minha cabeça, porém soam como a melhor canção.

Ele abaixa o queixo.

— Sabia que a cor das suas bochechas fica mais escura quando você fica vermelha? Como terra — Degola comenta, em voz baixa, um som que parece penetrar minha pele e alcançar minhas partes mais profundas.

Sinto um arrepio, como se um fantasma deslizasse um dedo por minhas costas. Não consigo mais nem ouvir os outros lutando. Somos só eu e ele, ele e eu.

— Por que chamam você de Degola? — Quase não reconheço o sussurro como minha voz.

Ele balança a cabeça uma vez.

— Você conhece as regras, Auren. É deixar uma mentira por uma mentira, ou trocar uma verdade por uma verdade. É meu único jeito de jogar.

Engulo com dificuldade.

— Então não quero saber a resposta.

— Mas vai saber. — Ele permite que um sorriso preguiçoso se espalhe por seu rosto. Recua um passo, deixa os braços soltos ao longo do corpo. — Agora vamos lutar.

Assim, do nada, o momento entre nós chega ao fim, fogo antigo sob jato d'água. Pisco e balanço a cabeça, como se acordasse de um sonho.

— Se quiser ver seus guardas, este é o único jeito — ele me lembra.

Todas aquelas emoções confusas que passam por mim são empurradas para baixo da máscara de arrogância convencida. Sou uma marionete manipulada para saltar arcos. Só preciso acabar logo com isso.

— Muito bem — respondo. — O que quer que eu faça?

— Vamos começar pela postura. Está toda errada.

Olho para baixo, para o meu corpo.

— O que tem de errado?

— Você está tensa demais. Se eu atacasse agora, você estaria travada demais para reagir com agilidade — ele explica, e volta a se mover à minha volta. — Precisa estar pronta para se mexer, não pode ser prisioneira dos músculos.

Tenho de me forçar a soltar o ar retido e relaxar, e só então meus músculos se soltam um pouco.

— Melhor — ele aprova.

E ataca.

Sem aviso, sem mudança de expressão, nada.

Ele avança mais depressa do que sou capaz de pensar, e então estou deitada de costas e olhando para o céu, em choque, vendo o ar expulso dos meus pulmões formar uma nuvem que paira sobre meus lábios.

Degola está em cima de mim, de braços cruzados, aparentemente satisfeito com o que fez.

Consigo me levantar e, sufocada, limpo a neve do vestido.

— Seu cretino!

Ele sorri. Realmente *sorri* para mim, mostrando os dentes e tudo. Esqueço tudo a respeito da beleza sobrenatural, do momento estranho que acabou de acontecer entre nós. Neste instante, só quero bater nele.

— Que droga foi essa? — Minhas palavras vibram com raiva, um fogo querendo se alastrar.

— Estamos lutando — ele me lembra, ainda se divertindo muito.

— Eu não estava pronta!

— Seu adversário não vai fazer contagem regressiva, Auren — explica, como se eu fosse idiota.

— Não posso lutar contra você. — Ele é muito forte, muito experiente, e não quero me transformar naquela menininha apavorada na rua, desesperada a cada empurrão recebido.

— Não? Azar o seu — Degola responde.

Ele se vira, não sei nem como faz isso tão depressa, e de repente está atrás de mim. Encaixa um braço embaixo de cada um dos meus e os puxa para trás, arrancando de mim um gemido de dor. A outra mão toca a região no meio das minhas costas, entre os ombros, e a empurra para a frente, e eu fico ali, inclinada, completamente à mercê do comandante, com o traseiro colado em sua coxa.

— Tente se libertar — ele fala, com tranquilidade, como se não me mantivesse subjugada, arfando como um gato raivoso.

Eu tento, mas percebo muito depressa que não consigo erguer o corpo porque ele é muito forte e me segura com muita firmeza. Também não consigo me inclinar para a frente, porque vou acabar caindo de cara. Não posso nem soltar os braços, porque ele me imobiliza. As fitas se contraem e se movem em minhas costas como serpentes provocadas, à espera de dar o bote. Ranjo os dentes, as contenho e as mantenho recolhidas.

— Não consigo.

Degola emite um ruído de desaprovação.

Um segundo depois, ele me solta. Dou alguns passos cambaleantes, quase não consigo evitar o tombo com a mudança repentina. Quando levanto a cabeça, ele já está na minha frente de novo, pronto e arrogante. Eu o encaro diretamente, empurro o cabelo para trás, enquanto ele continua ali parado, transbordando arrogância. As pontas das fitas vibram.

— Tente me bater — ele diz.

Certamente, não precisa me convencer.

Corro para a frente com as mãos fechadas. Não sei nem em que parte vou tentar bater, mas suponho que apagar a presunção da cara dele seria um bom começo.

Antes que eu consiga erguer a mão, meu corpo gira, as pernas somem de baixo de mim e meu rosto é empurrado contra o chão.

— Sabe que não vai me bater desse jeito — ele avisa, com bom humor.

Furiosa, tento rolar, mas o joelho dele aterrissa na minha coluna, prende-me no lugar. Uma raiva insana me domina, porque não apenas é humilhante, como também machuca, droga.

— Saia!

— Precisa me obrigar — ele responde.

Antes achei que ele era bonito? Retiro o que disse. Ele é um filho da mãe horroroso.

Esperneio, projeto o quadril, mas não mudo nada. O joelho pressiona mais minha coluna a cada tentativa frustrada de tirá-lo de cima de mim. Ficando mais furiosa a cada vez que respiro, meu corpo se recusa a parar de se mexer, todavia é fraco demais para se libertar.

— Pare de se segurar — Degola orienta, com tom sério. — Você sabe o que precisa fazer. Se quer sair da roda, precisa lutar de verdade.

Meu rosto queima na região em contato com o chão, mas minha raiva queima ainda mais.

— Estou tentando!

— Não, não está! — ele rosna em cima de mim. — Escute os seus instintos e *pare de se conter*.

Fico quieta sob seu peso, porque de repente percebo o que ele quer.

— Não posso usar as fitas.

— Por que não?

Por quê? Porque Midas não ia querer. Porque tenho de mantê-las escondidas. Tenho de esconder *tudo*.

Como se ouvisse meu pensamento errante, Degola produz um ruído de desgosto. Ele me solta, retira o joelho doloroso das minhas costas. Consigo me apoiar sobre as mãos e os joelhos a fim de tentar me levantar; há neve em meu rosto e cabelo, o vestido está molhado, e o temperamento, inflamado.

Ele me encara, fazendo com que me sinta muito menor, muito fraca e insignificante. Sua respiração ainda é lenta e regular, como se me derrubar não exigisse esforço algum.

— Por que insiste em esconder quem você é? — pergunta, e a raiva cria uma sombra em seu rosto que faz a faixa de escamas cinza sobre as bochechas parecer mais escura.

— Você sabe o porquê — respondo, amargurada.

De todas as pessoas, ele deveria entender melhor. Talvez por isso me irrite tanto. Parte de mim sente que ele deveria ser um aliado.

— Não sei — ele retruca. — Explique.

Trocamos farpas com os olhos. As fitas começam a beliscar minha pele, tentando me avisar que não gostam de ser contidas enquanto Degola me provoca abertamente.

— Elas são um segredo — respondo, por fim. — O *meu* segredo.

Mas ele balança a cabeça.

— É mais do que isso. Já sei sobre as fitas... que elas podem se mover. Você as contém porque se envergonha delas.

Meus olhos se acendem como fogo, a coluna enrijece. Ele tocou em um ponto fraco, e uma nota azeda ecoa em meus ouvidos e na cavidade do peito.

— Cale a boca.

Mas Degola não se cala, não recua, não para. É claro que não, porque ele é Degola, e, por alguma razão, decidiu que me desvendar por completo é sua missão.

A começar pelas fitas.

Degola dá um passo à frente e elimina o espaço entre nós.

— Pensa nelas como uma fraqueza, mas elas são uma *força*, Auren. *Use-as*.

Não consigo evitar a corrente de medo que desperta em mim como uma mola encolhida. Durante muito tempo, aprendi a escondê-las, mantê-las recolhidas, não deixar que ninguém as visse.

Degola continua na minha frente, bloqueando o restante do mundo, consumindo todo o espaço com sua presença.

— Pare de pensar — ele rosna, bem perto do meu rosto. — Pare de pensar em todo mundo. *Nele*. Em se esconder.

Giro, e a raiva me acompanha.

— É fácil falar. Você não tem ideia de como as coisas eram para mim, e de como são.

Vislumbro um lampejo de alguma coisa em seu rosto, algo assustador que me faz pensar que fui longe demais.

— Não? — ele devolve. — Não tenho ideia?

Minha garganta se contrai quando tento engolir o medo. Ele me mantém na beirada de um precipício, com o dedo no meu peito, pronto para me empurrar.

— O que você é, Auren?

Não é uma pergunta. É uma exigência feita por entre os dentes, espremida em meio ao rosnado que brota do peito. É um teste no qual serei reprovada, porque não há possibilidade de vitória, não para mim.

Balanço a cabeça, fecho os olhos com força.

— Pare.

Ele se recusa a me deixar escapar, porque sua aura me pressiona, igualmente exigente, igualmente implacável. Degola me leva ao limite, tentando remover as camadas com que me protejo, e elas escorregam por entre meus dedos.

— Fale o que você é.

Meu coração dispara. As fitas se contorcem. Abro os olhos para encará-lo.

— Não.

Ele é tinta na água. Uma nuvem escura no céu. Um abismo no chão onde vou cair para sempre. Eu o odeio por isso. Odeio por cada pressão, por cada desafio que ele não tem o direito de fazer.

A fúria transforma sua expressão, a mandíbula tensa mastiga as palavras.

— Vamos, Auren.

Tento me afastar, mas Degola me segue, acompanha meus passos, não me dá um segundo para pensar.

Ele me interrompe, invade meu espaço e me deixa sem um lugar para onde ir. Empurra sua exigência por minha garganta até todo o meu corpo tremer de raiva, intimidado. O pulsar das veias reverbera no crânio quando ele se debruça sobre mim como uma nuvem de tempestade pronta para desabar.

— *Fale, porra!* — o comandante ruge ante o meu rosto, um esforço para me arrancar das raízes.

E me descontrolo.

— SOU FEÉRICA!

A fúria flui como uma enchente, tão forte que posso senti-la ao longo das fitas, perpassando-lhes e provocando uma vibração intensa que as solta.

Girando como voltas douradas de um ciclone, as pontas das fitas se dobram, imitando bocas prontas para morder e atacar em um piscar de olhos.

Meu casaco rasga nas costas com a força da projeção. As fitas envolvem as pernas dele e as puxam, depois o arremessam do outro lado da roda com força cruel.

Degola aterrissa e levanta um jato de neve, um jato tão forte que sinto a queda ressoar em meus dentes. Mas não me importo, porque ele rompeu alguma coisa dentro de mim, e não sei se consigo recuperar de maneira integral essa coisa.

Caminho na direção dele transbordando satisfação, dominada por alguma coisa feroz. Alguma coisa que ficou muito contente por eu ter jogado ele na neve, por ser ele deitado de costas, não eu.

Levanto uma fita, a ponta enrijecida, as bordas afiadas. Eu a lanço na direção de seu corpo, pronta para cortá-lo, para causar dor.

Todavia, com um movimento que me impressiona, ele se ergue com um salto e para com os pés afastados, de frente para mim. Está preparado, como se esperasse por mim o tempo todo.

Com o braço direito erguido, Degola reage ao ataque inciso, fita e espinhos se chocam como espadas.

O estalo metálico reverbera pelo comprimento de seda até tocar minha coluna e vibrar nos ossos.

Degola se move muito depressa. Antes que eu puxe a fita de volta, ele flexiona um braço e enrola a fita em torno dos espinhos afiados. Com a fita sob controle, ele a puxa com tanta força que me arrasta em sua direção como um cachorro em uma coleira.

Com um grito frustrado, projeto mais fitas, mas o filho da mãe reage a todas. Ele as segura com uma das mãos, e as fitas se debatem entre seus dedos, como peixes presos em uma rede. A mão que as segura é tão forte que não consigo soltá-las, e vislumbro um lampejo de sua força feérica entrando em ação.

Degola puxa as fitas com violência, fazendo-me girar e quase cair. Depois me puxa em sua direção, arrastando meus pés na neve até as costas encontrarem seu peito.

— Chega — diz.

Dou uma cotovelada em seu estômago. O cretino nem geme, o que me enfurece. Sua mão livre agarra o restante das fitas nas minhas costas e as imobiliza antes que tentem atacar, encurralando-as entre nós.

O queixo áspero arranha minha orelha, e de repente tenho consciência de como nossos corpos estão colados, de como consigo sentir o calor de seu peitoral penetrando minhas costas.

— Chega, Auren.

Sua ordem é firme, calma, e parece tocar minha raiva e me despertar.

Ofegante, começo a enxergar através do véu de fúria que me consumia. Olho para o braço envolvendo minha cintura, agora com os espinhos recolhidos, a mão segurando meu quadril.

Sinto as fitas presas, mas ele não as machuca. Meu coração bate tão forte que é como uma guerra entre minhas orelhas, vibrando nas veias e pulsando nas têmporas.

Não sei por quanto tempo ficamos assim ou quando o impulso de luta me abandona. Todavia, ele me abandona aos poucos, escorre gota a gota como melaço, e deixa meus pés colados ao chão.

As fitas relaxam na mão dele e, assim que isso ocorre, ele as solta, remove o braço da minha cintura e recua. A perda de contato me faz arrepiar.

De repente estou exausta.

Ele anda sem pressa à minha volta, para na minha frente enquanto as fitas se recolhem, envolvendo-me em retirada. Olho para Degola e me preparo.

Espero deboche. Provocação.

Em vez disso, ele choca com um sorriso. Não um sorriso arrogante ou condescendente. Um sorriso brando. É *orgulho*.

— É isso, Pintassilgo — fala, em voz baixa, e a carícia sombria retorna à sua voz. — Finalmente encontrou sua força de luta.

25
AUREN

O fogo se apagou.

Parece sugestivo que as chamas tenham se extinguido quando minha raiva morreu, quando minha demonstração de força chegou ao fim.

Sinto-me como aquela lenha incinerada, dolorida depois do ardor, ainda fumegando com a intensidade cálida.

Quando levanto a cabeça e me deparo com as colunas cinzentas subindo, noto uma rara estrela no céu, espiando entre as nuvens como se me vigiasse, o Divino abrindo um olho.

Olho para o chão de novo.

— Por que fez isso?

Degola não se manifestou nos últimos minutos, talvez por notar que eu precisava de tempo para refletir. Ou talvez se gabasse em silêncio por ter atingido seu objetivo.

Ainda estamos na roda de luta, mas Osrik, Judd e Lu se foram, embora eu nem imagine o porquê. Não sei nem se viram, se ouviram.

Minhas fitas formigam ante a lembrança do toque, como se eu ainda as pudesse sentir presas na mão dele. Degola pega meu casaco rasgado do chão e me entrega, como se sentisse que eu precisava de alguma coisa em que me segurar. Não posso contar comigo para isso, certamente. Eu o pego depressa e dobro sobre os braços.

— Quer saber por que te pressionei — ele deduz.

— Sim — respondo, olhando para as penas do meu casaco, para as fitas me envolvendo, mantendo-me firme.

— Porque você precisava disso.

A arrogância da resposta me irrita. Como se ele me conhecesse tão bem.

— Você não tem ideia do que preciso — respondo, em tom controlado, erguendo os olhos em busca de fitá-lo. — Está fazendo isso por você. Só não consigo imaginar por quê.

— Admito que sinto um pouco de satisfação pessoal com isso. — Degola não demonstra remorso.

— Isso ainda tem a ver com Midas? — pergunto, porque quero entender. Preciso saber um pouco sobre a mente de Degola, sua motivação.

Ele revira os olhos.

— Precisamos falar sobre ele?

— Por que o odeia tanto?

Seu olhar se torna mais frio.

— A pergunta real é: por que você não o odeia?

Eu me recuso a morder a isca.

— Isso é só porque seu rei é inimigo dele, ou tem alguma razão mais pessoal?

— O Rei Ravinger tem todo o direito de declarar guerra contra Midas. Mas eu me ponho à frente da luta com prazer. — Degola pega a túnica da neve e a veste.

— Por quê? O que Midas lhe fez? Ele é um bom rei.

Degola ri enquanto veste o colete e amarra as tiras sobre o peitoral.

— Ah, sim, Rei Midas e seu famoso toque de ouro, amado por todos. — E me encara, sério. — É engraçado como o reino dele é dominado pela pobreza, quando ele poderia simplesmente tocar uma pedra e salvar seu povo do frio e da fome. Que *grande* rei!

Meu estômago ferve, e o gosto amargo da acidez reveste o fundo da língua. Abro a boca para defender Midas, argumentar, mas não falo nada.

Porque... Degola está certo.

Vi com meus próprios olhos quando saí de Sinoalto. Os barracos em ruínas à sombra do castelo, seu povo magro e maltrapilho.

Degola deve ver em meu rosto que não tenho defesa, mas, surpreendentemente, não tira proveito disso.

— Deve entender por que quero diminuir a arrogância do sujeito. Mas suspeito que meu rei tenha outros planos.

Isso chama minha atenção.

— Como assim?

Ele balança a cabeça.

— Nada que você deva saber.

A frustração me faz estreitar os olhos.

— O que aconteceu com aquela história de uma verdade por uma verdade?

— Eu disse uma verdade minha. As verdades do Rei Ravinger não fazem parte do jogo.

— Bem conveniente. — Observo a fumaça fraca que se desprende da lenha ainda fumegando na neve. — Osrik e os outros... eles viram? Ouviram o que eu disse? — pergunto, sem querer fitá-lo.

— Sim.

Fecho os olhos, aperto, aperto... as fitas acompanham a contração das pálpebras.

— Você está acabando comigo — murmuro, sentindo o ar frio no rosto como um beijo triste.

Não escuto sua aproximação, mas a sinto. Como poderia não sentir? Tem alguma coisa nele que está sempre pressionando minha pele, exigindo o despertar de todos os meus sentidos.

— Às vezes, as coisas precisam ser destruídas antes de serem refeitas — ele declara.

Aquela estrela no céu pulsa uma vez.

Demoro um momento para abrir os olhos e respirar fundo.

— Quero ver os guardas.

Como eu já esperava, ele está tão próximo que, se me inclinasse uns poucos centímetros, eu poderia encostar a orelha em seu peitoral.

Degola assente.

— Muito bem, Pintassilgo. Vou levá-la para ver os guardas.

Ele me conduz roda afora, deixando pegadas profundas na neve.

Visto o casaco, aliviada por ainda poder usá-lo, mesmo com o rasgo nas costas, porque de súbito estou congelando. A raiva tem um jeito de fazer subir a temperatura o suficiente para aquecer a gente, porém, quando se esgota, a ausência desse calor deixa em nós um frio que esvazia.

Degola anda pelo limite do acampamento, sem se aproximar das tendas. No escuro, com poucos focos de fogo para iluminar a área de vez em quando, não me sinto tão intimidada por ele. Nossas sombras se movem juntas, misturam-se e se cruzam, como se reconhecessem alguma coisa familiar.

— Há quanto tempo está com o Rei Ravinger? — pergunto, em voz baixa, certa de que ele ouve cada palavra, cada respiração minha. Talvez até as batidas do meu coração.

— Parece uma eternidade.

Conheço o sentimento.

— E ele sabe que você me fez prisioneira?

— Sabe.

O medo é como uma pedra de gelo em meu estômago. Não sei o por quê, na verdade, uma vez que fui prisioneira do Quarto durante todo esse tempo. Mas ter Degola no comando, em vez do Rei da Podridão, são duas situações muito distintas. Se o rei sabe a meu respeito, é só uma questão de tempo até ele decidir como quer me usar.

Aprendi que é isso que os homens fazem. Eles usam.

— Se ele ordenar minha morte, você me mata? — pergunto, atrevida, fitando-o com curiosidade.

Degola faz uma pausa, como se a pergunta o pegasse de surpresa.

— Não vai acontecer.

Elevo as sobrancelhas ante sua ingenuidade.

— Você não tem como saber. Sou a favorita de Midas, e os dois são inimigos. — Baixo a voz para um sussurro, caso tenha alguém por perto. — E, se isso não for o bastante para me condenar, acabei de confessar que sou uma feérica puro-sangue, os traidores mais odiados em Orea. Três dos seus soldados me ouviram, e podem contar para ele.

— Eles nunca diriam nada a ninguém, a menos que eu mandasse. Eles são minha Cólera.

— Sua o quê? — pergunto, com a testa franzida.

Ele olha para mim.

— Lu escolheu o nome há muitos anos. Os três são minha equipe escolhida a dedo. Ajudam a aconselhar, cada um supervisiona o próprio regimento em meu exército e, se eu tiver uma missão delicada, são eles quem fazem o que tem de ser feito, quando não posso fazer pessoalmente.

Estou um pouco surpresa. Não com a ideia de Degola ter uma pequena equipe de soldados nos quais confia, mas com a convicção de suas palavras. Ele confia de verdade nesse trio, posso ouvir no timbre de sua voz.

Mas isso não significa que eu confie neles.

— Eles acabaram de me ouvir confessar que sou uma feérica. Acha mesmo que não vão contar a ninguém? Não vão dizer ao seu rei?

— Eu não *acho*. Eu sei que não vão.

Ele parece muito seguro, e uma suspeita sorrateira me faz formular a pergunta seguinte.

— Eles sabem que você também é feérico, não é?

Um movimento breve de cabeça no escuro.

— Sim, eles sabem.

Se não estivéssemos andando, eu teria me sentado por um momento a fim de processar a resposta. Minha cabeça gira, cheia de perguntas que não fiz.

— Mas isso é... é... *Como?*

— Como eu disse, eles são minha Cólera, e trabalham comigo há muito tempo. Às vezes, confio mais neles do que em mim. Eles nunca me trairiam.

— Mas você é feérico. O povo de Orea odeia a gente. Mesmo que sua Cólera tenha guardado segredo, como ninguém adivinhou o que você é? Como a verdade não apareceu?

Os olhos dele brilham no escuro.

— Eu podia lhe perguntar a mesma coisa.

— Eu me escondo — retruco. — Ou me escondia, antes de sair de Sinoalto. Mas você é famoso desde que o Rei Ravinger o nomeou comandante. Como ninguém vê?

Degola dá de ombros.

— As pessoas aceitam o que ouvem, se combinar com suas predisposições. Acreditam que sou o monstro que o Rei da Podridão criou, e eu deixo que acreditem, porque é conveniente às minhas necessidades.

— Seu rei sabe?

Os cantos de sua boca se elevam.

— Esta é outra questão do rei e, como eu disse, isso não está em jogo.

Mastigo as palavras como um pedaço de carne, na tentativa de digerir a resposta.

— Espero que esteja certo sobre sua Cólera. — Caso contrário, estou ferrada.

— Estou. Mas agora você me deve uma verdade.

O nervosismo liberta um bando de pássaros dentro do meu estômago.

— O que quer saber?

— Quem é sua família?

Os ossos do meu peito parecem se fundir, paro de respirar, a surpresa é palpável. Não esperava que ele me perguntasse isso.

— Minha família morreu — digo, com a voz sufocada.

Ele faz uma pausa.

— Quero saber o nome, Pintassilgo.

É uma questão que pressiona, exige. Eu não devia ter aceitado trocar verdades com ele. Devia saber que o preço seria alto demais.

— Não me lembro do nome da minha família. — A confissão machuca. Arranha algo dentro de mim, deixa-me exposta.

Ele me dá um segundo de silêncio, talvez para me induzir a acreditar que não vai continuar com as perguntas, mas sei que vai. Tudo que ele faz é desafiar, cutucar, provocar e fragmentar. Talvez por isso o chamem de Degola, porque ele rasga as pessoas, arranca delas suas verdades.

— De onde você é?

— Por que quer saber? Como vai usar essa informação contra Midas? Vislumbro o contorno escuro de sua mão se fechando.

— Já disse que não estamos falando sobre ele.

Toda a calmaria que havia entre nós desaparece de repente sem deixar rastro. Mas é melhor assim, tento me convencer. É melhor sermos oponentes, é o que somos.

— Quando cheguei aqui, Osrik me falou que você esperava que eu cantasse, que revelasse os segredos de Midas — aponto. — O mínimo que pode fazer é não negar, não fazer com que me sinta burra. Não tente me enganar.

Ele ri, e o som é áspero, maligno.

— A única pessoa que a engana é seu Rei de Ouro. Diga, quando decidiu trocar sua ruína pela dele? — ele questiona, cruel.

Comprimo os lábios em uma linha fina, mas sua maldade me faz lembrar que ele é um cretino, me faz lembrar o que ele é para mim. Sua raiva me devolve a um terreno mais familiar do que qualquer passo em falso confuso que tenhamos dado esta noite. Não somos amigos. Não somos aliados. Estamos em lados opostos.

— Sempre vou escolher Midas — anuncio, desviando o rosto de seu olhar na escuridão.

— Você já disse. Fico pensando em como seria se os papéis fossem invertidos, se ele abriria mão das próprias verdades pelas suas com a mesma facilidade. Que sacrifícios seu rei fez por você?

— Muitos.

Sua expressão é fria como o ar da noite.

— Sei. Por exemplo, ensinou você a ter vergonha de tudo que é.

Minhas costas enrijecem com a dor. Sinto lágrimas queimarem no fundo dos olhos, e as empurro de volta antes que se derramem, furiosa comigo mesma. Por que dou importância às palavras dele? Como Degola consegue me atingir sempre com um único golpe de palavras?

O comandante se vira e aponta, e meus olhos seguem a direção do dedo. A alguns passos de nós, vejo uma espécie de carroça grande. Do tipo usado para transportar prisioneiros. Ao lado dela, vários soldados do Quarto montam guarda perto de uma pequena fogueira. Alguns olham em nossa direção, depois se entreolham, nervosos.

— Seus guardas são mantidos aqui. Tenho certeza de que serão boa companhia para você. Vá contar histórias sobre a grandiosidade de Midas. Tenho coisas melhores a fazer.

Meu peito fica apertado quando ele se vira com brusquidão e vai embora, gritando uma ordem para os soldados me deixarem visitar os guardas, mas me vigiarem. Depois, ele desaparece no acampamento sem olhar para trás, sem ficar para ver a lágrima que congela no meio do meu rosto.

A dor no peito não desaparece, nem quando finalmente vejo os guardas e me certifico de que estão bem. Porque, apesar de estar feliz por vê-los, por saber que não foram feridos ou mortos, estou destruída, arrasada.

Arrasada porque quem eu procuro de verdade, quem eu queria ver, não está aqui. A única pessoa que me faz sentir em casa quando estou perto dele não está ali.

A dor de não ver o rosto de Digby no grupo é um soco no estômago. Dói. O que me restava de esperança é arrancado, e isso *dói*.

Os guardas de Midas estão bem, mas os *meus* guardas, não.

Sail ficou pelo caminho em uma tumba de neve, e Digby se perdeu para sempre. Tenho de encarar isso agora, ao mesmo tempo que as palavras de Degola rasgam meu peito.

Lágrimas cristalinas caem à medida que caminho sozinha, de volta para a tenda. Lá no alto, a estrela curiosa fecha o olho e se esconde atrás das nuvens.

26

RAINHA MALINA

— Desgraça.

Meu xingamento sussurrado faz Jeo, o belo rapaz reclinado em minha poltrona, olhar para mim.

— Que foi?

Levanto o olhar da carta e suspiro, jogando o papel sobre a escrivaninha.

— Franca Tullidge não pode me encontrar porque não está em Sinoalto. Ela vai passar seis meses viajando — conto, irritada.

— E isso é ruim? — Jeo pergunta.

Massageio as têmporas, antes de me encostar na cadeira para lhe dar toda a minha atenção.

— Sim, é ruim. A família Tullidge tem uma guarda particular de setecentos homens. Homens de que posso precisar, por isso é importante garantir a lealdade dela.

Jeo se coloca em pé, e me distraio por um momento. Por ele estar sem camisa, vejo as sardas que parecem canela salpicada sobre sua pele, tempero adicionado ao corpo musculoso e provocante.

Ele pega a jarra de cristal sobre a mesa e enche duas taças de vinho adoçado com mel. Aproveito para apreciar seu físico quando vem em minha direção com as taças na mão, andando como uma pantera, forte e gracioso. Os cabelos vermelhos me fazem pensar na cor de uma morte recém-provocada.

Ele põe uma taça em minha mão, antes de se encostar na beirada da escrivaninha. Com o joelho pressionado contra minha coxa, sinto o calor de seu corpo através das várias camadas de saia e da calça dele.

— Se chegar a esse ponto, se precisar das casas nobres cerrando fileiras com você, todas a apoiarão — ele opina, confiante, levando a taça à boca e bebendo metade do vinho em um gole só.

Dou um gole e sorrio.

— É mesmo?

Ele assente.

— Sim, minha rainha.

— Parece muito confiante.

Jeo esvazia a taça.

— Estou — responde, com um movimento dos ombros, largando a taça sobre a mesa. — Você é uma Colier. Orea pode estar ofuscada com o ouro de Midas, mas é na sua linhagem, no seu nome, que o Sexto Reino confia. Se fizer um chamado às armas, todos atenderão.

Bato com um dedo na taça.

— Veremos.

Espero não chegar a esse ponto, espero poder encaixar todas as peças para pressionar Midas, no entanto preciso planejar pensando em todas as circunstâncias. Tyndall, embora falho como marido, foi excelente como governante. Não por ter sido treinado para isso como eu fui, mas porque sabe ofuscar, como disse Jeo.

Ele sabe causar uma boa impressão, criar uma narrativa e conquistar as pessoas. Enriqueceu muitos nobres — e esses eu nunca vou conquistar.

Mas ele também fez muitos inimigos. Deixou muitas pessoas insatisfeitas. Quando o Rei Midas transformou o Castelo de Sinoalto em ouro, não percebeu exatamente que tipo de sombra ele projetava.

Os plebeus, os camponeses, os trabalhadores — foram esses que ele negligenciou, os que considerou menores do que ele.

Assim que terminar de examinar a lista de nobres que acredito poder cooptar, a próxima etapa será buscar essas massas esquecidas. Os que foram deixados se afogando em inveja, mirando o castelo em sua riqueza imensurável.

Sim, muita gente odeia o rei. A esposa é só mais uma delas.

Um sorriso lento perpassa meus lábios molhados de vinho. Vou destruir por completo sua narrativa, arruinar sua plataforma pública, esmagar sua fachada brilhante.

Quando eu terminar, farei do Rei de Ouro algo a ser desprezado. Serei a rainha adorada.

O rosto de Jeo se transforma com um sorriso compreensivo.

— Conheço essa cara — ele murmura, apontando para mim. — Está tramando.

Deixo escapar uma risadinha.

— É claro que estou.

Tramar é o que faço melhor. E isso é bom, já que me faltam as duas características que esse mundo respeita: poder e um pênis.

Uma vergonha não ter a primeira, mas a segunda? Descobri que a maioria das pessoas que o tem é completamente decepcionante.

Olho para a virilha de Jeo. Bem, exceto os que posso comprar.

Ouço a batida à porta e liberto um suspiro. Não devia me surpreender com a interrupção. É difícil passar até mesmo algumas poucas horas sem alguém precisar de alguma coisa. Porém, esse é um problema que acolho, porque enfim sou eu quem eles procuram. É minha ordem que esperam. Tal como deve ser.

— Entre.

Wilcox, meu conselheiro, olha de imediato para Jeo ao entrar. Seus lábios finos se comprimem, único sinal de desaprovação que vai exibir na minha frente. Mas sei que por dentro ele está me criticando, assim como fez na primeira vez que desci para jantar com Jeo ao meu lado.

Wilcox considera desaconselhável o fato de eu manter uma montaria masculina de maneira tão pública, uma opinião que ele manifestou à mesa do jantar.

Engraçado, duvido que ele tenha dito a mesma coisa ao meu marido, que manteve um harém de montarias em todos os momentos. Sem mencionar a vadia dourada.

Jeo se afasta da minha escrivaninha e se vira, sorrindo. Ele adora provocar Wilcox, agora que sabe com toda certeza que o homem o desaprova tão completamente.

Meu conselheiro para na frente da escrivaninha e se curva em uma reverência.

— Majestade, espero não estar interrompendo.

— Ainda não — Jeo responde, com uma piscada pervertida.

Wilcox entorta a boca em um gesto irritado, mas deve achar que a horrível barba grisalha esconde a reação.

Ele ignora Jeo, que se coloca atrás da minha cadeira. As mãos grandes e fortes começam a massagear meus ombros. Uma exibição — tocar a rainha com tanta liberdade é um jogo de poder —, e eu permito.

— Hum, tão tensa, minha rainha — Jeo murmura.

O rosto de meu conselheiro fica um pouco mais corado, e tento não rir. Não consigo decidir se ele odeia nossa demonstração por ser uma evidência da minha deslealdade gritante para com Tyndall, ou se é simplesmente por eu ser uma mulher que tem a própria montaria.

Talvez um pouco de cada.

— Precisava de algo, Wilcox? — pergunto, enquanto os dedos habilidosos de Jeo massageiam minha pele com movimentos deliciosamente firmes.

Wilcox desvia os olhos das mãos de Jeo e me encara.

— Desculpe. Esta carta chegou para a rainha — ele afirma, dando um passo à frente.

Estendo a mão e recebo o pergaminho enrolado.

— Obrigada. — Quando fito o lacre de cera vermelha, meu coração acelera, mas meu rosto não demonstra nada. — Está dispensado, Wilcox.

Meu conselheiro se retira, aparentemente aflito para sair de perto de minha montaria.

Assim que fecha a porta, solto o ar que mantinha preso no peito.

— O que houve? Eu diria que você está pálida como um fantasma, mas esse é o seu normal — Jeo brinca.

Mas não dou risada. Estou ocupada demais olhando para o carimbo vazio na cera, sem brasão... e isso me informa exatamente quem mandou a carta.

— São os Invasores Rubros.

As mãos de Jeo param em meu pescoço.

— Os piratas responderam?

Respondo com um ruído no fundo da garganta, antes de deslizar o dedo sob a aba do pergaminho e romper o lacre. Desenrolo o pequeno pedaço de papel, leio a carta com rapidez e noto a tinta borrada e a caligrafia descuidada. Para ser sincera, devia me sentir grata pelo fato de os ladrões saberem escrever.

Leio a mensagem de novo com uma palpitação no peito.

— Grande Divino...

— Que foi? — O rosto bonito de Jeo é marcado pela preocupação.

Eu o encaro ao considerar todas as implicações.

— Não estão com ela.

Os olhos azuis se arregalam.

— A vadia dourada? Por que não? Você deu tempo suficiente para eles chegarem à Planície Estéril no momento certo.

Balanço a cabeça, jogo a carta em cima da mesa e me levanto, dou alguns passos.

— Malina...

Olho para ele, e Jeo não esconde a surpresa ao vislumbrar meu sorriso.

— O exército do Quarto abordou o navio deles — sussurro, fascinada. — Levaram as montarias, os guardas, todo mundo.

Ele ergue as sobrancelhas vermelhas.

— A boceta de ouro?

Sorrio tanto que minhas bochechas doem.

— Levaram-na também.

O sorriso de Jeo se iguala ao meu. Ele sabe que isso é uma grande vitória para mim. Eu achava que os Invasores Rubros seriam um bom lugar para ela. Mas isso? Isso é muito melhor.

— Porra, isso aí! — Jeo exclama. — A situação pede mais vinho.

Enquanto ele serve mais bebida na taça, eu rio, uma risada rouca e grave, um som que não emito há anos.

Ela se foi. Finalmente *se foi*.

Nunca mais vou ter de vê-la. Nunca mais vou ter de ver como Tyndall olha para ela, como fica faminto a cada vez que ela entra em um aposento.

Sua querida favorita se foi, levada por seu pior inimigo, e não tem nada que ele possa fazer.

A vitória é doce.

Balanço a cabeça, quase incapaz de acreditar nisso.

— Vão acabar com ela — comento, eufórica.

— Pior do que os piratas da neve — Jeo concorda, bebendo meia taça de vinho antes de entregá-la a mim.

Aceito e bebo um gole generoso, enquanto ele pega a carta e a lê com bom humor.

— Ah, os filhos da mãe chorões estão bravos! Perderam as montarias para o Quarto e o capitão deles abandonou o navio levando seu ouro. Que azar.

— Vou mandar Uwen enviar um caixote de ouro para compensar a perda — digo. E dou de ombros ao encontrar a surpresa no rosto de Jeo. — Eles são mercenários excepcionais. Com moedas suficientes para acalmá-los, posso contar com eles como aliados.

A montaria se aproxima e enlaça minha cintura.

— Minha rainha é de um brilhantismo cruel.

Sorrio antes de sorver mais um gole, depois aproximo a taça de seus lábios. Ele olha para mim com uma expressão sedutora enquanto inclino a taça, deixando o vinho fluir para dentro de sua boca. Assim que Jeo bebe tudo, ele pega a taça e a posiciona sobre a escrivaninha, e me puxa para mais perto com as mãos em meus quadris.

Inclino a cabeça, deliciando-me com a avidez em seu rosto. Esse é o único convite de que Jeo precisa para beijar meu pescoço, espalhar beijos e mordidas leves sobre a pele sensível.

Fecho os olhos quando ele chega ao queixo; e quando os lábios encontram os meus, deixo escapar um gemido de satisfação, sentindo um fogo arder na parte mais baixa do meu ventre.

Gosto da ideia de trepar com ele sabendo que mandei embora todos os brinquedos de Tyndall. Seu harém de montarias não existe mais, enquanto o meu agarra meu traseiro e esfrega o pau em mim.

Deslizo a língua sobre a de Jeo, e o único sabor que sinto é de vinho quente e vitória.

— Hum, delícia — ele murmura, com os lábios sobre os meus.

— O vinho? — pergunto, com um sorriso sedutor.

— Você — ele responde. — Adoro quando fica assim, maldosa, mas quando esses seus planos dão certo e vejo essa expressão... Fico duro como uma rocha.

Para provar suas palavras, ele se esfrega em mim, deixa-me sentir a ereção impressionante sob as pregas do tecido da calça.

— Vou possuir você agora, minha rainha — ele declara, e morde a ponta da minha orelha. — Vou foder você em cima da sua mesa com esse sorriso maldoso no seu rosto.

Meu ventre queima com o calor da necessidade, com o arrepio provocado pelas palavras repletas de malícia, com a luxúria que nunca foi minha antes. Sempre fui ignorada, deixada de lado.

Não mais.

— Que seja bom — ordeno, com um gemido imperioso, antes de abaixar a mão e segurar seu membro. Ele geme em meu ouvido, e o som me causa um arrepio de poder feminino.

Jeo me tira do chão e me põe em cima da escrivaninha. As mãos deslizam para baixo das minhas saias, e as diversas camadas se amontoam quando ele as empurra até minha cintura.

Quando os dedos tocam os pelos úmidos na junção no alto de minhas coxas, ele sorri e morde meu lábio.

— Que rainha safada.

— Pare de falar e me fode.

Ele ri e desamarra o laço da calça, que para em volta dos tornozelos.

— Ao seu dispor, Majestade.

Um segundo depois, Jeo me penetra com tanta força que meu corpo desliza para trás na madeira. Mas é bom. É isso que quero, o que ordenei e que preciso ter.

Ele se inclina, segura meus quadris enquanto se move para dentro e para fora com penetrações poderosas.

— Isso agrada minha rainha? — pergunta, beijando e mordendo a pele sensível do meu pescoço.

Sim, mas quero mais. Quero todas as coisas que Midas nunca me deu.

Empurro o peito de Jeo.

— Desça.

Um lado de sua boca se eleva, mas ele sai de mim e, obediente, deita no chão. A euforia, o poder, o prazer, tudo canta em minhas veias quando o encaro com avidez nos olhos.

Escorrego da mesa e fico em pé sobre ele, uma perna de cada lado, e o observo. Jeo geme quando meu olhar se demora em seu membro ereto.

— Por favor, minha rainha, não seja tão cruel.

Gosto quando ele implora.

Levanto as saias, dobro os joelhos e desço devagar, vou descendo do jeito que gosto. Uma rainha sentando-se em seu trono.

Gotas de suor brotam em sua testa, as mãos agarram minha cintura, mas continuo me movendo sem pressa, desfrutando da fricção da ereção me invadindo. Subo e desço com a cabeça inclinada para trás em êxtase, esfregando-me nele sem pudor.

— *Porra*, Majestade — ele fala, por entre os dentes.

Todo o meu corpo canta quando pego o que quero, quando sinto o prazer sem o qual vivi por tanto tempo. Nunca mais. Nunca mais vou ficar ociosa.

Vou pegar o que quero, sempre que eu quiser.

— Vai, sim — Jeo responde, informando-me que pensei em voz alta. — Pega tudo, porra, desde que goze no meu pau.

Minha risada rouca é interrompida quando ele empurra os quadris contra o meu corpo, penetrando-me mais fundo, mais forte, alcançando aquele ponto escondido em mim que nunca soube que existia, não antes de ele me mostrar.

Eu pego, pego tudo, deixo que isso alimente a avidez dentro de mim, a fome que só é saciada com prazer e poder.

Com um gemido, Jeo começa a me foder de baixo para cima sem trégua, enquanto cavalgo minha montaria e subo mais e mais em direção àquele pico indescritível.

O prazer explode em mim como gelo rachado, e um suspiro de alívio sai de minha garganta. Mais três penetrações, e é a vez de Jeo explodir, me preencher com um calor molhado que me é desconhecido.

Caio sobre ele e arranho seu peitoral, deixando marcas vermelhas na pele sardenta.

— E então? — ele questiona, com um sorriso satisfeito e ainda ofegante, levando as mãos para trás da cabeça. — Foi bom, minha rainha?

Depois de mais um momento recuperando o fôlego, eu me levanto e saboreio o gemido decepcionado que ele deixa escapar quando saio de cima dele.

— Fez direitinho — respondo a caminho da porta que leva ao meu dormitório e lavabo. — Mas vai ter de me lavar e limpar sua sujeira.

Um segundo depois, escuto Jeo se levantar e vir atrás de mim. Lábios quentes encontram minha orelha quando ele me agarra pelos quadris.

— Só se for com a língua.

Um sorriso estende meus lábios.

— Você faz o que sua rainha ordena.

Sou recompensada pela risada dele.

— Sim, Majestade, sempre.

E vai ser assim com todo mundo.

27

AUREN

Perdi horas deitada na cama improvisada, virando de um lado para o outro sem conseguir dormir.

As brasas vão perdendo força e luminosidade, até os fragmentos pretos passarem de vermelho intenso a cinza fosco, e o que restava de calor ser levado pela mão do ar frio noturno.

Com a luminosidade baixa, meus pensamentos se aglomeram.

Desde que o Comandante Degola me tirou dos Invasores Rubros, tenho esperado que ele faça alguma coisa horrível, ou que seus soldados me destruam.

Mas o comandante não fez nada disso, nem os soldados o farão.

Em vez disso, sou tratada com dignidade. Um tratamento amistoso, até. Tenho liberdades que nem Midas me permitiria.

Mas lealdade, essa palavra e moral, a convicção a que me apego com tanto vigor, isso é o que está em jogo. Fico apavorada com o que vai acontecer se eu vacilar.

Sei que não posso confiar completamente em Degola. Sei disso, mas...

Mas.

Talvez também não possa confiar inteiramente em Midas.

No momento em que esse pensamento traiçoeiro escapa, percebo que falei em voz alta. É uma confissão sussurrada, uma revelação pesarosa para o calor minguante das brasas.

Sento-me na cama e ponho o vestido, agora frouxo e gasto, sujo, por mais que eu tente lavá-lo à mão. Depois visto o casaco rasgado e calço as botas, decidida a caminhar um pouco, já que o sono não vem.

Não vejo Degola desde nossa discussão na noite anterior.

Não devia me importar. Não devia ser importante. Mas tenho a sensação de que ele está me evitando, punindo-me, e isso me contorce por dentro.

Saio da tenda e ouço o rangido das minhas botas na neve fresca. Estamos acampados ao lado de um pequeno lago congelado, e ele cintila sob a lua crescente.

Sem querer, pego-me andando para o lado leste do acampamento, onde estão as montarias.

Paro na frente da tenda, notando os mesmos dois guardas que me deixaram fazer uma visita quando Lu estava comigo. Eles levantam o olhar do jogo — cartas, desta vez.

Aquele que está mais perto de mim e tem cabelo castanho ergue as sobrancelhas.

— Milady — ele me cumprimenta. — Não a vejo há dias.

— Sim — respondo, sem dar uma explicação. — Posso visitá-las?

— É tarde — pontua o outro. — Mas pode ficar por uns minutos. Ouvi algumas delas cochichando lá dentro, sei que estão acordadas.

Assinto e me dirijo à entrada da barraca, contudo, antes de levantar a aba, alguém sai de lá e impede minha passagem.

Recuo assustada com a aparição repentina.

— Polly.

Seu cabelo loiro está preso em duas tranças, embora embaraçado e oleoso, e ela parece mais magra do que de costume. Não tem partículas douradas de maquiagem adornando seu rosto, nem vestido elegante, nem sorriso sedutor. Ela parece cansada, mas noto uma dureza em seus olhos.

— Dourada — diz, e cruza os braços. — O que está fazendo aqui?

O tom de voz me deixa insegura.

— Eu, hum, só queria fazer uma visita. Ver como vocês estão.

— Estamos bem — ela dispara.

Olho para dentro da tenda e de novo para o rosto dela.

— Aconteceu alguma coisa?

Ela balança a cabeça.

— Todas ouviram sua voz aqui, mas fui a escolhida para vir. Você não pode entrar.

— Por que não?

Os olhos azuis que ela crava em mim são frios.

— Ninguém quer ver você.

O tom amargurado me atinge em cheio.

Sinto os soldados à minha direita se mexendo no banquinho, como se estivessem constrangidos por mim, o que faz meu rosto arder de vergonha.

— Você precisa parar de vir aqui — Polly anuncia, com tom altivo. — Não gostamos de você, não queremos que venha meter o nariz nos nossos assuntos para depois ir levar um relatório para os seus novos amigos do exército do Quarto.

— Como é que é?

Polly revira os olhos.

— Ah, francamente! Acha que não sabemos? Você pode andar por aí livremente, Auren. Sabemos que agora é a putinha do comandante.

Meu queixo cai com o choque, e por um momento o cérebro tropeça, incapaz de processar informações.

— Isso é... Não sou a prostituta dele.

O olhar entediado me faz perceber que ela não acredita em mim.

— Os soldados por aqui falam, sabe? Você dorme todas as noites na tenda dele. Não somos idiotas e não vamos deixar que nos use para trair nosso rei. Não volte mais aqui, traidora.

Ela põe a mão em meu peito e me empurra.

Não é um empurrão forte, mas me surpreende tanto que dou alguns passos para trás, boquiaberta. Ela nunca teria me tocado antes. Não teria ousado.

Os guardas se levantam em um instante, prontos para interferir.

— Chega — um deles fala, com tom firme. — Volte para dentro.

Os olhos de Polly ganham um brilho vingativo, como se a reação deles só solidificasse minha traição. Com um sorriso carregado de ódio, ela se vira e entra na tenda, e fico olhando para o espaço em que ela estava pouco tempo antes.

Não consigo nem olhar para os guardas quando dou meia-volta, tamanha a intensidade da humilhação e do constrangimento que me atingem. Ando de cabeça baixa e com os ombros caídos, uma flor murcha.

— Não se preocupe com elas, milady — diz um dos homens.

Assinto apressada e me afasto antes de fazer alguma besteira, como chorar na frente deles.

A vergonha sustenta o peso dos meus passos.

Abraço as sombras ao andar, ouvindo com atenção o silêncio no acampamento de soldados, que aparentemente acreditam que sou a prostituta de Degola.

Não volte mais aqui, traidora.

Lágrimas ameaçam se formar, mas empurro-as de volta, deixo que sejam engolidas por um poço de raiva. As palavras maldosas de Polly são a manifestação dos meus medos — da minha lealdade enfraquecendo, da minha mente contaminada.

Não sou uma traidora.

Não sou.

A determinação me invade, me dá força. Como brasas voltando a queimar de repente.

O brilho branco da lua é agora uma unha atrás de uma nuvem, mas duas estrelas pairam ao lado dela como vaga-lumes capturados pela curva de seu crescente.

A luz é suficiente para eu enxergar, mas não para banir as sombras. Perfeita para procurar sem ser vista. Com passos firmes e olhos atentos, com a acusação de Polly queimando em meus ouvidos, sigo o instinto, como se soubesse exatamente para onde ir. Ou são as deusas vaga-lumes me guiando.

Ao passar por um grupo de cavalos de cabeça baixa e olhos sonolentos, eu escuto.

Um crocitar baixo.

Paro de repente, inclino a cabeça, levanto a orelha. O barulho se repete, dessa vez mais abafado, mas isso é tudo de que preciso para identificar sua origem.

Meus pés apontam para o novo caminho, passos e pulsação aceleram. Apesar do frio, sinto uma onda de calor se espalhar por meu corpo.

Logo além dos cavalos, quase obscurecido por uma carroça cheia de fardos de feno, eu vejo.

Coberta de madeira preta e lisa, sem adornos nas laterais, ouço o farfalhar no interior da pequena carroça e quase saio correndo. Em vez disso, obrigo-me a percorrer a passos calmos o restante da distância até lá.

Alcanço a carroça, e vejo que, em vez de portas laterais, sua abertura é menor na parte de trás. Olho ao redor, entretanto as únicas movimentações são os cavalos bufando ou mudando de posição de vez em quando, respirando tranquilos de focinho baixo.

Levanto a mão e meus dedos trêmulos tocam a maçaneta, e a porta se abre com facilidade, sem emitir ruído. Leva um momento para meus olhos se adaptarem e identificarem o que tem lá dentro, mas, assim que isso acontece, o triunfo me joga para cima, faz meu estômago dar uma cambalhota.

Olhando para mim com olhos amarelos, as garras coladas aos poleiros, ali está o que eu procurava.

Os falcões mensageiros do exército.

28
AUREN

Está escuro no interior da carroça, mas o lampejo de olhos e o movimento das silhuetas sombrias revelam a existência de quatro falcões lá dentro.

É um atestado de treinamento, porque não se assustam nem se agitam, só olham para mim entediados.

Mesmo nas sombras, percebo que são aves lindas, grandes para a espécie. As penas pretas têm um brilho que se estende para os bicos afiados e os pés.

Noto os poleiros nas paredes, os ossos de roedores mortos na vegetação acumulada no chão. No alto tem uma janela aberta cortada na madeira, um espaço por onde os falcões podem ir e vir e por onde entra a luz pálida da lua.

Observo a superfície plana à minha frente, a madeira reta como uma escrivaninha, perfeita para escrever mensagens. Tudo de que preciso está ali, os rolos de pergaminho em branco encaixados em buracos, os frascos de tinta e as penas guardadas em canaletas na parte frontal.

Olho em volta outra vez, mas tudo continua quieto.

Viro de frente para a mesa, pego um rolo de pergaminho e rasgo uma tira pequena. Aliso a faixa, usando um frasco de tinta para prender uma das extremidades, e depois pego a pena e a mergulho na tinta.

Minha mão treme tanto que quase viro o tinteiro, mas consigo pegá-lo antes de cair.

— Controle-se, Auren — sussurro para mim mesma.

Pressionando a ponta de metal contra o pergaminho, escrevo depressa, sem capricho, com uma caligrafia muito pior do que já é normalmente. Mas vai ter de ser suficiente, porque estou com pressa, encharcada de adrenalina e cheia de medo. Minha mensagem é simples e breve demais, mas é o melhor que posso fazer.

O exército do Quarto pegou todas nós. Estão marchando em sua direção. Prepare-se.

Sua Preciosa

Devolvo a pena à canaleta e encontro sobre a mesa uma caixa de areia fina. Pego um pouco de areia entre os dedos e salpico sobre as palavras molhadas para acelerar a secagem da tinta.

Assim que ela seca o suficiente para não borrar, começo a enrolar o papel, mas paraliso ao ouvir a aproximação de soldados.

— Sobrou cigarro? — pergunta uma voz áspera.

— Sim, na porra do meu bolso, e você não vai pegar nenhum.

— Ah, vá à merda. Preciso fumar.

Há um suspiro, e os passos param. Ouço o som característico de um fósforo sendo riscado.

São só os dois, a julgar pelo som, mas estão a vários passos de mim, vindo do outro lado da carroça dos falcões. Se vieram ver os cavalos, vão me pegar.

Mordo o lábio, miro o papel enrolado na minha mão. Posso fugir agora, levar a mensagem comigo e tentar voltar.

Mas esta pode ser minha única chance.

Com o coração disparado e suor escorrendo na nuca, inclino-me e estendo a mão para um poleiro dentro da carroça.

Os soldados estão conversando, tossem um pouco quando tragam a fumaça, porém me concentro, na tentativa de não entrar em pânico. Abro a mão, mostro o pergaminho para as aves e torço para que sejam tão bem treinadas quanto parecem.

O falcão maior abre e fecha o bico para os outros, como se assumisse a tarefa, depois pula de seu poleiro mais alto. Pousa perto da minha mão e vira imediatamente, de modo que eu alcance sua perna.

Graças ao Divino.

Pego o tubinho de metal preso à sua perna direita e removo a tampa. Esquerda para norte, direita para sul.

Os soldados se põem em movimento outra vez, meus olhos se abrem pelo pânico, e quase derrubo a porcaria da carta. Consigo segurá-la e enfiar no tubinho, e, assim que está lá dentro, devolvo a tampa ao lugar com a ponta do polegar.

O falcão estica a perna, como se verificasse em que direção voar, e então alça voo, passa pela janela aberta cortada no teto e bate asas para o céu.

Ouço um palavrão, alguém andando na neve.

— Pelo Divino, o que é isso? — o homem resmunga.

O outro soldado ri.

— Vai borrar as calças por causa de um falcãozinho?

Recuo no mesmo instante e fecho a portinhola em silêncio, mas estou nervosa demais para passar o trinco, que pode fazer barulho.

— Por que aquela coisa saiu a esta hora? Não tem mensagem nenhuma.

Congelo e arregalo os olhos. Meu coração parece bater fora do peito.

— Aquela coisa caça à noite, idiota.

— Ah.

Solto o ar, aliviada, tiro a mão da maçaneta e contorno a carroça com todo o cuidado, deixando o veículo entre mim e eles. Minhas botas raspam na neve, e sei que é muita sorte ter os cavalos atrás de mim, encobrindo o ruído enquanto recuo lentamente.

— Esses cavalos são fedidos demais.

— Você é um filho da mãe chorão. Por que sempre acabo fazendo a patrulha com você?

— Porque lhe dou cigarros — o homem responde, com tom seco.

— Ah, é verdade. — O outro ri.

Agacho-me para olhar por baixo da carroça, e vejo as botas pretas do outro lado. A neve molha minhas saias quando rastejo para trás em silêncio com o tecido preso em torno dos joelhos. Deslizo para a frente da carroça, assistindo aos passos deles em direção à parte de trás.

Mas eles param, as botas viram justamente quando chego à parte da frente.

— Hum. O trinco está aberto.

Sinto o sangue deixar meu rosto. *Merda.*

Olho em volta, apavorada, à procura de um lugar para me esconder, mas o refúgio mais próximo é uma tenda a três metros de onde estou, e fica bem na linha de visão deles. A menos que eu queira me arriscar voltando para perto dos cavalos, mas e se eles se assustarem?

— Vai passar a noite toda olhando para isso? Fecha essa porcaria e vamos voltar para perto do fogo. Esse frio vai congelar meu pau.

Uma risada abafada.

— Não deve ser grande coisa, mesmo.

— Vá à merda.

Escuto o clique do trinco na porta de trás, e os falcões lá dentro crocitam baixo, um sinal de gratidão ou irritação. Ainda abaixada para vigiar seus pés, vejo os soldados se afastando, voltando para o calor de uma das fogueiras do acampamento.

O alívio que sinto é tão grande que caio sentada na neve, não me importo nem com o frio que atravessa o vestido. Fico ali sentada por um momento, com uma das mãos sobre o coração disparado, em busca de me acalmar.

Depois de um ou dois minutos, eu me coloco em pé e passo a andar o mais depressa possível, ainda inundada de adrenalina. Só quando estou novamente na minha tenda vazia e escura é que me dou conta do que fiz.

Consegui.

Consegui mesmo! Mandei uma mensagem para Midas. Ele agora vai ser prevenido, vai ter uma chance de se preparar. A vantagem do Quarto, o elemento-surpresa, não existe mais.

Um sorriso vitorioso estende meus lábios rachados pelo frio. O vestido está molhado, estou congelando e quase fui pega, mas consegui.

Não sou uma traidora. Sou leal a Midas, e acabo de prová-lo.

Mas meu sorriso desaparece aos poucos, os cantos da boca descem como se um anzol puxasse minhas bochechas. Toda essa vitória, esse orgulho, tudo isso azeda em meu estômago antes de encontrar uma oportunidade de se assentar.

No lugar de todas essas emoções, surge um sentimento horrível, como se o ato impulsivo para provar a Polly e às outras montarias que elas estão erradas fosse um engano.

Arrependimento. Sim, é isso que revira meu estômago.

Olho para mim, para a bainha molhada do vestido. Devia sentir orgulho de mim mesma por defender minha posição, por não vacilar em minhas convicções. Por não ter deixado Degola me enganar com essa história de ser meu amigo.

Devia estar me gabando porque o exército do Quarto me subestimou, porque as manipulações e a falsa camaradagem não funcionaram. Devia estar inteiramente satisfeita por ter acabado de ajudar meu rei e decretado com firmeza de qual lado estou, porque isso — ser leal — é o certo.

Certo?

Em um instante, fico completamente agitada, dominada pela guerra que irrompe dentro de mim. Sempre soube qual era meu lugar, e meu lugar sempre foi com Midas. Então, por que me sinto desse jeito?

Balanço a cabeça e digo a mim mesma para parar. O que está feito, está feito. Não posso voltar atrás agora, por mais que me arrependa.

Sinto culpa só de pensar no assunto.

Com a mente tomada por uma tempestade turbulenta e ruidosa, começo a me despir, desinteressada na tarefa.

Com uma nesga de luar pálido entrando na barraca, retiro o casaco, o vestido, as botas e as meias molhadas, e penduro tudo para que seque. Tento reavivar as brasas, mas elas foram queimadas por completo, não resta nada delas além de cinzas. Não há mais calor ou luz.

É por isso, e pela falta de uma lamparina, que não o notei até agora, quando sua voz atravessa a tenda:

— A caminhada foi boa, Auren?

Deixo escapar um grito assustado quando giro, levando a mão ao peito. De olhos arregalados, entro em pânico, até notar o contorno dos espinhos ao longo das costas da sombra.

Engraçado como a silhueta de um monstro parece acalmar meu coração disparado.

— Você me assustou — falo, com voz trêmula, e abaixo a mão.

— É mesmo?

Ele se senta na cama, inabalável, e tenho a sensação de que usa comigo um tom de voz diferente do habitual.

Sinto um arrepio apreensivo.

A lua traça no chão uma nesga de luz que é como uma linha entre nós.

Ele permanece ali, sentado no escuro sem falar, sem se mexer. A luz pálida ilumina as escamas em seu rosto, e os olhos negros brilham com intensidade. Um felino à espera entre as vigas para saltar sobre os ratos desavisados.

— Degola? — Odeio ouvir minha voz tão contida, assustada.

Ele não responde. Estou nervosa, e neste momento sinto medo dele, uma contradição com o alívio que experimentei momentos antes.

Vestida apenas com a camisa de baixo, sinto os joelhos tremerem, mas não sei se é frio ou medo.

Recuo um passo, e é então que ele se levanta com agilidade e mais elegância do que deveria ter alguém assim. Eu me encolho como um coelho que caiu em uma armadilha, mas sei que a corda em volta do meu pescoço só vai apertar mais depressa.

Meu coração bate forte diante da ameaça palpável, as fitas começam a se soltar, como se antecipassem o ataque.

Em três passos, ele está na minha frente, perto o suficiente para eu ter de erguer a cabeça para olhar em seus olhos. Minha língua cola no céu da boca, seca e pesada demais.

De perto, sinto alguma coisa se formando sob sua pele, sinto como uma rispidez perversa que imprime no ar uma intensidade tangível.

Talvez seja isso. Talvez seja este o momento em que finalmente colho a crueldade que Degola se tornou conhecido por semear.

Posso ter chegado ao fim desse interlúdio e enfim me ver diante do verdadeiro comandante. Posso odiá-lo e não ficar mais confusa.

Então, firmo as pernas, endireito os ombros e espero o golpe. Espero a forca apertar e me deixar pendurada.

Mas Degola nunca faz o que acho que vai fazer.

Sua mão segura meu pescoço, como se fosse me estrangular ali mesmo. Sinto os dedos envolvendo a região da garganta, mas ele não aperta. Só segura, o toque me queimando como um ferro que marca.

— Eu não devia ter encontrado você naquele navio pirata — ele murmura, e sua voz é como água ondulando, lambendo meus ouvidos.

Pisco, tento me apoderar dos olhos escuros e não notar o calor da mão dele em minha pele.

Ele me confundiu de novo, e não sei o que dizer, não sei o que fazer. Por um momento, penso se ele está se preparando para quebrar meu pescoço.

Devia empurrá-lo, usar as fitas para tirá-lo de perto de mim, lembrar a ele que não gosto de ser tocada... mas não faço nada disso, e não sei bem o porquê.

— Não precisava ter me trazido junto — respondo, e minha garganta se move em sua mão, enquanto a voz trai quanto estou na defensiva.

Ele afaga a veia pulsante com o polegar.

— Ah, eu precisava, Pintassilgo.

Então, Degola se inclina para a frente e encosta os lábios nos meus.

Arfo, chocada, e isso só me faz sentir seu sabor. Seu ar é respirado em mim como se eu inalasse fascínio.

Ele não insiste no beijo, não exige. É só o mais leve dos toques, lábio sobre lábio, e em seguida ele recua.

Não percebo que fechei os olhos até abri-los novamente e sentir as pálpebras pesadas. A mão dele desliza do meu pescoço para um lado do rosto, um toque suave.

— Vai gostar de saber... — começa, em voz baixa, deixando os olhos vagarem por meu rosto.

Olho para ele, atordoada, tentando acompanhar o que disse, tentando não tocar meus lábios, que ainda formigam.

• 215 •

— Saber o quê? — pergunto, uma voz trêmula no escuro.

Ele abaixa a mão, e meu coração oscila na direção dele antes que eu consiga me equilibrar, como se eu quisesse seguir o toque, recuperá-lo.

— Logo vamos chegar ao Quinto Reino.

Suas palavras são chocantes. Impróprias para este momento complicado e íntimo.

Algo em mim desaba.

— Ah.

Ele estende a mão e afasta de cima do meu ombro a mecha de cabelos, deixando o ar tocar a pele como outro beijo leve. Seus olhos agora são duros como granito.

— Tenho certeza de que vai gostar de ver seu rei — ele diz, com uma expressão ilegível. — Especialmente tão pouco tempo depois de mandar sua mensagem para ele.

Recuo um passo, como se as palavras fossem um tapa em meu rosto. Fico ali, de queixo caído, enquanto Degola sai da tenda e me deixa no escuro, fervendo por dentro.

Ele sabe.

Ele me beijou.

Ele sabe.

Ele me beijou.

Ele sabe o que fiz e mesmo assim... me beijou.

29
AUREN

Ventos de inverno uivam do lado externo da janela escura. Ouço como chicoteiam as bandeiras do castelo, assobiam entre as frestas do vidro e arremessam os pingos de chuva contra as paredes de pedra.

É estranho ver uma tempestade de gelo tão brutal à noite, enquanto tomo meu banho. O vapor ainda emerge da água em colunas constantes, enchendo o banheiro, dificultando a visão. O suor forma gotas brilhantes em minha pele, todos os meus músculos estão aquecidos e lânguidos enquanto relaxo na água.

Mas um grito me arranca do estado de sonolência.

Levanto a cabeça da beirada da banheira e franzo a testa. Olho através do vapor, mas ele é mais denso do que antes, e o barulho da tempestade lá fora está ficando mais alto.

Ouço alguma coisa, alguém, talvez uma voz.

Olho para a esquerda, para a direita, e chamo:

— Midas?

Mas não há resposta, e não consigo enxergar nada além da névoa. Ela é quente, sufocante, e percebo que a água em que estou submersa parece esquentar.

Olho para baixo quando alguma coisa reveste meus dedos embaixo d'água, como o sabonete que misturei no banho mais cedo para fazer espuma. Ergo a mão de dentro da banheira, e os pingos que caem formam ondas à minha volta.

Todavia, quando aproximo a mão do rosto a fim de examiná-la através da névoa de vapor, vejo que não é sabonete que reveste minha pele.

Meus quatro dedos estão recobertos de ouro líquido.

— Não...

Minha outra mão sobe depressa, segura os dedos da outra mão, aperta como se eu pudesse enrijecer o gotejar metálico.

Mas minha mão esquerda também está vertendo ouro.

Há um brilho intenso que me obriga a fechar um pouco os olhos, e me viro com o intuito de olhar para a janela. Ela agora está iluminada pela luz do dia, como se a noite tivesse sido soprada para longe devido à força da tempestade.

O pânico acelera minha pulsação.

Sacudo as mãos violentamente, mas tudo que consigo com isso é espalhar gotas douradas, e algumas caem em meu rosto como pingos de tinta.

— Merda.

O ouro escorre por meus pulsos, passa pelos cotovelos, pelos ombros, pelos seios. Levanto o corpo bruscamente, os pés quase escorregam na banheira, meu coração bate no peito como se tentasse sair dali.

— Não! — grito, mas o ouro não escuta.

Mais dele escorre pela barriga, desce pelas pernas, escoa pelas dobras da pele.

— Auren.

Levanto a cabeça e lá está Midas, furioso. Irado. Enraivecido. Os olhos castanhos não transmitem conforto algum agora, e sei que a culpa é minha.

— Socorro — imploro.

Midas assiste enquanto o ouro se espalha cada vez mais até envolver meu corpo por completo, como se eu fosse mumificada por ele. Eu era de ouro antes, mas não assim. Isso me polui, como uma infecção que se espalha e domina tudo.

Não vai sobrar nada de mim.

Um gemido escapa quando percebo que o líquido agora endurece, transformando-me em uma estátua.

— Midas! — grito, e o soluço faz a voz vibrar. — Midas, faça alguma coisa!

Mas ele balança a cabeça, os olhos brilham, brilham tanto que consigo ver ali o reflexo do meu corpo. O rei não está mais zangado, mas a nova expressão em seu rosto também não oferece conforto. Pelo contrário, provoca ainda mais medo.

— Continue, Preciosa. Precisamos de mais — ele diz, em voz baixa e firme.

Tento elevar os pés, tento sair da banheira para correr, mas o ouro já endureceu sob a sola dos meus pés. Travou meus tornozelos e os joelhos, deixou minhas pernas pesadas. E a água do banho... ela também se solidificou.

Estou congelada no lugar.

A cada vez que respiro, o ouro que recobre minha pele se torna mais sólido, mais denso, mais forte.

Lágrimas caem de meus olhos, mas elas também são de ouro. Correm, pingam como a cera derretida de uma vela e endurecem em meu pescoço.

As fitas estão em pânico, torcendo-se atrás de mim, porém estão pesadas, encharcadas. As pontas se dobram e tentam raspar da minha pele a camada dura, como um cinzel na pedra, mas nada acontece. Elas não conseguem e, assim que tocam a cobertura insidiosa, ficam grudadas, como formigas na seiva.

Ver minhas fitas dobradas em ângulos estranhos, presas, tentando inutilmente se libertar, faz o medo envolver meu coração como um punho frio e impiedoso.

Meus olhos cheios de terror se voltam para Midas.

— Faça alguma coisa! — imploro, mas é um erro.

Assim que abro a boca, fios dourados passam por meus lábios e cobrem língua e dentes. Um grito estrangulado brota de mim, e o som é como uma explosão de bolhas de magma quando o líquido entope minha garganta.

Ele desce para o estômago, sobe para os olhos, tinge a visão, o cheiro metálico domina meu olfato. Ele envolve meus ossos, reveste o coração, domina a mente.

No momento seguinte, estou completamente sólida de dentro para fora.

Incapaz de respirar, piscar ou pensar. Sou como Cifra, o pássaro no átrio, que nunca mais vai cantar, voar, estou presa para sempre em meu poleiro.

As mãos de Midas seguram meu rosto, as unhas raspam no metal.

— Você é perfeita, Preciosa — ele declara, antes de se aproximar e depositar em meus lábios um beijo leve que não posso mais sentir. Quero chorar, mas não posso, porque os canais lacrimais também foram solidificados.

O vapor agora é tão denso que não enxergo mais nada. O ouro em meus ouvidos também me impede de ouvir.

Mas eu grito. Grito, grito e grito, embora ninguém seja capaz de me ouvir, porque minha garganta está entupida com ouro. Vou sufocar com ele, ficar presa nele por toda a eternidade.

Alguma coisa se contrai em meu peito, e a dor me faz abrir os olhos.

Acordo me debatendo, movendo os braços e respirando com desespero, como se rompesse a superfície de um sólido mar de ouro.

A camisa e a calça de baixo estão ensopadas de suor, e o cabelo está colado à cabeça em emaranhados úmidos.

À minha volta, as fitas tremulam e chicoteiam, incomodadas, algumas enroladas em meu corpo, apertando-me de um jeito doloroso.

Eu me levanto e contenho os movimentos frenéticos, afrouxo as fitas em torno do meu corpo. Começo a afastá-las do tronco e dos membros, libertando-me com mãos trêmulas, na tentativa de escapar das garras do pesadelo.

O jeito como Midas olhou para mim... Meus olhos ardem quando tento afastar a visão. *Não é real*, digo a mim mesma. *Não foi real.*

Só quando me liberto da última fita, consigo finalmente respirar de verdade.

— Teve pesadelo?

Pulo na cama e me viro, e me deparo com Degola se vestindo. Ele me acordou ou foi o aperto das fitas?

Olho para a frente da tenda e percebo que continua escuro. Meu relógio interno me diz que o amanhecer ainda está a uma ou duas horas de nós.

— Hum, sim — falo, um pouco constrangida, ainda tentando tirar da cabeça os resquícios do sonho. — Acordou cedo — comento, e me sinto imediatamente estúpida por dizer uma coisa tão boba, considerando o que aconteceu entre nós há poucas horas.

Queria saber quando ele voltou à tenda para dormir depois que apaguei, ou se dormiu, na verdade.

— Quero pôr o exército em marcha — ele diz enquanto afivela o cinto. — Viemos pelo caminho mais longo, mas agora estou ansioso para chegar ao Quinto Reino.

Sinto o gosto do remorso no fundo da garganta. O pedido de desculpas está na ponta da língua, mas alguma coisa me contém. Orgulho? Constrangimento? Um argumento para defender o que fiz? Não sei.

Sento na cama e mantenho as peles em volta do corpo ao fitá-lo.

Ele me beijou, e acho que minha mente ainda não processou por completo o acontecimento. O corpo, por outro lado, parece ter memorizado cada momento.

Mas por que ele fez isso?

Como na noite anterior, antes de conseguir dormir e ter um sono agitado, experimento emoções conflitantes. Sinto que cada pensamento meu briga consigo mesmo, e não sei qual lado está correto.

Porque aquele beijo, um beijo suave e solene, não parecia parte das estratégias de um comandante inimigo.

Parecia mais um desejo enraizado.

— Degola...

Ele me interrompe com um tom frio, sem olhar para nada perto de mim.

— Sugiro que levante daí e se arrume. Vamos partir assim que amanhecer.

Ele sai antes de me dar tempo para responder. Com um suspiro derrotado, saio da cama e me visto, e, quando vou para fora, já tem dois soldados esperando para desmontar a barraca.

Resmungo um pedido de desculpas por tê-los feito esperar e sigo para as fogueiras em busca de comida, mas descubro que foram apagadas duas horas atrás. Encontro Tonel ao lado de uma carroça, distribuindo rações secas, o que provoca reclamações. O mingau pode não ter um sabor muito melhor, mas é quente, e isso faz maravilhas pelo moral de quem está marchando por planícies desertas e congeladas.

— Bom dia, Douradinha — Tonel diz, e me entrega um pão duro e uma fatia de carne salgada e seca.

— Bom dia.

As brincadeiras que Tonel costuma fazer não são possíveis hoje, porque todos os soldados estão com pressa, ocupados com o desmonte do acampamento e com a preparação dos cavalos. A impaciência pesa no ar. Entendo a dica e me afasto para deixá-lo trabalhar, vou mastigando a comida que, de tão dura, faz minha mandíbula doer.

Quando chego à minha carruagem, surpreendo-me ao encontrar Lu ajudando o cocheiro a atrelar os cavalos.

Lu levanta uma das sobrancelhas ao me ver.

— Mechas Douradas — cumprimenta, antes de se virar para apertar o arreio que está segurando.

— Bom dia, Lu. — Passo a mão enluvada no pescoço do cavalo, admirando o pelo negro e brilhante.

Quando termina, ela bate com carinho nas costas do animal e se vira de frente para mim.

— Alguém mijou na sopa do comandante. Sabe o que aconteceu, por acaso?

Meu rosto esquenta.

— Não.

Devo ter fracassado na tentativa de manter uma expressão neutra, porque ela resmunga:

— Hum. Foi o que pensei.

De repente fico muito interessada na crina do cavalo, e mantenho os olhos cravados ali.

— Posso lhe dar um conselho, Douradinha?

— Hum... pode.

— Assuma suas merdas.

Olho para ela.

— Quê?

Lu suspira e olha para o condutor da carruagem, que acabou de subir para se acomodar em seu lugar.

— Vá dar uma volta, Cormac.

O homem para em sua posição quase sentado, suspira, mas vira e desce, afastando-se sem discutir. É muito impressionante que ela dê uma ordem e os homens a obedeçam.

Quando estamos apenas nós duas, os cavalos e o céu clareando lentamente, Lu se apoia na parede da carruagem e olha para mim. Ela me observa por um momento, como se me estudasse, lendo alguma coisa em minha expressão.

— Somos mulheres em um mundo masculino. Tenho certeza de que sabe como é isso.

Abaixo a cabeça.

— Sei.

— Que bom — ela responde, assentindo, e as faixas raspadas em sua cabeça apontam para baixo com o movimento. — Então sabe que temos duas opções. — E levanta um dedo. — A primeira é conformismo. Ser o que eles querem, agir para agradar. Essa é a opção segura.

Estou ouvindo com total atenção, mas o incômodo se mistura à minha curiosidade.

— E a segunda opção?

Ela levanta o segundo dedo, mas, em vez de usar a mesma mão, levanta a outra. Não sei por que isso parece ser tão importante, mas é o que sinto.

— A segunda opção é mais difícil. É mais dura para nós — ela admite, olhando dentro dos meus olhos. — Sempre haverá alguém que vai tentar nos fazer escolher a primeira alternativa. Mas não. Não abaixe a cabeça, não deixe que o mundo a mantenha embaixo das botas. Assuma suas merdas e escolha a si mesma.

Ela abaixa as mãos, e nesse momento tenho certeza de que ela sabe o que fiz, sabe que enviei a carta. O que não entendo é por que não estou acorrentada, jogada na carroça dos prisioneiros com o restante dos guardas de Midas.

— Mas você e eu somos diferentes — respondo. — Você é uma guerreira, e eu... — Não termino a frase, porque nem sei como fazê-lo.

Não sei o que sou agora.

Sei o que era. Uma menininha feérica que foi arrancada de seu mundo. Fui vendida a mercadores de carne. Usada como mendiga antes de ter idade suficiente para ser usada de outras maneiras.

Eu era indefesa.

Depois, com Midas, isso mudou, e passei a ser outra coisa, algo a que sempre almejei.

Segura.

Mas é o suficiente? É o bastante agora ser só isso?

— Você é aquilo que escolhe ser — Lu prossegue e, por alguma razão, sinto vontade de chorar.

Minha garganta se contrai quando puxo o capuz sobre a cabeça, sentindo na pele um arrepio que acompanha a chegada do amanhecer cinzento, carregado.

— O que isso tem a ver com Degola? — pergunto, em voz baixa.

Ela dá de ombros.

— Nada. Vai precisar decidir isso também, Douradinha.

Lu afaga o cavalo outra vez, põe a mão no bolso e tira de lá alguns cubos de açúcar, que dá a eles.

— Mas vou lhe dizer mais uma coisa.

— O quê?

Ela sorri para o cavalo antes de olhar para mim.

— Aquela feérica que vi na roda de luta? — começa, e sua voz é só um sussurro no amanhecer cada vez mais próximo. — Ela também era uma guerreira. E, na minha opinião profissional, pode ser uma das grandes.

Lu se afasta com os passos leves de sempre, como uma ave alçando voo.

Entro na carruagem em silêncio e levo a mão à cintura, tocando as fitas com um sorrisinho.

Guerreira.

É, acho que isso é algo que eu gostaria de ser.

30

AUREN

—Chama isso de bloqueio? Minha sobrinha de três anos seria capaz de invadir essa defesa de merda!

O suor escorre por meu rosto, e abaixo os braços doloridos, olhando feio para Judd.

— Estou tentando!

Ele se move à minha volta, me ataca com uma espada de madeira, enquanto tento, sem sucesso, bloquear os ataques.

Ele criou uma versão menor de uma roda de luta arrastando o pé na neve, e estou levando uma surra dentro dela por bem mais de duas horas.

— Não está se esforçando o suficiente — ele diz, e para na minha frente. — Onde estão seus instintos? Deixou todos em Sinoalto?

Ranjo os dentes, querendo arrancar aquele cabelo cor de mostarda de sua cabeça. Ele sorri como se soubesse disso.

Lu e Osrik estão do lado de fora da roda, só nós quatro pela segunda noite seguida. Depois da conversa com Lu, passei o dia todo pensando na carruagem.

Quando paramos, à noite, eu praticamente vibrava de nervoso. Não sabia se ela ia concordar, porém, quando perguntei se ajudaria a me treinar, ela sorriu e me levou para a roda, chamando Judd e Osrik para irem também.

Mas somos cuidadosos, treinamos longe do acampamento, longe de olhares observadores. Hoje à noite temos apenas duas tochas e o brilho fraco da lua para iluminar nosso espaço, mas é o suficiente.

Até agora, só Judd entrou na roda de luta comigo. Tenho a sensação de que eu não seria capaz de enfrentar Lu e Osrik.

Lu é muito rápida e, embora seja menor do que Judd, posso afirmar que é feroz. E Osrik... o homem é um animal, e apesar de não parecer me odiar como antes, sua cara feia ainda me amedronta.

No momento, ambos estão bebendo, protegidos por uma pele que compartilham fora da roda, e gritando um ou outro conselho, como:

— Pare de apanhar.

Coisas muito úteis, de fato.

— Estamos aqui fora congelando para você poder usar as fitas sem ser vista — Judd aponta enquanto balança a cabeça. — Mas você sempre se esquece delas.

Paro e ponho as mãos na cintura, endireito o peito para respirar melhor. Não sabia que era possível sentir tanto calor no meio do gelo.

— Não é que *esqueço* — explico. — É que sempre aprendi a esconder e conter as fitas, desde que elas brotaram, quando eu tinha quinze anos. Isso está enraizado em mim.

— Então desenraíze! — Osrik perde a paciência.

Como eu disse, muito útil.

Olho para ele com ar sério.

— Muito obrigada. Vou tentar.

Judd recupera minha atenção ao bater palmas. Está sem camisa de novo, mas não vou reclamar, porque a visão quase compensa a surra que estou levando.

— Elas são sua maior vantagem, Douradinha. Precisa tirar proveito delas.

Suspiro, olho para o chão, e a sensação de fracasso que me rodeia é como fios em um carretel.

— Eu sei.

Ouço a aproximação de passos pesados, e de repente Osrik está em cima de mim, de cara feia e tudo.

— Ela só precisa da motivação certa.

Sem aviso prévio, fecha a mão, leva o braço para trás e solta um soco direto no meu ombro, um murro que me atinge como uma pedra lançada por uma catapulta.

O contato me joga sentada na neve, e meus dentes batem com o impacto.

— Ai! — grito.

Osrik olha para mim sem remorso, os braços cruzados como se estivesse entediado.

— Isso foi metade do meu soco. Você caiu como um saco de pedras.

— Você me acertou como um saco de pedras — resmungo. Fico em pé e tenho a sensação de que meu ombro foi quase arrancado da articulação. Giro o ombro e faço uma careta. — Odiaria sentir seu soco inteiro.

— Que pena, porque é a próxima etapa.

Arregalo os olhos quando Osrik levanta o punho de novo, mas antes que acerte meu ombro, três fitas se soltam. Elas se projetam, envolvem seu punho e o antebraço, tiras de cetim que se tornam firmes como aço.

Ele tenta se soltar, mas as fitas não deixam seu braço se mover nem um centímetro. Os dentes brilham por trás da barba densa.

— Viu? Motivada.

Lu aplaude.

— É isso aí, Douradinha!

Encaro Osrik com uma expressão presunçosa, sorrindo orgulhosa por enfim ter conseguido impedir um ataque.

— É isso, vamos parar por hoje — Judd anuncia, pegando sua camisa do chão para se vestir. — Isso aqui está de congelar as bolas.

Lu revira os olhos ao se aproximar de mim.

— E eles dizem que a mulher é o sexo frágil. A força dos homens se limita àquelas coisas sensíveis penduradas entre as pernas deles.

Dou risada e me abaixo, pego um punhado de neve limpa e ponho na boca. É delicioso mastigar os flocos que derretem sobre a língua, resfriando meu corpo quente.

— Está interessada em minhas coisas penduradas, é? — Judd sorri para ela.

— Só no paradeiro exato, para poder saber onde vou chutar na próxima vez que me irritar — ela responde.

Judd e Osrik fazem a mesma careta, como se imaginassem esse contato. Ela pisca para mim.

Os homens pegam as duas tochas que trouxeram, enquanto Lu pega a garrafa de vinho e a pele, e voltamos todos juntos ao acampamento.

— Pegue, suas fitas fizeram por merecer. — Lu me oferece a garrafa.

— As fitas? Eu, não?

— Isso. As fitas assumem o comando quando você é ameaçada ou se enfurece, e se esquece de contê-las. Mas você precisa começar a assumir o comando sobre elas. Tem de ter mais controle, aprender a usar cada uma da maneira mais vantajosa.

Assinto, levo a garrafa aos lábios e bebo o que resta de vinho no fundo.

— Resumindo, você tem mais duas dúzias de membros. Pode fazer um estrago considerável, se aprender a usá-los — Judd diz do meu outro lado.

Sinto as fitas inflando um pouco, como se sentissem o afago no ego.

Depois de beber a última gota de vinho, abaixo a mão com que seguro a garrafa.

— Isso não é um pouco contraproducente para vocês?

Lu olha para mim.

— Como assim?

— Bem, na teoria, eu sou a inimiga, e vocês estão me treinando para lutar.

Judd me cutuca de leve com o cotovelo, mas me encolho, porque já estou cheia de hematomas deixados por todos os golpes que não bloqueei. Ele percebe e sorri.

— Você não é nossa inimiga.

... *Por enquanto.*

Ouço as palavras não ditas pelos três, uma questão não formulada que paira no ar gelado, solidificando-se em alguma coisa concreta, mas intocada.

— Mas por que estão fazendo isso? — insisto. — Se sabem que vou voltar?

Para ele. Vou voltar para ele.

— Acho que estamos só esperando para ver como isso se desenrola, Mechas Douradas — Lu fala, de um jeito vago.

— De qualquer maneira, você não está pronta para nós — Osrik acrescenta. — Não aguenta nem um safanãozinho no ombro.

Viro a cabeça para a esquerda e olho para ele.

— Não foi um safanãozinho.

Ele dá de ombros.

— Precisa endurecer.

Não tenho argumento contra isso.

— Então, vocês três são os únicos membros da Cólera de Degola? — pergunto, curiosa.

— Primeiro essa conversa sobre ser o inimigo, agora quer descobrir nossos segredos? — Judd pergunta, com uma sobrancelha erguida.

Balanço a cabeça com rapidez.

— Desculpe. Fiquei curiosa, só isso. Não precisam responder.

— Os inimigos normalmente se esforçam mais do que isso para espionar, não acham? — Judd provoca.

Os outros dois concordam com um movimento de cabeça.

Meus passos são hesitantes.

— Não, juro, eu não...

Os três dão risada.

— Estamos só zoando você — Lu revela.

Deixo escapar um suspiro aliviado.

— Ah.

Eles riem um pouco mais... mas noto que nenhum deles responde de verdade à minha pergunta.

Subimos uma pequena encosta até o cume e descemos do outro lado para o acampamento, onde ainda reina o barulho dos soldados reunidos em torno das fogueiras, cantando canções de taverna com suas vozes graves.

— Vamos treinar mais em breve, Douradinha — Judd avisa.

— Sim, e trate de melhorar nisso — Osrik acrescenta.

Vejo Lu dar uma cotovelada na barriga dele, e a capitã usa força suficiente para fazer o monolito gemer e massagear a área atingida.

Com um sorriso, afasto-me dos três Cóleras, sentindo-me estranhamente energizada, apesar de quanto apanhei. Com uma ideia cintilando em minha cabeça, me desvio da direção em que seguia e vou procurar Tonel.

Eu o encontro em sua fogueira, é claro, mas terminou de servir o jantar e está recostado em uma tenda próxima, tocando gaita.

Ele toca uma melodia que não reconheço, cheia de meneios difíceis de acompanhar com os sopros rápidos. Em volta dele, uns dez soldados jogam dados, mas, quando me vê, Tonel tira a gaita da boca.

— Ei, Douradinha!

Eu me aproximo dele, sorrindo.

— Você toca muito bem.

Ele assente.

— Não sou só um excelente cozinheiro.

Alguém ali perto ri. Tonel escolhe ignorá-lo.

Olho para a gaita e sua superfície polida.

— Foi você quem fez?

— Não, foi meu avô. Ele me ensinou a tocar.

— É bonita — elogio, notando os desenhos gravados que parecem grãos de trigo.

— Quer tentar? — ele pergunta, e me oferece o instrumento.

Balanço a cabeça.

— Só toco harpa.

Ele assobia por entre os dentes.

— Harpa? É mesmo muito chique, menina do castelo.

Não vou contar que minha harpa é de ouro maciço.

— Talvez um dia eu escute você tocar — ele diz. — Mas se não veio em busca de comida ou música, a que devo a honra?

— Estava pensando se poderia me ajudar com uma coisa.

Ele olha para mim, curioso.

— Vamos ouvir o que é.

— Acha muito difícil conseguir um banho improvisado?

Tonel levanta as sobrancelhas e empurra o cabelo para trás do ombro.

— Um banho? Em um exército em viagem?

Dou de ombros.

— Você tem a maior panela de sopa por aqui, por isso pensei que, se alguém pudesse fazer acontecer, seria você.

Ele bate com o indicador nos lábios e pensa um pouco, antes de se levantar com um pulo.

— Já sei. Venha comigo.

Eu o sigo com um sorriso animado, e Tonel me leva à tenda montada especificamente para servir de lavanderia. Embaixo da lona, olho para as gigantescas tinas de molho, profundas o bastante para acomodar uma pessoa menor, longas o suficiente se a pessoa flexionar os joelhos. Um sorriso curva meus lábios.

— Tonel, você é um gênio.

— Cozinheiro, músico, gênio — ele vai contando. — Minha lista de atributos só cresce.

Alguns soldados que estão usando o espaço olham para nós, e Tonel estala os dedos.

— Ei! — Ele aponta para dois deles. — Precisamos dessa tina.

Os soldados estranham, mas tiram as roupas molhadas, ainda ensaboadas, e as jogam na tina seguinte.

— Ótimo, agora precisamos da ajuda de vocês para carregá-la — Tonel anuncia.

Os soldados se entreolham, confusos.

— Carregar para onde?

— Ah, hum, eu mostro o caminho.

Os soldados hesitam, mas Tonel estala os dedos de novo, e eles pegam a tina e a esvaziam do lado de fora da barraca. Vazia, os dois a carregam entre eles.

— Mostre o caminho, Douradinha — Tonel pede.

Sorrindo, pego do chão um punhado de pedaços de sabão cortado em cubos e os guardo no bolso. Depois corro com Tonel ao meu lado e os dois soldados atrás de nós.

Vou pelo caminho mais rápido, que decorei há um tempo. Tonel estranha.

— Não vamos para sua barraca? — ele pergunta.

Balanço a cabeça e respondo:

— O banho não é para mim.

Ele me encara, confuso, mas não se pronuncia enquanto atravessamos o acampamento. Só paramos quando chegamos à barraca das montarias.

Aponto para o chão ao lado da fogueira crepitante.

— Podem deixar ali, por favor.

Os soldados que guardam as montarias reagem, surpresos.

— Para que isso?

Meus ajudantes deixam a tina no chão, dão de ombros e se afastam. Os guardas e Tonel olham para mim e esperam por uma explicação.

— É para as montarias. Para poderem tomar um banho, lavar as roupas, o cabelo... — digo.

Os guardas balançam a cabeça.

— Acho que não.

— É um banho — argumento. — Elas não são criminosas. O único problema delas foi o fato de terem sido capturadas pelos Invasores Rubros, e depois por vocês. Ficam trancadas nessa tenda, e só têm trapos e neve com que se limpar. — Controlo o tom de voz e continuo: — Vocês vão me ajudar a encher essa coisa com neve, vamos deixar derreter ao lado da fogueira, depois vocês vão deixar as montarias tomarem banho em paz.

Não sei quem está mais chocado com a ordem: os guardas, Tonel ou eu.

Os homens ficam olhando para mim, e não vacilo. Retribuo o olhar com firmeza, sem recuar.

Ao meu lado, Tonel pega um punhado de neve e o joga na tina.

— Vocês ouviram a mulher — diz, com uma risadinha. — Vamos logo, antes que eu meta o pé na bunda de vocês. E, um dos dois, alimente o fogo, ou vai levar a noite inteira para a neve derreter.

A voz de Tonel os coloca em movimento, e logo estamos os quatro jogando neve dentro da tina. Tonel joga algumas pedras chamuscadas do fogo lá dentro, acelerando o processo de degelo.

Quando a tina está cheia, minhas mãos estão dormentes; as luvas, ensopadas, mas estou satisfeita. Guardo as luvas no bolso do casaco, enquanto olhamos para o nosso trabalho.

Um movimento chama minha atenção. Viro a cabeça e me deparo com Polly e Rissa espiando tenda afora, observando-me. Vou até elas e pego o sabão do bolso, deposito os cubos na mão de Rissa.

— É o suficiente para todas terem sua vez — digo.

As garotas olham do sabão para a tina, para a fogueira e para os guardas. Polly comprime os lábios.

— Se acha que vamos cair de joelhos e beijar seus pés, é mais idiota do que parece.

— Não espero nada — respondo honestamente, porque é verdade.

Não espero sua gratidão. Não espero nem uma trégua. Só queria lhes dar alguma coisa, porque nada disso é culpa delas. Nada disso tem sido fácil para elas.

É o mínimo que posso fazer para diminuir um pouco esse fardo, só um pouquinho. Tenho tido liberdade e confortos, por mais estranho que pareça. Elas merecem um pouco disso também, e o que posso oferecer é o que trouxe agora.

— Aproveitem o banho — digo antes de sair dali.

Tonel me acompanha no caminho de volta à tenda.

— Foi muita bondade sua — ele comenta.

— Parece surpreso.

— Este exército é composto de um bando de fofoqueiros. Ouvi histórias sobre como essas mulheres a rejeitaram.

A ponta das minhas orelhas queima.

— Ah. — Já é ruim o suficiente os guardas terem testemunhado a cena, mas é muito pior saber que ela virou assunto do exército.

— Há quem diga que elas não merecem sua bondade — Tonel comenta.

Balanço a cabeça e miro o chão enquanto ando.

— Bondade não é algo a ser conquistado. Ela deve ser dada de graça.

Tonel ri baixinho.

— Minha mãe falava mais ou menos a mesma coisa — responde, e olha para mim. — E sabe de uma coisa?

— O quê?

— Ela era uma mulher muito esperta.

31

AUREN

Depois de morar no Sexto Reino pelos últimos dez anos, pensava ter sentido todo tipo de frio que existe. Contudo, ao atravessarmos a fronteira do Quinto Reino, percebo que estava enganada.

O frio no Sexto Reino é composto de vento gelado, agulhas de granizo afiadas, nevascas empurradas por um vendaval uivante e uma interminável mortalha de nuvens.

Mas o Quinto Reino é diferente.

Adentramos em seu território no meio do dia, com a visão de um mar ártico no horizonte. Pedaços de gelo transparentes como vidro flutuam preguiçosos acompanhando a maré, aves marinhas pousam neles entre um mergulho e outro para pegar peixes.

Mais longe, icebergs azuis brotam da água como sentinelas congeladas guardando o porto, montanhas flutuantes orgulhosas e altas.

Montamos acampamento ali na praia. Quando a noite cai, o chão parece brilhar e a água azul fica preta como tinta, com as ondas quebrando na praia ao som de uma canção de ninar entoada pela maré.

Não, nunca senti um frio como esse antes.

Essa terra de ventos que é o Quinto Reino não tem nada de parecido com Sinoalto. Não é movimentada, barulhenta ou punitiva.

É parada. Quieta. A calma glacial de uma terra em paz com o frio, não em guerra contra ele.

E não é só o clima que mudou. O exército também. Hoje à noite os soldados estão mais silenciosos, como se atravessar territórios e entrar na terra gelada e calma levasse sobriedade aos pensamentos de todos.

Depois de jantar sozinha em minha tenda, ando sozinha pela praia salpicada de fogueiras, em torno das quais grupos de soldados se reúnem.

Reconsidero, dou meia-volta e, em vez de seguir para a área repleta de soldados, sigo para a sombra dos penhascos à direita.

Cinzentas e esburacadas, as pedras se amontoam como bolinhas de gude gastas pelo tempo, espalhadas no chão da praia gelada.

Com cuidado, caminho sobre as rochas com a esperança de encontrar um lugar mais privado, porque uma noite como esta parece pedir solitude.

O progresso pelas superfícies escorregadias é lento, no entanto consigo me equilibrar com a ajuda do salto das botas e as mãos enluvadas. Quando chego ao topo da pilha de pedras, respiro fundo e aprecio a vista por um momento, antes de descer pelo outro lado.

Estou quase no fim, quando a ponta da bota encontra um trecho de gelo, e escorrego. Caio para a frente balançando os braços, todavia, antes de abrir a cabeça nas pedras, alguma coisa me segura pelas costas do casaco.

Meu corpo é contido, suspenso no meio da queda. Olho para trás e vejo Degola, e a surpresa me faz arregalar os olhos.

— Escorreguei — falo, de um jeito idiota. Estou constrangida por ele ter visto a queda, e aliviada por ele ter me segurado.

O luar me permite notar quando o comandante levanta uma das sobrancelhas.

— Percebi.

Ele acena com a cabeça, indicando que deseja que eu ande. Envergonhada, endireito o corpo e olho adiante, recuperando o equilíbrio com cuidado antes de me pôr em movimento sobre as pedras, consciente da presença dele, de como me segura.

Degola segura meu casaco o tempo todo, até voltarmos ao chão. Assim que piso na neve, o comandante me solta como se mal pudesse esperar por isso, como se detestasse ter sido forçado a me segurar.

Não devia me incomodar, mas incomoda.

Olho para ele.

— Obrigada — digo.

Ele assente, mas sua expressão é dura; mais fria do que gelo.

— Devia ter usado as fitas para interromper a queda. Precisa trabalhar seus instintos — ele me censura.

Um suspiro escapa do meu peito.

— Já me disseram isso.

Ajeito as penas do casaco e olho em volta, notando a praia pequena e deserta. Fica entre dois montes de pedra separados por uns dez metros, o que dá ao trecho uma sensação de privacidade e sigilo. Uma costa clandestina ao longo de um mar gelado.

— O que está fazendo aqui fora? — pergunto, fitando-o.

— Esperando.

— Esperando o quê?

Degola me encara por um momento, como se tentasse decidir se quer responder ou não. Quando ele fica em silêncio, tenho minha resposta.

Sou invadida pela decepção, mas não é nada mais do que mereço. Mereço coisa muito pior, para ser sincera. Merecia que ele tivesse me deixado cair naquelas pedras, em vez de me segurar. Merecia estar trancada, ser odiada.

— Desculpe — murmuro. E nem sei bem por qual parte estou me desculpando, mas minhas palavras são sinceras mesmo assim.

A expressão dele é fechada, não revela coisa alguma.

Quando percebo que não vai responder a isso também, viro e me afasto. Ou tento fazê-lo.

Mas alguma coisa me mantém ali parada, presa a ele. Quando nos entreolhamos perto da água com cheiro de salmoura, só consigo pensar em como os lábios dele roçaram os meus. Como o toque leve foi tão contraditório à sua reputação de dureza e crueldade.

Mesmo que não devesse me importar, descubro que não quero que ele me odeie. Não quero sua indiferença fria.

Meu corpo se lembra daquela noite. Do calor de sua respiração à sensação da ponta dos dedos acariciando meu rosto. Cada vez que fecho os olhos, meu coração dispara com essa lembrança, a cabeça gira com o significado possível, o motivo de ele ter feito o que fez.

Por que ele fez isso?

Tentei resistir a ele com unhas e dentes desde que o conheci. Tentei odiá-lo. Culpá-lo, mas...

Mas.

O argumento sobre ele ser meu inimigo... não sinto mais verdade nisso.

Alguma coisa mudou. Alguma coisa se rompeu, e posso sentir, sinto que *eu* estou à deriva, boiando na água como um daqueles blocos de gelo.

Talvez tenha sido o quase beijo. Talvez tenha sido a provocação, o sorriso orgulhoso que vi quando libertei as fitas e admiti o que sou.

Ou estava ali desde o começo; quando ele me viu, soube o que eu era e não me evitou. Talvez eu estivesse condenada desde o princípio, desde o momento em que saí daquele navio.

Envolvo meu corpo com os braços e contemplo o oceano. É mais fácil do que olhar para ele enquanto falo.

— Você nunca me tratou como sua prisioneira de fato — comento, em voz baixa.

Espero que possa me ouvir em meio ao barulho das ondas, porque minha voz não tem coragem para se elevar.

— Pensei que fosse uma tática. Talvez fosse... seja. Não sei. Com você, nunca sei nada, porque você me confunde. Todo este exército me confunde — admito, com uma risadinha sufocada, balançando a cabeça para mim mesma.

Minha respiração acelera, resultado do esforço para carregar o peso de minha confissão.

Isso pode ser um erro. Mas todo mundo fica dizendo para eu ouvir meus instintos, e eles insistem para eu parar. Parar de reagir com medo e tentar enxergar as circunstâncias por outro ângulo.

Porque apesar de aquele beijo ter sido o mais suave, o mais leve dos toques, sinto seu peso nos ossos. E isso não pode ser um truque.

Certo?

A noite silenciosa é perfeita para nutrir esses pensamentos tímidos. Perfeita para olhar para as ondas em movimento e me sentir mudando também. Meu rosto se debate entre o rubor e o congelamento, calor e frio.

As nuvens se movem lá no alto como uma cortina, afastando-se para mostrar um céu atento à conversa.

— Mas acabei de perceber algo — continuo, com um esboço de sorriso.

Ao nosso lado, a água do mar se choca contra as rochas com um estalo e um estrondo.

— O quê? — Degola pergunta.

Continuamos olhando para o mar tempestuoso.

— Que mesmo que esteja me enganando, sou grata. Por tudo.

Degola não responde, mas fica tenso ao meu lado. Não ouço sua respiração, não vejo o peito se mover.

— Você me salvou dos Invasores Rubros, mas acho que também me salvou de mim mesma. E, mesmo que seja uma manipulação, um truque, valeu a pena pela descoberta.

Uma pausa. Depois ouço a voz dele no escuro.

— O que você descobriu?

— Tenho vivido em uma gaiola que eu mesma criei.

Por fim, observo seu perfil e as escamas que acompanham a linha do rosto. Contemplo a boca endurecida, as sobrancelhas mais baixas, os espinhos nas costas. As ondas quebram de novo, e um borrifo salgado beija meu rosto.

— Sou leal, mas... me sinto culpada pelo falcão.

Sei que isso foi um teste das deusas. Não sei se fui aprovada ou reprovada. O que sei é que fervo e me contorço por dentro desde que mandei aquela mensagem.

Degola não fala nada por um momento, mas vejo como seus ombros relaxam um pouco, os espinhos se curvam como se suspirassem.

— Não faz diferença que tenha mandado aquela carta. Não como pensa.

Sou pega de surpresa pela resposta.

— Como assim?

— Ele já sabia. O Rei Ravinger mandou uma mensagem para Midas quando capturei você.

Meu coração para por um segundo, tropeça em uma batida.

Ele sabe. Midas já sabe.

O rugido em meus ouvidos é mais alto do que o quebrar das ondas, e tenho de balançar a cabeça para afastá-lo.

— Por que seu rei faria isso? O plano não era chocar Midas? Por que eliminar o elemento-surpresa?

— O exército do Quarto não precisa de elemento-surpresa — o comandante declara e, apesar de ser arrogante, não discordo. — O Rei Ravinger gosta de intimidar e se gabar. Tenho certeza de que ficou imensamente satisfeito por contar a Midas que o exército do Quarto estava em posse de seu bem mais valioso.

Tento digerir essa verdade enquanto meus pensamentos giram, mas não quero mergulhar em jogos de reis. Hoje, não.

Em vez disso, deixo escapar um longo suspiro e mudo de assunto.

— Quando perguntei o que estava fazendo aqui, você disse que estava esperando. O que quis dizer? — Espero que desta vez ele responda.

Ele olha para cima e aponta.

— Estava esperando aquilo.

Sigo a direção de seu dedo e noto que houve uma mudança no céu. A lua agora tem um tom azulado, um melancólico véu safira. Quando ainda estou olhando, uma estrela passa ao lado dela, até desaparecer atrás do horizonte.

— Uau. Nunca vi um céu como esse.

— É uma lua de luto — Degola fala, em voz baixa, quase triste. — Acontece em intervalos de alguns anos. Os feéricos se reúnem para vê-la neste reino.

Engulo em seco ao mirar a queda de outra estrela, desaparecendo de vista, como se mergulhasse no mar escuro. Entendo no mesmo instante por que chamam de lua de luto. Ela parece muito azul no céu, muito sombria. Em torno dela, a noite chora lágrimas de luz estelar.

— As deusas fazem esta noite para podermos lembrar — Degola me diz, e arrepios percorrem meus braços. — Uma vigília feérica para podermos homenagear aqueles por quem choramos. Lembrar-nos deles.

Quase pergunto quem ele homenageia, por quem chora. Mas é pessoal demais, e não tenho esse direito. Em vez disso, observo a luz azulada da lua se tornar mais profunda, pintando as nuvens com sua cor.

Ele abaixa a cabeça, vira o rosto, e nos olhamos frente a frente. Eu achava que seus olhos eram pretos como um poço sem fundo, mas estava enganada. Não são sufocantes ou sem alma. Alguma coisa se move neles quando olha para mim.

Tenho medo de prolongar demais esse olhar, e a mesma coisa se mover nos meus olhos. Viro o rosto, uso o céu como desculpa.

Há uma trégua hesitante entre nós, e o alívio remove um peso dos meus ombros.

Quando outra estrela cai, penso em como lhe demonstrar minha gratidão, e decido que uma verdade espontânea é a resposta.

— Antes, você me perguntou de onde eu sou, mas não respondi.

Sinto seu olhar em mim, aqueles olhos escuros me absorvendo como uma folha seca suga o orvalho.

— Vim de muitos lugares. De Sinoalto, é claro, e antes disso, de alguns vilarejos no Segundo Reino. Um deles se chamava Carnith. — Minha voz quase falha quando pronuncio o nome, mas consigo me controlar. — Antes disso, de um porto comercial em uma das costas do Terceiro.

Aquele oceano era muito diferente deste. Eu me lembro do cheiro da praia, dos mercados, do litoral repleto de barcos, de barulho e de pessoas.

— Os navios chegavam cheios e partiam vazios. Era movimentado. Havia cheiro de peixe e ferro. Chovia muito — conto, o tom monótono.

— E antes disso? — Degola pergunta, cauteloso, e meu coração bate mais forte, porque dói pensar a respeito, lembrar-me do assunto.

Não falo sobre isso em voz alta há muito, muito tempo. Só me atrevo a murmurar alguma coisa em pensamento no auge de um sonho.

— Annwyn — sussurro. — Antes eu estava em Annwyn.

O reino dos feéricos.

Sinto a dor do lar desfeito dentro de mim.

Vinte anos. Faz vinte anos que saí de casa. Vinte anos desde que respirei seu ar fresco, andei em seu solo, ouvi sua canção do sol.

Degola e eu observamos a lua de luto por um bom tempo depois disso. Não falamos mais, mas nos sentamos juntos nas pedras, e não é tenso ou incômodo. Para nós dois, talvez seja um conforto. Cada um de nós representa um pedacinho de casa, e talvez seja isso aquilo por que mais choramos.

Quando começo a tremer dentro do casaco e o ajeito melhor, ele olha para mim. Puxo o capuz sobre a cabeça quando Degola se levanta das pedras.

— Hora de ir, Pintassilgo.

Meu coração fica apertado quando ouço o apelido, e me levanto. Vou sentir falta disso quando voltar para junto de Midas. Vou sentir falta dele.

Essa constatação, o despertar dessa consciência, me dá a sensação de que o mundo se mexe sob meus pés. Como se eu fosse olhar para cima e ver o chão, enquanto caminho no céu.

Mais chocante ainda é que, de algum jeito, isso parece certo.

Vou sentir falta dele, e não posso mais mentir para mim sobre isso.

Ele me ajuda a subir e descer o monte de pedras, e me acompanha de volta ao acampamento. A coloração azulada da lua está desaparecendo, as estrelas ficaram quietas e claras novamente no céu, como lágrimas secando.

Quando chegamos à tenda, ele para do lado de fora.

— Vamos chegar ao Castelo Ranhold amanhã à noite.

Meu coração bate mais depressa.

— Já?

Degola assente e olha diretamente para mim com uma expressão ilegível.

— O Rei Ravinger vai chegar para cumprimentar Midas.

O medo pulsa por todo o meu corpo.

— Seu rei está a caminho?

— Você precisa se preparar.

Quero pedir explicações, entender para que devo me preparar, mas ele já está se afastando.

O Rei da Podridão está a caminho.

E não sei quem tenho mais medo de encarar... ele ou Midas.

32

AUREN

Se ontem o exército estava sério, hoje o que percebo é tensão. E tem tudo a ver com os pináculos que vemos ao longe.

Várias horas atrás, entramos na capital do Quinto Reino e ficamos frente a frente com o Castelo Ranhold. Diretamente atrás dele, há montanhas de gelo brilhante que fazem fronteira com planícies cintilantes de neve intocada.

Antes de a noite cair, um véu branco de névoa úmida dominou o ar, como se todas as nuvens se reunissem para costurar um vestido para o céu, as saias se arrastando no horizonte.

A cidade de Ranhold é um círculo em volta do castelo, e do meu ponto de vista privilegiado sobre a colina, consigo ver as lojas, as casas e as propriedades maiores.

Tentei dormir um pouco, mas desisti. Estou olhando para Ranhold desde então. Fico de costas para o acampamento, olhando para a cidade lá embaixo, para as lamparinas acesas nas casas e nas ruas.

— O que faz aqui sozinha, Douradinha? — Judd se aproxima com seu andar cadenciado, o cabelo amarelo quase luminoso.

— Não consegui dormir — respondo, virando-me de frente para o palácio.

Midas está em algum lugar daquele castelo. Eu me pergunto o que ele está fazendo e com quem está. E se sabe que estou aqui.

No momento, ele pode estar mirando pela janela do castelo, observando o exército do Quarto aqui na fronteira de Ranhold, onde estamos acampados. Talvez esteja olhando para mim.

Judd produz um barulho ao meu lado, um grunhido que revela sem palavras que ele vê Ranhold e não está impressionado.

— Venha. Tenho um trabalho para você.

Ele começa a se afastar, e preciso correr para alcançá-lo.

— Que tipo de trabalho?

Judd me espia pelo canto do olho.

— Você vai ver.

Imediatamente curiosa, deixo-o me conduzir pelo acampamento. Judd não puxa conversa, e eu me concentro em segui-lo entre as tendas e fogueiras.

Os soldados que vemos acenam com a cabeça, levantam a mão ou tocam a testa para cumprimentá-lo. Parece que a maioria deles também desistiu de dormir. O amanhecer se aproxima depressa, e com ele a guerra, talvez.

— Vai me dizer aonde vamos? — pergunto finalmente quando sinto que estamos andando há eras.

— Shhh — ele responde.

Abro a boca para perguntar o que está acontecendo, todavia, como se pudesse sentir a intenção, ele me encara com firmeza.

Bufo, mas fico quieta.

Depois de mais minutos de caminhada, ouço vozes femininas. Olho em volta, e as vejo reunidas em torno de uma fogueira. Soldadas, e Lu está entre elas.

Abro a boca e levanto o braço para chamá-la, mas Judd me puxa para trás de uma barraca e leva um dedo à boca.

— Shhh! Está tentando me denunciar?

Olho para ele com ar surpreso, levanto as mãos em uma pergunta silenciosa a que ele não responde. Em vez disso, põe-se a andar de novo, gesticulando para que eu o siga. Passamos por trás de uma tenda, afastando-nos da fogueira.

Quando passamos por alguns cavalos, Judd para na minha frente tão depressa que quase me choco contra suas costas. Quando olho além dele, entendo o porquê.

— O que está fazendo aqui? — a soldada pergunta, com desconfiança evidente. Ela tem um cachimbo apagado preso atrás da orelha, quase escondido pelos cachos castanhos e curtos que emolduram seu rosto.

— Inga, é sempre bom te ver — Judd diz.

Ela o encara, desconfiada, e chupa os dentes, como se tentasse remover alguma coisa presa entre eles.

— É mesmo? Não devia ter ido com o flanco esquerdo? Ouvi dizer que estão trocando afagos de ego como fazem com os pintos. Precisam de uma palestra motivacional para não molhar as calças na véspera da batalha? — ela provoca, debochada.

Judd revira os olhos.

— Francamente. Todo mundo sabe que é o flanco direito que molha as calças antes de uma batalha. — Ele olha para a cintura dela. — Falando nisso, calça nova? — E sorri.

Ela o encara, ameaçadora.

— Enfim, só estou levando Auren para falar com Lu. — Ele põe a mão em concha ao canto da boca, fingindo um sussurro. — Ela precisa de ajuda. Está com problemas de *mulheres*, se é que me entende.

Meu queixo cai, e um calor envergonhado inunda meu rosto.

Inga olha para mim.

— Ah, a bandeira vermelha está tremulando, é?

Completamente mortificada, ameaço dizer que não, mas Judd pisa no meu pé. Pisa com *força*.

— N... sim — respondo, desafinada.

Ela assente com ar compreensivo.

— Se não encontrar Lu, volte aqui, e nós damos um jeito.

— Vou me lembrar disso. — Judd sorri, antes de olhar para mim e acenar com a cabeça, indicando que devo segui-lo.

Meu rosto queima tanto que não posso nem fitá-la.

— Obrigada — murmuro.

Assim que o alcanço, eu o encaro, furiosa.

— O que significa isso?

Ele ri e me leva entre duas barracas. Seus olhos azuis examinam tudo à nossa volta, e logo ele encontra o que procura, deduzo, porque seu sorriso se alarga.

— Eu sabia.

Paro quando Judd corre para o que parece uma pilha de peles. Mas quando ele puxa algumas, eu vejo.

A irritação me invade e sai em forma de suspiro.

— Sério? — pergunto, com tom seco.

— Venha, ajude-me com isso.

Resmungando, chego perto dele. Assim como com Lu, estou levantando uma porcaria de barril de vinho de novo.

Dessa vez parece mais pesado, mas talvez sejam só meus braços doloridos, por causa dos treinos.

— Consegue levantar mais alto do que isso? — Judd pergunta ao segurar o fundo do barril. — Você é mais fraca do que eu pensava.

— Deve ser o sangue que estou perdendo com meus problemas de mulher.

Ele ri.

— Eu tinha de pensar depressa. Foi o melhor que pude fazer.

Faço um esforço enorme para sustentar a droga do barril pesado, enquanto Judd anda em zigue-zague entre as tendas, movimentos evidentemente clandestinos que nos obrigam a virar de repente ou abaixar atrás de uma barraca a cada vez que vemos alguém.

Levamos o barril ao outro lado do acampamento, onde há um grupo de homens sentados em volta de uma fogueira, mastigando rações de comida.

Quando Judd põe o barril no chão, os homens deduzem o que é e aplaudem, superando de imediato o mau humor. Não demora muito para um deles remover o tampão e começar a esvaziar o barril caneca por caneca.

Fico mais para trás, divertindo-me com a imagem de Judd distribuindo tapinhas nas costas, trocando algumas palavras com eles. Ele me vê observando e se aproxima a fim de me oferecer um pouco de bebida.

— Isso é um hábito, então? Roubar o barril de vinho um do outro?

Judd dá risada.

— É.

Sorrio e balanço a cabeça, antes de provar um pouco do vinho, que atinge minha língua com um calor doce e indulgente.

— Humm.

— Exatamente — ele concorda comigo. — O melhor vinho do acampamento. O resto é basicamente urina de cavalo aguada.

Torço o nariz para a imagem mental.

Quando terminamos de beber o vinho das canecas, Judd me acompanha de volta, e noto que o céu começa a clarear com a chegada iminente da manhã. Apesar da sensação de farpas nas luvas e da dor nos braços depois de carregar o barril através do acampamento, sinto-me grata por ter me distraído um pouco.

— Obrigada por ter me dado um trabalho — falo quando paramos na frente da minha barraca.

— De nada. Você estava com aquela cara.

— Que cara?

Ele sorri, não o sorriso sarcástico de sempre. Um sorriso solidário.

— A cara de uma pessoa que vai enfrentar uma batalha.

Franzo a testa.

— Mas não sou eu que vou para a batalha.

Judd levanta uma das sobrancelhas.

— Não vai?

Sei o que ele está insinuando, mas não sei o que dizer. Tenho a sensação de que estou me preparando para alguma coisa. Só não sei o que é, porque não tenho a menor ideia do que vou enfrentar amanhã. Só sei que vou ter de enfrentar, *mesmo*.

— Acha que o Rei Ravinger vai declarar guerra? — pergunto, apreensiva. — Acha que você vai para a batalha amanhã?

Ele encolhe os ombros, em um gesto de quem não tem ideia.

— Quem sabe? Isso é com os reis. Só estou aqui pelo vinho.

Dou risada. Judd consegue desfazer de novo a bolha de apreensão que se formava em meu estômago.

Percebo um movimento com o canto do olho e viro a tempo de me deparar com Degola na lateral da tenda. Sua postura é rígida, o rosto é sério e tem uma linha profunda entre as sobrancelhas, a boca é uma linha tensa. Os olhos estão cravados em mim.

O sorriso desaparece do meu rosto.

Ao notar minha expressão, Judd segue a direção do meu olhar.

Degola o encara por um segundo.

— Pode ir.

Judd olha pra mim com rapidez, põe as mãos nos bolsos e se afasta, levando consigo minha distração.

Assim que ficamos sozinhos, Degola inclina a cabeça na direção da barraca, e eu entro, sendo recebida pelo calor das brasas. Degola entra atrás de mim, trazendo o frio em seu encalço.

Tem alguma coisa diferente aqui. Tem alguma coisa errada.

A tensão é densa o suficiente para ser cortada, e ele está muito quieto, sombrio. Sua aura, com a qual me acostumei, é de inquietação, de agitação.

Torço as mãos.

— Que foi?

Ele continua no mesmo lugar, na entrada da tenda, com um metro de distância entre nós, o que parece incrivelmente longe e muito perto ao mesmo tempo.

— O Rei Ravinger vai estar aqui em breve para encontrar Midas.

Um raio atinge meu estômago. Eu não devia sentir tanto medo. Sabia que isso ia acontecer. Contudo, agora que está acontecendo, não consigo impedir as batidas aceleradas do coração e as piruetas de medo do estômago.

— O que vai acontecer?

Comigo. Com Midas. Com ele. Com eles.

Degola balança a cabeça, fitando-me.

— É o que vamos ver.

Cruzo os braços como se pudesse me blindar contra o desconforto.

Ele me observa por um longo momento, deixa-me tão tensa que nem sinto as fitas ao meu redor.

— Tenho uma pergunta para você — anuncia o comandante depois de um tempo.

Algo me sugere que não quero ouvir.

— Qual?

Seus olhos escuros estão fixos no meu rosto, e não sei o que ele vê, não sei o que pensa. É assim toda vez que estou perto dele, porém, neste momento, isso me faz querer gritar.

— Quer ficar?

A pergunta gira em minha cabeça.

— Ficar? — repito, ofegante.

Degola dá um passo à frente. Apenas um, no entanto reduz à metade a distância entre nós. Está como naquela noite, depois que mandei o falcão. Quieto. Reflexivo. Há nele uma intensidade que remove todo o ar, colocando em alerta cada um dos meus sentidos.

— Não precisa voltar. Posso dar um jeito de você ficar.

O ar cessa na minha garganta quando entendo o que ele quer dizer. Fico chocada, confusa, não sei o que responder.

— Posso fazer acontecer. Mas você precisa me dizer agora, antes de o Rei Ravinger chegar.

A inquietação me faz andar de um lado para o outro pelo espaço reduzido.

— Por que está fazendo essa oferta? — pergunto, atordoada. — Sou sua prisioneira, Degola. Não tenho dúvida de que seu rei pretende me usar para pedir algum tipo de resgate, e você é o comandante do exército que, provavelmente, vai declarar guerra amanhã. Não pode me perguntar se quero ficar. Não pode.

Ele continua altivo e implacável como uma parede.

— Posso, e estou perguntando. Você tem escolha, Auren.

Estou muito confusa, muito chocada.

— Seu rei nunca permitiria. Não se já está pensando em um resgate. Ele planeja me usar, e vai usar.

— Não se você me disser agora.

Paro e olho para ele.

— O que aconteceria com você, com seus soldados?

— Não tem que se preocupar com isso.

Uma risada de escárnio escapa de mim.

— Não tenho que me preocupar? Tudo o que tenho a fazer é me preocupar. Não posso ficar, Degola.

Pela primeira vez desde que chegou à tenda, ele exibe no rosto um lampejo de emoção. Raiva sombria e rápida enruga sua testa.

— Por que não?

Levo a mão à testa, em uma tentativa de aplacar meus pensamentos confusos.

— Porque não.

— Não é o suficiente. Quero uma resposta de verdade.

— Não sei nem o que está oferecendo. Esconderijo? Vai me fazer desaparecer? Não posso fazer isso com Midas.

Se achava que ele estava bravo antes, não era nada comparado à raiva que percebo agora. É palpável, torna-se densa no ar como uma tempestade em formação.

— *Midas*. — Ele cospe a palavra como uma maldição, algo a se detestar. — E aquelas coisas que disse na praia? Vai deixar que ele te mantenha de novo em uma gaiola, como um pássaro?

— Não — respondo, com um movimento determinado de cabeça. — Agora as coisas vão ser diferentes. Eu sou diferente agora. Estava falando sério.

Degola solta um riso de deboche. É um som feio, repleto de desconfiança.

— Se acha mesmo que as coisas vão ser diferentes, você é muito boba.

Cerro os punhos.

— Não sou nenhuma boba.

— Ele mantém você como um animal de estimação. Usa você. Manipula. Tira proveito desse amor distorcido que pensa ter por ele.

As acusações são arremessadas como adagas, e a intenção é me perfurar.

— Ele me manteve segura.

— *Segura!* — ele grunhe, como um lobo que deseja devorar tudo por inteiro. — Sempre o mesmo maldito argumento. Sim, muito magnânimo da parte dele manter você o dia todo atrás das grades e chamá-la de puta favorita.

Sinto as palavras como uma bofetada, um golpe que faz raiva e mágoa queimarem em meu rosto.

— Pode pensar o que quiser, mas ninguém nunca tinha feito tanto — respondo, e odeio sentir a garganta apertada pela emoção, odeio não conseguir me manter fria como ele. — Eu estava morrendo nas ruas, passava fome, sofria abuso, era odiada. Acha que ele me usa? Isso não é *nada* comparado ao que passei em outras mãos.

Degola fica quieto. A fúria que emana dele arrepia os pelos em minha nuca.

— Que foi? — provoco. — Não gosta de ouvir que uma semelhante feérica não progrediu como você neste mundo? Sinto muito se preferi não me vender para o Rei da Podridão. Se tivesse, talvez fosse a comandante desse exército, e você estaria na gaiola de Midas, sendo exibido para pessoas fascinadas que cutucariam seus espinhos.

Os espinhos aparecem e se contraem como se imaginassem a cena, ele preso atrás das grades.

— Pare de ser complacente. Não pode se conformar com a vida de animal de estimação em uma gaiola.

— Vai para o inferno!

Ele balança a cabeça.

— Não, Auren. É você quem precisa queimar. Precisa sentir o fogo da vida e *lutar*. Pare de deixar ele apagar você, pare de aceitar a porra do mundo inteiro pisando em você — ele grita. E me encolho ao ouvir a exigência veemente. — Se tentasse, poderia brilhar mais do que a droga do sol. Em vez disso, escolheu recuar e murchar.

Uma lágrima furiosa ultrapassa a barreira das pálpebras e pinga do meu queixo.

— Quer que eu fuja como uma covarde, mas não tenho medo dele. Apesar do que pensa, ele me ama e vai me ouvir — respondo, apagando da voz a evidência da dor. — Por que está fazendo isso? Por que se importa tanto?

Mas o que realmente estou perguntando é: *O que significou aquele beijo? O que significa toda essa pressão entre nós?*

Vislumbro um músculo se contrair em sua mandíbula, como se o comandante mastigasse as palavras, decidindo quais vai engolir.

— Todo mundo merece ter opção. É o que estou oferecendo.

— Não posso abandonar a única pessoa que já me protegeu.

Ele emite um ruído estrangulado e passa a mão no cabelo preto e grosso, puxando os fios em um gesto de frustração.

— Olha só, fazemos o que temos de fazer para sobreviver. Não estou julgando você por isso.

Deixo escapar uma risada amarga. O ar vai clareando com a iminência da chegada de uma manhã horrível.

— Isso é só o que fez desde que o conheci. Julgou cada decisão que tomei para me esconder, sobreviver. Não finja que é diferente.

— Muito bem — ele retruca, e abaixa a mão. — Mas não precisa mais se esconder.

Minha expressão é gelada. Eu me obrigo a contrair os músculos em busca de esconder os tremores.

— Já falei, ele sempre vai ser minha escolha.

Observo sua garganta se mover, como se ele engolisse o que digo, sentindo o sabor amargo. Entretanto, os olhos são duros, assim como a voz com que ele responde:

— Pois que seja.

33
AUREN

O Rei Ravinger chega com um bando de timberwings. Nunca tinha visto as feras aladas antes. São poucos e quase foram extintos há um século. Viviam na natureza em Orea em bandos, porém agora só os mais ricos os mantêm. Reis, por exemplo.

Duas horas depois do amanhecer, seis dessas aves gigantes aparecem no céu. Pensando bem, aves não é a melhor palavra para descrevê-los.

Eles têm penas da cor de casca de árvore no topo das asas, e a parte de baixo delas é branca como a neve para combinar com o restante do corpo. Assim se misturam às nuvens quando voam, e as asas alcançam uns seis metros de envergadura.

Porém, diferente das aves, eles não têm bico. Em vez disso, eles têm um focinho largo com dentes afiados, perfeitos para capturar a presa e transportá-la no ar, sem jamais ter de pousar para fazer uma única refeição.

Só isso já me faz desejar não chegar muito perto de um.

Observo os seis timberwings à distância e assisto enquanto os cavaleiros descem deles no centro do acampamento do exército do Quarto. Eu os perco de vista em seguida.

Ando por ali um pouco, mas o acampamento exibe uma atmosfera sinistra. A maioria dos soldados foi cumprimentar seu rei e aguardar as ordens, mas tudo ali parece uma cidade-fantasma. É muito quieto, parado, como a respiração antes do grito. Queria saber se Ranhold tem esse mesmo clima, com o exército do Quarto parado em suas fronteiras.

Não suporto a tensão. Não suporto ver os soldados afiando as espadas ou vestindo a armadura preta, em vez de couro.

Quando fico nervosa demais para continuar andando, eu me sento perto de uma das fogueiras e contemplo as chamas, ouvindo o crepitar da lenha.

— É ela?

Assusto. Não escutei a aproximação do trio parado atrás de mim. Olho para trás e noto dois soldados desconhecidos acompanhados por Lu.

Ela também usa armadura completa, e dá para ver o metal da malha em seu pescoço.

— Sim, é ela — responde, com uma expressão séria.

Olho intrigada para os três.

— O que está acontecendo?

— O rei quer que você seja protegida — afirma um dos soldados.

Não respondo. Estou no meio do acampamento deles. Ninguém consegue chegar aqui, nem mesmo Midas.

— Está dizendo que seu rei quer que eu seja vigiada — reajo, e a expressão de Lu confirma a acusação. — Tudo bem. Só estou aqui sentada, fiquem à vontade. — E aponto os banquinhos vazios dos dois lados.

Mas os guardas balançam a cabeça.

— O rei a quer em segurança. Mostre onde fica sua tenda, milady.

Olho para Lu.

— É sério?

Ela dá de ombros.

— Desculpe, Douradinha. Ordens são ordens.

Não devia estar surpresa, mas todo esse tempo sendo uma prisioneira sem ser *prisioneira* me deixou meio mimada.

— Chegaram a algum acordo? — pergunto. — Vou ser trocada por alguma coisa? Um resgate?

Lu leva a mão ao cabo da espada.

— Ainda não sei.

Assinto, odiando essa coisa de não saber.

Ela me avalia de cima a baixo, e percebo que quer dizer alguma coisa, mas, por alguma razão, Lu se contém.

— Podemos ir, milady? — o guarda pergunta.

Balanço a cabeça para responder que sim, porque a obediência é uma resposta natural para mim. O que quero mesmo fazer é ficar junto dessa fogueira, abraçar Lu e dizer que vou sentir sua falta, se não voltar a vê-la. Agradecer aos Cóleras por terem me ajudado.

Lu deve notar a inquietação em meu rosto, porque dá um passo para a frente e diz:

— Não esqueça o que eu disse, Douradinha. Não deixe que o mundo mantenha você embaixo das botas, certo?

Não consigo responder, porque acho que vou chorar, e Lu não parece ser o tipo de pessoa que quer alguém soluçando nela. Então me limito a assentir.

Em silêncio, levo os soldados até minha barraca, e sinto que fico cada vez mais taciturna. Quando entro, os dois homens ficam do lado de fora, de guarda. As silhuetas recortadas no couro iluminado pelo sol.

Mas não consigo ficar ali sem fazer nada, porque vou acabar por enlouquecer. Em vez disso, me ocupo.

Lavo e tranço os cabelos, limpo as cinzas e completo o recipiente com carvão novo, embora não saiba se Degola vai voltar para usá-lo. Enrolo as peles do meu lado da tenda. Desenrolo. Enrolo de novo. Decido tirar um cochilo e as desenrolo de novo. Deito. Não consigo dormir.

Encontro as três peônias que Hojat me deu, efetivamente esmagadas e quase desintegradas, mas pego aquela que está em melhores condições e quebro o botão achatado, o qual guardo no bolso.

Observo ao redor e percebo que o espaço reduzido da tenda se tornou um conforto para mim, de algum jeito, e que não vou voltar mais aqui depois de hoje. É isso.

Sinto um nó na garganta e toco o pescoço com a mão enluvada, como se assim pudesse desfazê-lo.

Mas tudo que sinto é a cicatriz deixada pela lâmina do Rei Fulke. Com um medo cada vez maior, lembro que a última vez que estive entre dois reis, quase fui degolada.

O que vai acontecer comigo desta vez, então?

Não sei como consigo dormir, mas durmo.

Alguma coisa me acorda, como uma mudança no ar. Sento na cama e esfrego os olhos. Espreguiço-me, ajeito o vestido e me coloco de pé, vou até a frente da tenda e espio pela fresta entre as abas.

Meus cães de guarda continuam lá fora, conversando em voz baixa. Visto o casaco e puxo o capuz sobre a cabeça, embora não esteja nevando, e verifico luvas, mangas e gola. Certa de que tudo está no lugar, saio da tenda.

Os dois guardas se levantam no mesmo instante.

— Milady, não deve sair da tenda.

— Tenho de usar a latrina.

Eles se entreolham, como se pretendessem proibir. A irritação que me invade aparece na tensão da boca.

— Seu rei disse que não posso fazer xixi? Porque as coisas podem se complicar bem depressa — aviso, com tom neutro.

O guarda à esquerda fica vermelho, como se falar em xixi fosse constrangedor.

— Desculpe, milady. É claro que pode ir. Vamos acompanhá-la — anuncia o outro homem.

Permito que sigam para longe do acampamento e para trás de uma elevação, depois para um bosque de árvores de galhos sem folhas.

Noto, envergonhada, que os guardas permanecem a poucos metros de mim, enquanto resolvo meu problema. O lado positivo? Logo não vou ter mais de sair na neve para fazer xixi.

Ao terminar, espio de trás do tronco de árvore e me deparo com as costas dos guardas, que continuam lá parados. Eles deram alguns passos e se colocaram no topo da elevação, não mais atrás dela. De início, penso que foi para me dar um pouco mais de privacidade, mas, quando um deles aponta, entendo que estão vendo alguma coisa.

Apreensiva, vou me juntar a eles, andando pela neve que envolve meus tornozelos a cada passo. Quando chego ao topo da encosta e alcanço os guardas, não contenho uma exclamação.

A cidade está cercada.

Formações perfeitas do exército do Quarto ocupam o vale gelado em torno de Ranhold, como uma ferradura escura, prontas para atacar o castelo.

Daqui de cima, o semicírculo de soldados de armadura preta parece uma mão crispada. Pronta para apertar e estrangular a cidade. Sinto essa mão como se estivesse em meu ventre, mantendo-me sob dolorosa pressão.

Ver o exército assim... isso é muito diferente de como passei a conhecê-los, reunidos em torno de fogueiras em noites repletas de camaradagem. Mas tive um vislumbre dos homens preparados para a batalha quando os vi na roda de luta. Sabia o que se aproximava, não devia estar surpresa.

— O Quarto está atacando? — murmuro.

— Ainda não — responde o guarda à minha esquerda.

Olho para a direita, em busca de identificar soldados conhecidos na formação. Mas, de tão longe, todos são como formigas pretas prontas para avançar, embora isso não me impeça de continuar a procura.

Tento identificar cabelos cor de mostarda, um homem de porte gigantesco, uma mulher ágil.

Espinhos sobre uma coluna.

Mas não consigo enxergar nada, não dessa distância.

Não sei o que pensava que ia acontecer quando chegássemos. A ideia da batalha estava lá, mas não parecia real.

Isso... isso é real.

— Seu exército vai acabar com eles.

Os guardas não me desmentem, e meu estômago dói quando penso no sofrimento da gente inocente de Ranhold.

— Eles merecem — o outro guarda comenta, sem piedade. — A culpa disso é deles. O Quinto Reino atacou nossas fronteiras. Matou alguns homens nossos.

Olho para ele.

— Como é seu nome?

— Pierce, milady.

— Pois bem, Pierce, ouvi dizer que seus soldados dizimaram o exército do Quinto com muita eficiência naquela batalha. Não é o suficiente?

O soldado dá de ombros.

— Não para o nosso rei.

Seguro a saia e a aperto entre os dedos.

Sei que Midas induziu o Rei Fulke a atacar as fronteiras do Quarto. Sei que isso é culpa dele. Mas declarar guerra, dispor-se a aniquilar um reino... isso é como um peso morto em meu peito, algo que me puxa para baixo.

Odeio o jogo de poder entre os reis.

O Castelo de Ranhold tem bandeiras roxas tremulando a meio mastro, um símbolo da morte de seu rei. As paredes da fortaleza cintilam em cinza e branco como pedra marmorizada, as torres altivas apontam para os Divinos.

Seria bonito, não fosse o cerco do Quarto em torno dele.

— Venha, milady — Pierce chama. — Precisa voltar à segurança da sua tenda.

— Não quero voltar à barraca — respondo.

A ideia de ficar confinada em um espaço de onde não posso ver nada, em que não consigo saber o que está acontecendo, me deixa nervosa.

Pierce me fita com compreensão.

— Peço desculpas. Mas eu cumpro ordens.

Comprimo os lábios em uma linha fina quando eles me levam de volta. Mas permitem que eu ande pelo topo da elevação, como se tentassem me dar um tempo extra para assistir à ação.

O fato de o acampamento não estar completamente deserto é uma indicação de quanto o exército do Quarto é grande. Alguns ainda protegem o perímetro do campo, uns a cavalo, outros a pé.

Mas ninguém faz piadas, bebe ou joga dados perto da fogueira, ninguém sorri. Os soldados entraram em modo de batalha, rostos formidáveis e corpos tensos, nada disso é familiar para mim.

Então, quando nos preparávamos para descer a encosta, eu sinto.

Um pulsar.

A sequência de uma batida solitária vibrando no chão como uma onda estranha, errante. Paro, cada fio de cabelo em minha nuca se arrepia em alerta.

— O que é isso? — sussurro, com as mãos geladas, o coração disparado de medo.

Os guardas me encaram com ar confuso.

— Isso o quê, milady? — Pierce pergunta.

Sigo o instinto de virar, olhar, e é então que o vejo.

Uma figura solitária toda de preto, parada atrás do exército.

Mesmo de tão longe, mesmo que nunca o tenha visto antes, sei quem é, porque posso sentir. Porque o poder emana dele como uma enxurrada de água suja das cachoeiras.

O Rei da Podridão.

Sua silhueta ameaçadora começa a se mover, avançar, e vejo as planícies puras, brancas e brilhantes mudarem sob seus pés.

Morrerem.

Arregalo os olhos quando linhas marrons cortam a neve, teias que se formam a cada passo seu. O poder se espalha, dedos com garras riscando o chão e deixando para trás feridas que vão infeccionar.

Veias aparecem na neve como sangue envenenado, da cor do tronco de árvores mortas. Essas linhas se espalham, um lago congelado rachando, pronto para desmoronar.

Sinto cada vez que ele dá um passo. Porque o pulso de poder chega de novo e de novo, transmitido pelo chão e trazido até meus pés.

Faz a bile subir pela garganta. É um poder errado, feio, como uma doença prestes a se espalhar.

Quanto mais o Rei da Podridão anda, mais terra ele arruína. As veias rachadas infectam a neve no entorno, destruindo sua pureza cristalina. O solo coberto de gelo ferve e desaba, se cobre de uma sombra marrom--amarelada e doentia.

O medo me mantém em suas garras de ferro, porém não consigo desviar o olhar, e não sou capaz de respirar direito. Não sei como seu exército não foge disso, não foge dele. Não sei como permanecem em formação, porque, mesmo distante, todos os instintos me dizem para fugir.

Ele continua a avançar, caminhando por um corredor vazio entre as fileiras organizadas de seu exército a postos. Nem um centímetro de poder passa por baixo dos pés dos soldados. Nenhuma linha de podridão os toca. O controle desse homem me intimida a ponto de me fazer arrepiar.

O homem não tem poder. Ele é poder.

O passo do Rei Ravinger é firme, seguro. Ele não para até chegar à frente das formações, com a força de seu exército às costas e o poder à sua volta como um halo de decomposição.

Todos os boatos sobre ele são verdadeiros.

Não é à toa que um feérico como Degola o segue. Isso é poder. Isso é força inabalável.

Depois dessa demonstração, não tenho dúvida de que há algo a temer. Porque o Rei Ravinger acabou de provar que pode apodrecer o mundo e fazer tudo desabar sob a arrogância de seus pés.

A pergunta é: por cima de quem ele vai passar?

34

AUREN

Sentada na tenda, olho e continuo olhando.

Há um pêndulo balançando em minha cabeça, no meu peito. Ele vai de um lado para o outro e acompanha cada batida do coração, cada pensamento.

Passado e presente. Certo e errado. Verdades e mentiras. Saber e não saber. Dúvidas e confiança.

É um tique constante em uma cadência interminável.

Não sei quanto tempo passo ali sentada, sem me mover. Só sei que continuo olhando, o pêndulo ainda balança de um lado para o outro, quando ouço vozes lá fora.

A aba da tenda é erguida, como o convite de uma porta aberta. Respiro fundo e fico em pé, puxo o capuz sobre a cabeça mais uma vez, verifico casaco e luvas.

Quando saio, a pele do meu rosto formiga. Provavelmente, eu teria de proteger os olhos da luz do dia, se Osrik não estivesse ali bloqueando o sol.

Ele acena com a cabeça para os guardas, dispensando Pierce e o outro homem, e ficamos só Osrik e eu.

Tal como na noite em que o conheci, o homem é uma massa de intimidação, contudo é ainda mais intimidante de armadura completa. Não invejo o ferreiro que teve de medi-lo para fazer o peitoral.

Hoje, o cabelo castanho e longo, normalmente desgrenhado, está preso em um rabo na altura da nuca. Mas a barba continua despenteada como sempre.

Ele me encara de cima com o capacete embaixo do braço, uma espada de cada lado do quadril. Exibe a carranca costumeira, e os olhos castanhos são duros. É a imagem do soldado do exército do Quarto, desde o piercing de madeira no lábio ao cabo de galhos retorcidos das espadas.

— O que aconteceu? — pergunto, embora mal consiga falar, o coração na garganta. Aguço os ouvidos, mas não escuto sons de batalha. Tudo é silêncio. — Vai ter guerra?

— Ainda não sei. O Rei Ravinger pediu um encontro cara a cara. O Rei Midas mandou um enviado.

— Uma negociação, então? Talvez não lutem? — A esperança se agarra aos meus membros como se quisesse ter certeza de que não vai ser levada.

— Talvez. Mas Midas também fez um pedido.

— Que pedido?

— Uma oferta nossa em sinal de *boa-fé* — ele fala, com sarcasmo, como se nem acreditasse em boa-fé. — O filho da mãe é que devia nos dar alguma coisa. Nós estamos em posição mais favorecida.

Já sei qual é o pedido.

— Midas me quer?

Osrik assente.

— Sim. O enviado trouxe uma mensagem bem específica de Midas. Ele disse: "Traga minha favorita de ouro, e aceito a audiência com seu Rei da Podridão". — O rosto de Osrik se contorce com o desgosto. — Que cretino arrogante — completa.

Não estou surpresa com a mensagem de Midas, assim como não me surpreende o desprezo de Osrik.

— E seu rei concordou? Ele vai me entregar assim, sem mais nem menos?

— Vai. Exatamente assim.

Isso, *sim*, me surpreende, mas não consigo nem tentar adivinhar o que o Rei Ravinger pensa, ou o que pode estar planejando, embora isso me deixe inquieta. Não pode ser tão simples, pode?

Suspiro.

— Bem, é um bom sinal, certo? O rei aceitar termos de negociação? Qualquer coisa vale a pena para impedir uma guerra de começar.

Osrik suspira para mim, como se estivesse desapontado comigo.

— Nunca vou entender como você aguenta isso.

Isso. Midas. Ser mantida como um animal de estimação.

— Eu sei — respondo, e também sei que minha voz soa entorpecida, porque esse torpor me cerca.

Osrik resmunga:

— Pronta?

Sim. Não.

O pêndulo balança.

Osrik me conduz para além da tenda e do acampamento, caminha com passos tão longos que tenho de dar dois passos para cada um dos dele. Subimos a mesma encosta em que estive mais cedo, onde cinco cavalos esperam por nós, três deles ocupados por cavaleiros, dois livres.

— Sabe cavalgar?

Puxo as luvas com o coração disparado, as palmas úmidas de suor.

— Sim, eu sei.

— Monte o malhado — ele orienta, e sorrio para o cavalo preto, admirando as manchas cinza em seu peito. Minha égua é muito mais baixa do que o cavalo de Osrik. Honestamente, eu não conseguiria nem subir na sela do garanhão que ele monta sem um banquinho.

Paro diante da égua e afago-lhe o focinho antes de me abaixar para me assegurar de que a calça de baixo está presa nas meias.

— Precisa de ajuda? — Osrik oferece.

— Não, obrigada.

Ele assente, contrariado, e monta, à espera de que eu o imite. Encaixo o pé no estribo e passo uma perna por cima da sela, ajeitando as saias depois de montar.

Talvez Osrik perceba quanto estou nervosa pela minha cara, ou pelo modo como aperto as rédeas, mas ele traz o cavalo para perto do meu. Olha diretamente para mim, enquanto os outros soldados do Quarto se posicionam atrás de nós.

— É, você estava certa. Nunca traiu seu Rei de Ouro. Isso exige coragem — comenta, e me surpreende.

Torço as rédeas de couro nas mãos.

— Não é como se vocês estivessem me torturando — respondo, com uma risadinha. — Acho que posso ter sido a prisioneira mais bem tratada em toda a Orea.

— Provavelmente. — Ele ri. — Com exceção daquela ameaça que fiz no começo. O que foi que eu disse?

Franzo o nariz tentando lembrar.

— Acho que ameaçou bater em mim se eu falasse mal do Rei Ravinger.

Ele sorri.

— Isso — confirma, orgulhoso de si mesmo. — Funcionou? Você se sentiu ameaçada?

— Está brincando? Quase me molhei toda. Você é assustador.

Osrik deixa escapar uma gargalhada. Não parece tão assustador quando ri desse jeito. Não sei o que aconteceu para ele ter parado de me odiar, mas sou grata por isso. Percorremos um longo caminho desde a ameaça de surra e ele me chamar de símbolo de Midas.

— Ainda fica muito bravo quando olha para mim? — indago, curiosa, lembrando outras palavras dele.

O humor desaparece de seu rosto, e ele me estuda por um momento com a cabeça levemente inclinada, a expressão solene.

— Sim. Mas agora por outro motivo.

Ele não explica, e também não pergunto mais nada. Não sei nem por que perguntei antes. Não tem mais importância. Não vou mais vê-lo depois disso. Mesmo que a guerra acabe por ocorrer, vou estar do outro lado.

Pensar no assunto faz meu estômago doer. Já é bem difícil ser leal a um lado, mas e quando se tem lealdade pelos dois lados? Não quero que ninguém morra. Nem os homens do Quinto, nem os de Midas, nem o exército do Quarto.

— Hora de ir.

Osrik assente e estala a língua, levando o garanhão preto encosta abaixo. Meu cavalo segue o dele, com os três guardas mantendo distância atrás de nós, protegendo a retaguarda.

Quando chegamos à planície de neve e começamos a atravessá-la, noto que Osrik nos mantém bem longe do caminho apodrecido que o rei abriu na terra anteriormente. Mesmo assim, meus olhos não deixam de buscá-lo, de seguir as linhas de deterioração, de observar a neve doente e amarelada.

Não sei onde o rei está agora, mas fico feliz por ele não estar por perto, porque acho que não suportaria estar próxima do poder infeccioso daquele homem novamente.

Uma vez foi o bastante.

Conforme chegamos mais perto, percebo que o exército ainda está em formação, embora não mais em estado de alerta. Eles agora estão esperando, atentos para ver como os reis vão decidir seu destino.

Quando cavalgamos por uma linha entre os soldados, sinto o peso de centenas de olhos me acompanhando. Somos uma procissão silenciosa, eu me preparando para ser entregue como uma oferenda entre monarcas.

A montaria dourada voltando para seu rei.

Apesar de sentir os olhares, não sinto mais o peso do ódio ou da inimizade. Gostaria de saber o que Orea pensaria, se o povo soubesse a verdade sobre o exército do Quarto. Se soubessem que eles não eram monstros nem vilões sanguinários determinados a matar.

Formidáveis? Com toda a certeza. Mortais? Sem dúvida.

Mas honrados. Em nenhum momento temi por minha vida, em nenhum momento fui abusada ou usada. Pelo contrário, fui tratada com respeito, e suspeito de que devo gratidão a uma pessoa em particular por isso.

Um exército só é tão bom quanto seu comandante.

Como se meus pensamentos o invocassem, uma silhueta com espinhos sobre um cavalo preto se destaca de uma fileira de soldados e vem em nossa direção. As fitas se encolhem em torno de minha cintura, a respiração acelera quando o vejo.

Nesse momento, Degola parece o comandante imponente do exército do Quarto. De armadura, sem o capacete, ele é uma conta chegando para exigir pagamento. Sua expressão dura é emoldurada pela linha de espinhos na testa e sustentada pelo ângulo firme do queixo.

O cabelo preto é soprado para trás enquanto o cavalo segue em nossa direção, a pele pálida do rosto se destaca com a barba que surge no queixo e com o preto dos olhos. Os espinhos cintilam em suas costas, atravessando a armadura perfeitamente ajustada, e o conjunto deixa evidente que a espada que pende do quadril não é sua verdadeira arma. Ele é.

Meu cavalo para quando Degola se aproxima. Ele cumprimenta Osrik com um aceno de cabeça, antes de deter o animal ao lado do meu, fazendo-me parecer pequena sobre a égua. Sua energia é tensa, como os dentes afiados de uma besta mordendo o ar, irritada e ferina, com o intuito de machucar.

Ao lado dele, meus nervos se contorcem e distendem, um peixe jogado na praia. Ele não fala comigo, não me cumprimenta. Apenas dispensa os três guardas atrás de nós e conduz Osrik e eu para Ranhold, em direção a um enviado real empunhando uma bandeira dourada com o brasão de Sinoalto.

Com Osrik à esquerda e Degola à direita, sou levada a uma fileira de homens que não conheço, sem nenhum rosto familiar à vista.

— E as outras montarias? Os guardas? — pergunto.

— A libertação deles faz parte da negociação. Serão levados a Ranhold hoje à noite — Osrik responde.

Contemplo Degola, mas ele continua olhando para a frente com uma expressão dura. Vejo o músculo de seu rosto tenso, como se rangesse os dentes.

Definitivamente, não tem nenhum pêndulo oscilando dentro dele. Não há hesitação nem contemplação. Só fúria.

Sei que está furioso comigo. Nem mesmo depois de eu ter enviado o falcão mensageiro, ele nunca demonstrou tamanha raiva. Acho que nunca vai me perdoar por ter escolhido Midas, mesmo eu tendo avisado muitas vezes que essa seria minha escolha.

Osrik também deve sentir a animosidade, porque olha para nós a todo instante, como se esperasse ver Degola explodir.

Uma tristeza me invade, desce lentamente como um fio de areia. Cobre minha pele, tantas partículas pequeninas que sei que vão continuar grudadas em mim por muito tempo.

Odeio como estamos deixando as coisas. Mesmo tendo ficado tão pouco tempo com ele, e mesmo tendo sido sua prisioneira, tecnicamente, nunca senti aqui o descontentamento vazio e a tristeza que sentia em Sinoalto. Queria poder lhe contar isso.

Mas Midas... Eles não entendem. Não posso ficar. Midas não vai desistir de mim, nunca.

Não me importo com quanto Degola é feroz, ou quanto o Rei da Podridão é poderoso. Nada vai impedir Midas de ter a mim de volta, e não posso deixar que ninguém fique no meio disso. Não seria justo, nem com Degola, nem com Midas.

Nem eu poderia fazer isso com Midas. Ele e eu temos uma conexão. Não só pelo ouro, mas através do tempo. Do amor. Não posso abandoná-lo desse jeito, não posso. Não depois de tudo pelo que passamos juntos.

Abro a boca para tentar explicar, dizer alguma coisa, *qualquer coisa* que contribua para Degola me odiar menos, mas de repente chegamos, estamos parados na frente do enviado, e perdi a chance.

O pêndulo marca o fim do tempo.

— A montaria de ouro de seu rei, como foi solicitado — Degola diz, com a voz dura como aço, e a expressão ainda mais dura.

Os homens do comboio se aproximam em seus cavalos brancos e desgrenhados, e tenho de me esforçar para não franzir a testa para as armaduras douradas. Antes, nunca tinha percebido quanto parecem exageradas, berrantes.

Houve um tempo em que as achei elegantes, mas, perto de Osrik e Degola, isso só parece bobo. À diferença dos homens do Quarto, cuja armadura exibe as marcas da batalha, a deles brilha dourada sem qualquer sinal de imperfeição, como se tudo fosse apenas para exibir um espetáculo.

— Lady Auren. — Um homem de cabelo branco desmonta e se aproxima de mim, e os outros enviados permanecem enfileirados atrás dele. — Estamos aqui para levá-la ao Rei Midas. — Ele olha para mim e espera, mas não se atreve a chegar mais perto.

— Não vai ajudá-la a desmontar? — Degola pergunta, e sua voz mais parece um rosnado. O homem fica pálido, os outros ficam inquietos.

O soldado dourado pigarreia.

— Ninguém tem permissão para tocar a favorita do rei.

Degola vira a cabeça lentamente em minha direção. Sinto o julgamento, e meu rosto queima embaixo do capuz. Não consigo fitá-lo.

— É claro. Como pude esquecer as regras do seu Rei de Ouro? — Degola responde, sem disfarçar o desdém.

Cada vez mais incomodada, removo o pé direito do estribo, preparando-me para pular do cavalo. Todavia, quando passo a perna por cima do animal, Degola está lá, segurando-me pela cintura.

Deixo escapar uma exclamação de surpresa e encaro seu rosto. Sério, intenso. Os olhos pretos transmitem mil palavras, entretanto não há luz para que eu as leia.

Ouço a reação chocada entre os soldados de Midas, porém não olho para eles. Estou ocupada demais encarando Degola, como se tentasse memorizar seus traços.

— Comandante, devo insistir que não toque na favorita do Rei Midas.

— E eu devo insistir para você calar a porra da boca — Osrik responde.

Degola não desvia o olhar de mim, não presta a menor atenção a eles. Só me tira de cima do cavalo como se eu não pesasse nada e me ajuda a descer.

Meu corpo é invadido pela consciência dele a cada centímetro, enquanto ele me põe no chão à sua frente. Meu coração bate tão forte que tenho certeza de que ele o escuta. Sinto a firmeza das mãos e o calor das palmas. Mesmo através de suas luvas e das minhas roupas, sou aquecida de imediato.

Mas, quando meus pés tocam o chão e meu rosto está a poucos centímetros do dele, inclino-me para trás por instinto.

No instante em que faço isso, Degola sai da espécie de transe.

O rosto endurece de novo, a intensidade desaparece do olhar. Uma sombra encobre seus traços como um anoitecer que se aproxima depressa, escurecendo as escamas nas faces até restar apenas apatia e frieza.

As mãos me soltam como se eu o queimasse. Todo o calor que senti com o contato desaparece, e me sinto vazia. Ele se vira sem falar nada, já se afastando, e sinto a culpa me congelar por dentro.

Vejo Degola se afastar e ameaço ir atrás dele. Minha boca está seca, os olhos estão molhados. Quero dizer alguma coisa, mas não o faço.

E, assim, o pêndulo retoma seu movimento, balançando entre minhas escolhas. De algum jeito, o movimento parece ecoar o som dos cascos do cavalo de Degola trotando para longe de mim.

35

RAINHA MALINA

Nunca gostei de descer a montanha. É íngreme, tem muito vento, é perigosa até nos dias mais claros, tem uma trilha sempre gelada e salpicada de pedras soltas e escorregadias. Mas quando cai uma tempestade de inverno, o que é comum nessa estação, a estrada se torna ainda mais traiçoeira.

Mantenho a cortina fechada, e meus dentes se chocam cada vez que a carruagem sofre um solavanco.

Acho que tenho sorte por vento e neve terem amenizado. Se houver uma tempestade hoje à noite, não volto ao castelo. Por isso, só me resta esperar que o tempo se mantenha mais ameno até lá.

Jeo afaga uma de minhas coxas.

— Tudo bem, minha rainha. Estamos quase chegando.

Assinto de má vontade, sem dizer nada, tocando meu estômago revirado.

— Por que fazer essa viagem até a cidade, se tem tanto medo de andar de carruagem? — Jeo pergunta.

Olho para ele sentado ao meu lado.

— Não tenho medo. A *estrada* é assustadora — argumento. — É diferente.

Jeo exibe um sorriso estonteante.

— É claro.

Olho para ele, séria, mas o sorriso se alarga. Jeo está tão relaxado quanto é possível em minha carruagem dourada, com as pernas tão afastadas quanto o espaço permite, a cabeça apoiada na parede, assobiando baixinho.

O fato de estar tão despreocupado me preocupa.

Parece uma fraqueza, para ser bem honesta. Quem é inteligente está sempre considerando as possibilidades, o que pode acontecer. Nossa mente é um movimento constante de possibilidades e desfechos.

Se você não se preocupa, é tolo ou foi enganado.

Eu o observo de soslaio. Pelo menos é um tolo bonito que sabe usar o pau.

Solto o ar em um suspiro longo, depois afago seu cabelo vermelho-sangue.

— Preciso aparecer. Sob a orientação correta, os camponeses podem ser um grupo poderoso a se utilizar. Pretendo usá-los a meu favor. Há dissidentes entre os pobres, e quero garantir que essa dissidência seja direcionada a Tyndall, não a mim.

— Quer um conselho? Não os chame de camponeses. E não fale em usá-los.

Aceno para desqualificar o comentário, e meus dedos agarram a beirada do assento de veludo quando passamos sobre um buraco.

Jeo afasta um canto da cortina dourada e olha para fora.

— Chegamos ao fim da descida — ele me avisa. — Logo estaremos na ponte.

Finalmente consigo me encostar no banco e respirar melhor. Afasto a cortina e olho para fora, vejo que a trilha estreita da montanha ficou para trás.

Logo as rodas da carruagem rodam sobre paralelepípedos, e os sons de uma animada Sinoalto chegam aos meus ouvidos. Normalmente, quando visito a cidade, vou apenas à parte mais rica para comer ou fazer compras.

Hoje me dirijo ao centro de seu coração abatido.

Meus guardas cavalgam em formação ao redor da carruagem, os cascos batendo no chão. Quando a carruagem para e o lacaio se apresenta para abrir a porta e me ajudar a descer, já tenho a máscara de rainha encobrindo minha expressão, a postura perfeita, o vestido branco impecável.

Quando piso na praça do mercado, minha coroa de opala reflete a luz radiante do dia, a bainha do vestido varre o chão salpicado de neve.

Os guardas bloquearam parte da estrada e prepararam uma mesa comprida com antecedência. A multidão já está reunida, sinal de que as notícias viajam mais depressa do que as carruagens reais.

Atrás dos espectadores curiosos, a praça é ocupada por vendedores ambulantes, lojistas e mendigos. Ao longe, os Pinheiros Arremessadores se debruçam sobre a cidade, árvores que lançam sombras sobre os telhados.

Quando me adianto, os murmúrios surpresos da multidão acompanham minha presença. Meus três conselheiros, Wilcox, Barthal e Uwen, já estão aqui, esperando-me ao lado da mesa. Usam casacas brancas iguais para destacá-los como meus serviçais, e não de Midas, assim como meus guardas também usam armaduras novas de aço.

Nada de ouro em lugar nenhum. Exatamente como eu quero.

Passo a hora seguinte sentada ao meio da longa mesa, entre Jeo e meus conselheiros, e distribuímos moedas, comida, cortes de tecido e até bonecas feitas à mão para as crianças.

Um a um, conquisto sua preferência.

Eles me chamam de sua Rainha do Frio. Fazem reverências, choram e me agradecem. Rostos cortados, costas encurvadas pelo trabalho, roupas em frangalhos, cabeças cobertas de neve, expressões esgotadas pelo peso da pobreza. Podem não parecer muita coisa, mas esses são os que Tyndall ignorou — os que mais o odeiam.

Pretendo alimentar esse ódio, levá-lo ao ponto de fervura lenta, transformá-lo em algo que eu possa usar. Enquanto isso, afasto-me do rei, faço me amarem com o mesmo fervor com que o odeiam.

A multidão dobra, triplica, quadruplica quando circula a notícia de que estou distribuindo presentes, e meus guardas trabalham duro para manter todo mundo em fila.

Logo ficamos com quase nada para doar, e me sinto aliviada, porque não quero passar muito mais tempo aqui, sob a neve. Apesar das minhas peles, sinto frio, e quero estar de volta ao meu castelo e perto de uma lareira ardente antes do anoitecer.

Outra mulher é trazida, e a recebo com um sorriso sereno. Está encolhida dentro do casaco com remendos nos cotovelos, e não sei se tem alguma coisa para vestir embaixo dele. Seus olhos são profundos, os dentes apodreceram, e ela segura um bebê no colo e leva outro agarrado à perna.

Não consigo evitar a inveja que a imagem provoca em mim. Devia ter tido um filho forte. Uma filha obediente. Meu castelo devia estar cheio de herdeiros, mas é só um túmulo vazio de ouro.

A mulher se aproxima com movimentos hesitantes, aos tropeços, e percebo que os guardas a escolheram no meio do povo só porque parece muito maltrapilha.

— Aproxime-se — eu a chamo.

Ela caminha em minha direção, olhando para a mesa cheia de pilhas cada vez menores de presentes.

— Dinheiro e tecido para a mulher, brinquedos para as crianças — digo, com voz firme, suficientemente clara para ser transmitida.

Meus conselheiros pegam os presentes e os entregam a um guarda, que se aproxima dela com os objetos. A mulher olha para os presentes, para o guarda e para mim, mas não pega nada.

Inclino a cabeça. Talvez seja surda.

— Sua rainha lhe deu ótimos presentes, senhora — Barthal diz, franzindo a testa com impaciência. — Agradeça a Sua Majestade e aceite as oferendas.

Um fogo brando parece se acender nos olhos dela quando ela os crava em mim.

— De que adianta isso? — ela pergunta, com voz rouca.

Minhas sobrancelhas brancas se aproximam.

— O que disse?

O bebê em seu colo se agita, agarra seu ombro, suga com a boca sem dentes uma área molhada no casaco sujo.

— Tudo isso — ela fala, apontando para a mesa. — De que adianta?

— São presentes meus para o povo. Para ajudar a aliviar qualquer sofrimento — respondo.

A mulher ri. Um som feio, grosseiro, como se passasse seus dias cercada de fumaça, ou o frio tivesse congelado suas cordas vocais.

— Acha que distribuir algumas moedas e bonecas vai ajudar? Nossa grande Rainha Colier abençoando o povo com uma moeda. Que *grandiosa*. Deve ser um grande sacrifício, para quem vive lá em cima em seu palácio de ouro.

— Cale a boca, mulher — um guarda ordena, e dá um passo na direção dela em uma reação ameaçadora.

Levanto a mão para detê-lo. Olho em volta, vejo que há pessoas que a observam com interesse, algumas concordam balançando a cabeça.

A frustração me faz ranger os dentes.

Não era assim que tinha de ser. Quero essa gente se ajoelhando aos meus pés com gratidão. O plano era que vissem que sou eu quem está cuidando deles, enquanto Midas continua a ignorá-los.

Essa idiota está estragando tudo.

— Onde esteve ano após ano, enquanto as favelas foram ignoradas? — ela pergunta.

Preciso recuperar o controle da situação, usá-la a meu favor.

— O Rei Midas ignorou vocês, mas eu...

— Você também ignorou — ela diz, e meus conselheiros reagem, chocados por ela ter tido a ousadia de me interromper. A multidão dá um passo à frente, a energia no ar fica pesada, carregada com alguma coisa feia.

— Enquanto está agasalhada no seu palácio, sabe onde nós moramos? Como morremos de frio e fome? — ela questiona. — Não, você é só uma cretina da neve fingindo que se importa. Não quero suas bugigangas brilhantes. Queremos ajuda *de verdade*! — ela grita.

A mulher termina o discurso cuspindo no chão, e, apesar de a saliva não cair nem perto de mim, sinto como se ela tivesse cuspido no meu rosto.

Meus guardas a cercam e começam a levá-la, mas ela se torna ainda mais barulhenta, mais beligerante, os filhos contribuindo com uivos e gritos.

— Não toquem em mim! — ela berra, antes de direcionar sua veemência para a multidão. — Não aceitem os subornos da Rainha do Frio, só para ela se sentir melhor quando for dormir em sua cama de ouro!

Ela continua a falar, mas as palavras são abafadas pelo ruído da multidão enquanto a mulher é levada da praça.

Mantenho as mãos fechadas embaixo da mesa. Olho para meus conselheiros, sentindo a raiva borbulhar.

— Tragam o próximo. Quero acabar logo com isso — ordeno.

Wilcox me observa com preocupação, mas não sei se é por mim ou pela mudança evidente no grupo. Algumas pessoas riem e xingam a mulher que é levada dali, mas a maioria observa, pensam no que ela disse, encaram-me com desconfiança, como se olhassem para uma fruta estragada.

Consideram de que lado estão.

— Próximo! — um guarda grita.

Mas ninguém se apresenta.

O povo está reservado, raivoso. Não me enxergam com reverência ou admiração, mas com hostilidade. Ninguém se apresenta para pegar os presentes.

Endureço a linha da boca.

— Hora de ir, Majestade — Uwen murmura ao meu lado.

— Eu me recuso a deixar essa turba ditar o que faço — respondo.

Jeo se aproxima e cochicha em meu ouvido:

— Olhe para eles, minha rainha. Você perdeu o controle. Eles a observam como se quisessem destroçá-la. Precisamos ir embora.

Analiso ao redor, e percebo que ele diz a verdade quando noto pessoas chegando mais perto, ignorando as ordens dos guardas para que recuem. A energia mudou em um piscar de olhos, como se só esperassem um motivo. O ar fermenta com a ameaça, mãos sujas se fecham, lábios rachados de frio se retraem, mostrando dentes.

— Muito bem — concordo, de má vontade, aceitando bater em retirada, embora isso me enfureça.

Gente tola, ingrata. Como ousam esnobar sua verdadeira rainha!

Eu me levanto, recusando-me a parecer assustada. Com Jeo ao meu lado, começo a voltar à carruagem, no entanto, assim que dou os primeiros passos, a multidão começa a gritar, vaiar, assobiar. Como se minha retirada rompesse a especulação hesitante.

Oito guardas cercam a mim e Jeo no caminho de volta à carruagem, e a minha montaria segura meu braço, impelindo-me a andar mais depressa. Meu coração acelera quando as pessoas jogam objetos nos guardas, os mesmos presentes que lhes dei são arremessados contra nós, objetos que se chocam contra a armadura nova de meus soldados.

Os guardas apertam o cerco e Jeo passa um braço protetor sobre minha cabeça, evitando que qualquer item me atinja. Eu me abaixo, ando mais depressa, quase corro para nossa muralha de aço. Logo somos conduzidos ao interior da carruagem, e o condutor arranca no momento em que a porta é fechada.

Os gritos agora são mais altos, um rugido abafado cuspido por centenas de bocas descontentes. Assusto-me quando coisas são jogadas na carruagem e um objeto quase quebra a janela.

Jeo está tenso, sobressaltado quando puxa as cortinas, sem remover o braço que mantém sobre mim.

Eu o empurro, dividida entre a vexação e a fúria que se move dentro de mim como um fragmento de gelo, provocadas pela rapidez com que a situação se inverte.

— Você está bem? — ele indaga.

— É claro que não! Todo o meu esforço foi desperdiçado — falo por entre os dentes. — Passei a última hora distribuindo tudo aquilo, e agora esses ratos ingratos acham que podem se rebelar contra mim?

Penso no que fazer enquanto seguimos em frente, afastando-nos cada vez mais da turba raivosa.

Queria dissidência contra Midas. Não contra mim.

Joguei mal, e isso é o que mais me enraivece.

Meu pai costumava dizer que as pessoas são só um pavio apagado pronto para pegar fogo. A intenção era que ardessem *por* mim, não que quisessem me queimar.

— Que confusão — resmungo. — Queria que aquela mulher fosse punida.

Jeo não fala nada, o que é melhor para ele, porque meu temperamento é a amargura ártica, pronta para congelar alguém.

A carruagem faz uma curva fechada e quase me joga contra a parede, depois para de repente.

Jeo franze a testa e olha pela janela.

— Parece que pegamos uma rua secundária para fugir da turba. Tem uma carroça no caminho.

— Estou farta disso — anuncio, antes de abrir a porta.

— Minha rainha! — Jeo chama, mas desço e bato a porta na cara dele. Esse dia acabou com minha paciência. Quero voltar ao castelo e recuperar o controle.

Os guardas saltam do cavalo para me seguir, mas os dispenso.

— Minha rainha — um deles diz, correndo para a frente. — Estamos cuidando disso. Pode voltar para dentro, onde está quente.

Eu o ignoro e sigo em frente, pronta para atacar quem quer que se atreva a bloquear uma carruagem real.

Vejo uma carroça velha atrelada a dois cavalos, cujo pelo marrom anuncia que não são de Sinoalto. O condutor e dois guardas estão discutindo com um homem, ordenando que se mova para o lado e nos deixe passar.

— Qual é o significado disso? — pergunto.

Quatro cabeças se viram em minha direção, mas continuo mirando o homem no centro do grupo. Ele não é um camponês de Sinoalto, posso ver de imediato.

Ele usa roupa azul de corte fino, tem ombros retos, em vez de encurvados, e rosto bem barbeado. O cabelo loiro é bem curto, e as sobrancelhas são de um tom mais escuro do que os cabelos. Elas têm um desenho arqueado, dramático, que confere ao homem um ar de intriga.

É bonito, mas tem algo a mais, alguma coisa que me motiva a continuar a fitá-lo. O homem é *magnético*.

— Minha rainha... — um dos guardas chama.

— Por que está bloqueando a estrada? — pergunto ao homem.

Quando paro na frente dele, percebo que seus olhos têm uma cor peculiar. Não são azuis, mas cinzentos e quase... reflexivos.

— Rainha Malina. — Ele se curva com facilidade treinada.

— Qual é o seu nome?

— Loth Pruinn, Majestade — ele responde.

Tento identificar o nome de família, mas não consigo. Estranho, considerando que conheço todos os nobres em Sinoalto.

— Sir Pruinn, está no nosso caminho.

Ele sorri, um sorriso ofuscante que me agrada.

— Peço desculpas, minha rainha. A roda da carroça quebrou, e estava apenas fazendo o reparo. Já terminei, vou sair de seu caminho rapidamente.

— Ótimo. Que seja.

Viro para voltar à carruagem, mas ele diz:

— Posso oferecer uma pequena lembrança? Para demonstrar meu reconhecimento por sua paciência.

Olho para ele outra vez e hesito por um momento, enquanto o céu sobre nós despeja flocos macios de neve.

— Por favor, Majestade — ele insiste, e leva a mão ao peito em um gesto de súplica. — Seria uma honra enorme para mim.

Assinto, pois seu respeito diminui minha raiva.

— Muito bem.

Os guardas e o condutor abrem caminho, e Pruinn sorri e se dirige à carroça. Ela é como uma caixa coberta com uma fechadura na parte de trás. Ele abre a portinhola com um estalo do trinco, levanta a parte traseira e a desliza por trilhos na cobertura.

Lá dentro há prateleiras que vão até a frente da carroça, do assoalho até o teto, um espaço apertado e lotado de tantos objetos que não se pode contá-los.

Meus olhos estudam as prateleiras. Ali parece haver um pouco de tudo. Frascos de vidro cheios de perfumes exóticos, bugigangas, pedras brilhantes, livros, especiarias, xícaras de chá, favos de mel e velas. Tudo é uma mistura de produtos diferentes, e meus olhos não conseguem analisar cada objeto.

— Você tem aí uma bela coleção. É um caixeiro-viajante, então? — Isso explicaria por que não reconheço seu nome, e por que sua aparência e seu comportamento são assim.

— Mais ou menos isso, Majestade — o homem responde, com um sorriso ambíguo. — Coleciono itens raros que não têm preço.

— É mesmo? — Pego uma escova de prata para cabelo e examino seu peso e brilho. É real. Fico intrigada. — Qual é a coisa mais rara em sua posse, Sir Pruinn?

Os olhos cinzentos e magnéticos capturam os meus.

— É o meu poder, Majestade.

Levanto as sobrancelhas em uma reação surpresa.

— Tem magia?

Ele assente.

— Tenho.

Pela segunda vez hoje, sou invadida pela inveja. Se tivesse nascido com magia, eu não estaria aqui agora, lutando para assumir o controle de meu reino.

— Que tipo de magia? — pergunto, fitando-o de um novo ângulo.

Mais um sorriso. Ele chega um pouco mais perto, e retorna aquela sensação de me sentir atraída por ele como que por um ímã.

— Posso mostrar como realizar seu maior desejo.

Todo o meu interesse se dissipa, e recuo com um suspiro desinteressado.

— Não aprovo charlatanismo — anuncio, irritada.

Ele balança a cabeça.

— Não são truques, Majestade, juro.

— Posso imaginar — retruco, com ironia.

— Por favor, deixe-me provar — ele pede, provavelmente porque sabe que estou bem perto de chamar meus guardas e mandar prendê-lo por charlatanismo.

— E como pretende fazer isso, Sir Pruinn? Quer que eu feche os olhos, enquanto lê uma bola de cristal?

— De jeito nenhum. Só preciso segurar sua mão.

— Não vai tocar a rainha — um dos guardas intercede.

Sir Pruinn o ignora e continua atento a mim.

— Não há truques, Majestade. — E estende a mão com a palma para cima.

Não a aceito.

— Se acha que vou cair nessa bobagem de leitura de mãos, é um charlatão muito ruim, senhor.

— Já disse: não sou charlatão — ele jura. — E não vou ler sua mão. Apenas segurá-la, como já expliquei.

Agora estou impaciente, mas não posso negar certa curiosidade. Meus guardas assistem a tudo, desconfiados, segurando o cabo da espada, mas sabem que, no fim, não podem decidir se ele vai tocar em mim ou não.

Estudo o homem na tentativa de decifrá-lo.

— Muito bem, Sir Pruinn. Prove o que diz.

Repouso a mão sobre a dele, que é surpreendentemente macia para alguém que viaja sozinho, pega a própria comida e conserta sua carroça. Os guardas se aproximam.

Sir Pruinn segura meus dedos com suavidade e envolve minha mão com a dele.

No momento em que o faz, sinto alguma coisa — uma estática que estala na palma e no dorso de minha mão, uma energia pulando entre nós.

Meu olhar busca seu rosto, mas os olhos cinzentos estão fechados, as sobrancelhas unidas em concentração profunda.

— Minha rainha... — um dos guardas repete, nervoso.

— Quieto.

Olho para minha mão, fascinada, porque posso realmente *sentir*. Sinto a magia passando por ela, partindo do toque dele. É algo que cintila e estala, pequenas explosões de bolhas mágicas que quase ferem, mas não chegam a tanto.

Minha mão começa a esquentar. Sinto algo se formar, algo pequeno no início, depois cresce, até meus dedos se abrirem para acomodar o tamanho do objeto que apareceu ali do nada.

Estou chocada.

Incredulidade, surpresa, dúvida, excitação, confusão... Todas essas emoções conflitantes passam por mim em uma comoção que deseja transbordar.

Olho para o pergaminho enrolado que agora seguro, e minha boca se abre para deixar sair uma exclamação atordoada. Parece inócuo, inofensivo, mas meu coração bate forte no peito.

As mãos de Sir Pruinn caem ao longo do corpo, levando com elas a estática.

— Aí está, Majestade. Abra.

— Eu abro, minha rainha — um dos guardas diz, com tom desconfiado.

Mas Pruinn balança a cabeça.

— Tem que ser ela, ou não vai funcionar.

Hesito por mais um momento, depois desenrolo o pergaminho. Não é muito grande, talvez três palmos.

— O que é isto?

Ele espia o pedaço de papel aberto, sem esconder o interesse.

— Parece que seu maior desejo é um lugar. Isso é um mapa.

Estudo as linhas elaboradas com um olhar atento. Normalmente, eu devolveria o mapa e questionaria o truque usado para colocá-lo em minha mão. Mas a magia foi real, e algo neste papel me dá a sensação de ser parte de mim, mesmo que eu não saiba como explicá-lo.

Depois de estudá-lo por mais um momento, sinto a empolgação desaparecer com brusquidão.

— Este mapa está errado.

Orea termina nos limites do Sexto Reino, mas aqui as fronteiras adentram no Sétimo. Errado. Tudo que existe é o nada. Nada mesmo — desde que os feéricos vieram e desintegraram o reino no abismo cinza.

Minha ridícula centelha de curiosidade e empolgação se desintegra. Eu devia saber que é bobagem acreditar em um vigarista. Ele quase me enganou com seu toque vibrante, mas estou vivendo um dia difícil, é evidente.

— É claro que não é aqui que posso encontrar meu maior desejo — falo, com irritação entediada. — Isto é um mapa mal desenhado, e está tentando me convencer de que ele é único.

O homem devia estar assustado. No mínimo, preocupado, já que seu truque de magia falhou. Eu poderia ordenar que fosse chicoteado na rua por ser uma fraude.

Deixo o papel enrolar e o amasso em minha mão fechada, antes de olhar para Pruinn com uma expressão fria e nada impressionada, antes de tentar devolver o mapa.

— O Sétimo Reino não existe mais há centenas de anos.

Pruinn não parece preocupado ou abalado. Pelo contrário, um sorriso lento e malicioso perpassa seu rosto, e os olhos cinzentos brilham quando se inclina para mim, conspirador, e diz algo que espalha arrepios estáticos por todo o meu corpo:

— Tem certeza disso, Majestade?

36
AUREN

O Castelo Ranhold é frio.

Esta é a primeira coisa que noto, depois de ser posta em uma carruagem coberta e levada até um conjunto de portas na lateral do castelo. Seis guardas me escoltam, o número favorito de Midas.

As paredes deste corredor parecem ser de gelo, mas é uma ilusão de ótica, um triunfo da arquitetura. Quando bato com um dedo nela, sinto, mesmo de luva, que a parede é feita de pedras lisas e coberta por uma camada de vidro azul.

Passamos pelo que parece ser a entrada principal, onde bandeiras roxas tremulam penduradas nas vigas, uma treliça de madeira branca que forma um arco protegendo uma janela embutida no teto na forma de uma estrela de dez pontas.

Com exceção dos meus guardas, o espaço está vazio, silencioso, e meus nervos ficam mais tensos, raivosos, mordiscam a pele e respiram no meu pescoço. Não sei nem como consigo andar com tanta calma, sem sair correndo nem parar de repente a caminho do corredor estreito.

Não restam dúvidas de que o palácio é bonito. Os revestimentos elaborados de vidro, as janelas emolduradas, as arandelas curvas. Cada detalhe é uma celebração de gelo; cada tapeçaria púrpura, uma homenagem ao monarca de Ranhold.

Mas, quanto mais adentro no castelo, mais frio sinto. Talvez seja coisa da minha cabeça, talvez as paredes de aparência glacial criem a ilusão de mais frio do que de fato é. De qualquer maneira, minha pele arrepia, e as fitas me envolvem com um pouco mais de força.

Estou prestes a reencontrar Midas.

Ele está aqui em algum lugar, à minha espera, e meu coração dispara quando penso na situação. Não o vejo há semanas, o maior período que passei separada dele em mais de uma década.

Tenho saudade da familiaridade. Anseio por lhe contar sobre Sail, sobre Digby, e saber que ele entende, porque também os conhecia. Minha vida mudou drasticamente desde que nos separamos, e estou ansiosa para contar tudo a ele.

Os guardas me levam por outro corredor estreito, e ainda não vejo ninguém. Todo o andar está vazio, e é estranho não ser levada pelas áreas principais do castelo. Mas então compreendo.

Sou um segredo.

Até este segundo, eu nem me lembrava de que, ao viajar para cá, Midas usava uma montaria pintada de dourado no meu lugar. Um truque que deveria me proteger, mas que não funcionou muito bem.

O silêncio dos guardas, a falta de acolhida e as rotas clandestinas de passagens solitárias em áreas de serviço fortalecem meu palpite. Provavelmente, não é do conhecimento público que fui capturada, ou que fui resgatada agora, não se Midas manteve a fachada.

Não sei como me sinto quanto a isso.

Sou levada ao longo de uma escada de pedra, depois por um corredor com janelas estreitas no pé-direito alto, por onde entram nesgas de luz.

De repente, sou acometida pela impressão de que saímos das áreas de serviço, porque sou conduzida por um corredor muito mais decorado. Uma passadeira roxa cobre o chão de uma ponta a outra, e arandelas de prata brilhante permanecem apagadas nas paredes. As janelas são altas e largas, e as cortinas estão abertas, deixando entrar luz do sol e uma brisa de inverno.

Outra escada, mais uma, e por fim chegamos a uma ala do castelo que não está vazia.

Reconheço os guardas do Rei Midas imediatamente — seis junto de cada parede. Olham para nós sem dizer nada.

Não sinto o peito se mover no ritmo da respiração quando um deles bate na porta dupla. Não sinto os olhos piscarem quando essa porta é aberta. Definitivamente, não sinto o peso dos meus passos quando o guarda se afasta para o lado, e eu passo pela soleira.

Todavia, quando entro na sala, quando vejo meu Rei de Ouro pela primeira vez em dois meses, sinto o coração pular.

A porta se fecha atrás de mim quando paro, e então somos só nós. Só ele e eu.

Ele está de pé bem no meio de um grande estúdio privado, um cômodo inteiramente banhado em tons de roxo e azul; tudo, menos ele. Midas praticamente brilha com os fios de ouro de suas roupas, a pele levemente bronzeada, o cabelo cor de mel. E aqueles olhos — olhos cor de nogueira — brilham mais do que tudo.

Ele solta o ar aos poucos, um suspiro trêmulo. Como se o prendesse no peito desde que soube que fui capturada, e só agora conseguisse respirar.

— Preciosa.

A palavra não passa de um murmúrio deixando sua boca, mas a agonia da preocupação represada é um grito, tão alto que trinca sua expressão como se fosse de vidro. O rosto bonito expressa um alívio tão grande, tão palpável, que quase posso sentir seu sabor.

Quando o vejo me contemplando desse jeito, quando o escuto falar, eu desmorono. No instante seguinte estou correndo para eliminar a distância entre nós, porque não suporto não estar em seus braços nem por mais um segundo.

Mas, um instante antes de eu enlaçar seu pescoço, as mãos dele me detêm, seguram-me pelos braços. Noto que ele também usa luvas, mas as dele são limpas, enquanto as minhas estão imundas e gastas.

— Preciosa — ele repete, mas dessa vez consigo ouvir a sombra de uma repreenda.

Balanço a cabeça e limpo as lágrimas dos olhos.

— Desculpe. Eu não pensei.

— Você está bem? — ele pergunta, com tom suave.

É como se a simples pergunta abrisse o portão que eu fechara para tudo o que aconteceu. O medo e a tristeza daqueles momentos terríveis voltam como uma enxurrada. Os rostos de Digby e Sail surgem em minha cabeça, provocando uma lágrima dourada que corre por minha face.

De repente ele se inquieta.

— O que foi? — pergunta, e me sacode de leve. — Alguém tocou em você? Diga o nome de todos que se atreveram a encostar um dedo em você, e vou queimar todos até os ossos e esmagar suas cinzas com as botas.

Assustada com a veemência de suas palavras, só o encaro boquiaberta por um momento.

— Quem, Preciosa? — Ele quer saber, e me sacode de novo.

Penso de imediato no Capitão Fane, mas não estou preparada para essa discussão. Não estou pronta para lhe contar o que fiz. Ainda nem sei o que vou fazer com relação a Rissa.

— Não é isso. São meus guardas — respondo. — Digby e... — fungo, e tento me controlar, tento pronunciar as palavras. — Depois do ataque, o que os piratas fizeram com Sail... foi horrível. Não consigo parar de rever aquela cena mentalmente, como ele foi assassinado bem na minha frente.

É como se alguém espremesse meu coração e enfiasse os dedos nele, provocando dor, fazendo sangrar.

— Não fiz nada para impedir. Só o deixei morrer ali, na neve.

Minha culpa é um animal agitado e patético, arrastando as garras embaixo da pele e me rasgando em tiras.

— Eles o arrastaram para dentro do navio e... — A visão dos piratas amarrando Sail àquele mastro faz minha garganta se contrair. Estou chorando tanto que não sei nem se ele entende o que estou dizendo.

— Shh — Midas me acalma, afagando meus braços em busca de me confortar. — Está tudo bem. Não precisa mais pensar em nada disso. Agora está aqui. Ninguém vai tirar você de mim, nunca mais.

Tento me controlar, interromper o fluxo de lágrimas douradas que vertem dos meus olhos.

— Senti saudade.

Ele me afaga de novo, olha para mim como se eu fosse seu maior tesouro.

— Você sabe que nada me faria desistir de trazê-la de volta.

Um sorrisinho estende meus lábios.

— Eu sei.

Ficamos apenas olhando um para o outro por um momento, e sinto sua presença me atrair para o conforto que ele representa. É aquele velho calor familiar, a sensação de segurança. Faz a fera dentro de mim se aquietar, recolher as garras, fechar a boca.

Toda incerteza e ansiedade que senti nessas semanas, tudo se afasta, até me sentir em território conhecido de novo. É um alívio não ter mais de me manter alerta, ser cautelosa. Deixo escapar um suspiro, e meus ombros caem, livram-se de meses de tensão.

Os olhos castanhos de Midas se suavizam, solo fofo para proteger a semente vulnerável.

— Está aqui comigo — ele murmura. — Está tudo bem agora.

Quero muito estender a mão e tocar seu peito, sentir o pulsar de seu coração, mas consigo me conter.

Depois de um momento, os olhos de Midas se tornam mais atentos, estudam-me da cabeça aos pés.

— Você está péssima. Não deixaram nem você tomar banho? Não lhe deram uma escova?

De repente me sinto constrangida. Ali está ele, lindo como sempre, enquanto eu devo ter a aparência de alguma coisa que nem os cães iam querer.

Tento sorrir, mas sinto ser um sorriso forçado, as bochechas tremem ligeiramente.

— Não tem muitas casas de banho nas Estéreis — brinco. Midas só franze a testa.

Recuo e analiso meu vestido amassado, a bainha suja e o tecido com fios soltos. A parte de cima do corpete está rasgada desde que o Capitão

Fane o puxou, e o casaco também está no mesmo estado. As botas estão esfoladas, as meias têm buracos, e não quero nem pensar no estado do meu corpo e do cabelo.

— Estou horrível, eu sei. — Puxo a ponta da trança, grata por ter mantido o capuz. Semanas e semanas de banhos de trapos não me favoreceram muito.

— Vai ficar bem em pouco tempo, Preciosa — ele garante, com um sorriso carinhoso. — Agora que voltou, temos muito o que conversar. Muito o que fazer.

Estou contente só por ouvir sua voz. Senti falta desse som. De como ele se anima quando tem planos e sonhos para dividir comigo.

— Nunca mais vou cometer o erro de me separar de você — ele promete. — Juro que vou compensar esse tempo que passamos afastados.

— Você não tinha como saber que isso ia acontecer.

— Não, mas garanto que não vai se repetir.

Depois de fazer a promessa solene, ele contorna a mesa, sobre a qual há uma pilha de mensagens enroladas.

— Recebeu meu falcão? — pergunto.

— Que falcão?

Estranho a resposta.

— Você... Eu mandei uma carta. Encontrei os falcões mensageiros do exército e consegui mandar uma mensagem para você. Para preveni-lo sobre a chegada do exército do Quarto. Não recebeu?

Ele balança a cabeça em negativa e pega um manto de monarca com acabamento de pele dourada das costas da cadeira. Depois de se cobrir com a peça, Midas pega a coroa que eu não tinha visto em cima da mesa.

— Recebi uma mensagem do Rei Ravinger. O filho da mãe se gabava por ter você em sua posse, por tê-la *resgatado* dos Invasores Rubros. — Midas bufa com raiva. — Como se os soldados dele fossem muito melhores.

— Na verdade, eles me trataram muito bem. Muito melhor do que os piratas — explico, e não consigo evitar um arrepio quando penso neles. Não sinto nem um pouco de remorso por ter matado um homem. O mundo está melhor sem o Capitão Fane.

Midas põe a coroa na cabeça e olha para mim, sério.

— Vou cuidar dos Invasores Rubros — declara, e seus olhos escurecem quando ele faz essa promessa. — Vou pendurar os corpos destroçados em espetos de ouro maciço e deixar seus gritos ecoarem das muralhas. Se tocaram em um fio de cabelo na sua cabeça, vou arrancar os dedos das mãos deles. Vou tirar os olhos deles por terem se atrevido a olhar para o que é *meu*.

A ameaça me faz arrepiar.

— Tenho muita coisa para contar — digo, esperando redirecionar seus pensamentos.

Não quero que nosso reencontro seja maculado por sua fúria. Quero desfrutar disso por mais um tempinho, apenas sentir a proximidade. Também estou desesperada para falar com ele. Para conversar de verdade, como fazíamos antes, quando íamos do Segundo ao Sexto Reino, viajando durante o dia e conversando à noite, nos braços um do outro sob as estrelas.

— Em breve — ele promete. — Agora tenho de ir encontrar o filho da mãe do Rei Ravinger. Mas, antes, tenho um presente para você.

— Um presente?

— Venha comigo.

Curiosa, eu o sigo através de dois cômodos, uma espécie de sala de estar e um dormitório. Olho em volta, notando rapidamente o casaco pendurado em uma cadeira, a lareira, a cama grande. Os dois aposentos são construídos com ferro preto e tijolos cinza, com luxuosa decoração branca e roxa.

— Aqui é muito bonito — murmuro, analisando ao redor. Ponho-me a caminhar rumo à sacada, a fim de apreciar a vista, quando ele pega uma vela de cima da mesa de cabeceira.

Antes que eu alcance a porta, Midas acende a vela e me chama.

— Por aqui.

Desisto da sacada e o sigo para o aposento seguinte. Paro ao passar pela porta, entendendo no mesmo instante a necessidade da vela. Aqui não tem janelas, é tudo absolutamente escuro, exceto pelo tremular de uma lamparina no fundo do cômodo, mas a luz é obscurecida por alguma coisa.

Midas caminha confiante, enquanto eu hesito na porta, esperando os olhos se ajustarem.

— O que é isso?

Ele para perto de um ponto na parede à esquerda e mexe em alguma coisa iluminada pela luz da vela, e percebo que acende uma arandela. Um brilho suave e alaranjado ganha vida.

— Tecnicamente, este é meu quarto de vestir, mas fiz adaptações.

Um arrepio de desconforto sobe por minhas costas até a nuca quando Midas atravessa o quarto escuro e acende outra arandela do outro lado.

Assim que ele ilumina o espaço, meu sangue esfria nas veias.

Porque ali, construída no meio do cômodo, tem uma bela gaiola de ferro.

37

AUREN

É estranho como o corpo reage a certas circunstâncias. Quando me deparo com a gaiola, é como se houvesse um barulho dentro dos meus ouvidos. Um uivo, e ele vem acompanhado de um vento que sopra minha pele e chicoteia os ossos.

Não esperava encontrar uma gaiola nova tão depressa.

Midas olha para mim com um sorriso.

— Mandei fazer para você — conta, apontando a gaiola com evidente aprovação. — Sei que é pequena. É temporária, e ainda não é de ouro, é claro — acrescenta, com uma piscada.

O uivo e o vento ganham intensidade suficientes para afetar meus pulmões, dificultando a respiração.

Quando vejo alguma coisa se mover dentro da gaiola, eu me assusto.

— O qu... — A pergunta é interrompida por uma pessoa que se levanta da caminha. Eu a vejo à luz pálida... Minha substituta.

Ela tem o cabelo despenteado, porque acaba de sair da cama, e a pele manchada de tinta. Olho para os cobertores e vejo manchas onde seu corpo esteve. Um brilho metálico deixado nos lençóis, como a evidência de um amante secreto.

A mulher se levanta e nos observa.

— Meu rei?

Seu cabelo alcança os ombros, é alguns centímetros mais curto do que o meu. Os olhos castanhos são redondos, e o formato do rosto é semelhante ao meu. Os lábios são cheios, e o corpo é uma ampulheta coberta por um vestido de ouro.

Meu vestido de ouro.

E, embora a tinta cobrindo corpo e cabelo não sejam exatamente do meu tom, e apesar de eu ver a camada descascando em torno dos olhos e na palma das mãos, encontrá-la me deixa nervosa.

Midas vai até lá e repousa a vela sobre uma mesa do lado externo da porta da gaiola.

— Boas notícias para você: minha favorita chegou — ele diz à mulher.

Ela sorri, e surgem covinhas em seu rosto. Pelo alívio em seus olhos, fica óbvio que não vê a hora de sair de lá. Queria saber se ela se sente como um pássaro com as asas cortadas. Se está ansiosa para lavar a tinta dourada da pele.

Para ela, tudo isso é temporário, como nunca foi para mim.

Quando nota que ainda a encaro, ela deixa de sorrir. Sei que não é sua culpa estar ali, que está pintada e vestida para se parecer comigo, mas as emoções que me invadem são erráticas como um ciclone. Estou chocada, envergonhada, magoada.

Perceber que posso ser duplicada com tanta facilidade, *ver* a mim de fora para dentro...

Osrik estava certo. A mulher para quem estou olhando agora? Não é mais do que um símbolo para Midas. Não é uma pessoa, não é alguém no comando da própria vida, mas uma imagem viva para exibir o poder do Rei de Ouro.

Olhar para ela revira meu estômago.

— Tenho certeza de que vai se sentir aliviada por voltar para um lugar seguro — Midas me diz. — Onde ninguém pode alcançar você.

Desvio o olhar da gaiola e o encaro. Seguro as saias para conter o tremor das mãos.

— Preparada? — ele pergunta.

Muito depressa, isso está acontecendo muito depressa.

— Midas... — falo, com a voz embargada.

Ele volta para perto de mim e segura minhas mãos dentro das luvas.

— Sei que falhei com você, Auren. Prometi que sempre a manteria segura e falhei com você. Mas não vou falhar de novo — ele promete, com uma expressão determinada.

Engulo em seco, tento controlar o turbilhão de emoções para falar com um mínimo de inteligência.

— Essa é uma das coisas que queria discutir com você. Não tenho mais medo. Não como antes — começo, e engulo o ácido que insiste em subir à garganta.

Midas me encara, intrigado, e tento organizar as palavras. Não foi assim que imaginei nosso reencontro. De jeito nenhum.

Ele deveria me abraçar e não querer soltar. A separação deveria predispô-lo a me ouvir. Imaginei que passaria horas em seus braços, enquanto ele me ouvia.

A decepção é como uma ampla pedra alojada em meu estômago. Ela rola e arranha, deixa-me em carne viva com a percepção de que nada disso vai acontecer.

Voltamos ao ponto em que estávamos quando nos separamos.

Pensei que, como *eu* mudei, ele também teria mudado. Que ideia boba, ingênua.

A estrada em que estávamos era bifurcada, e eu segui um caminho diferente. Agora tenho de lhe explicar as coisas, preciso fazer Midas me alcançar.

— Muitas coisas aconteceram, Midas — recomeço, tentando remover aquela pedra enorme, empurro-a como se pudesse empurrar Midas para me encontrar naquela estrada bifurcada. — Sei que preciso provar para você acreditar em mim, mas... não preciso da gaiola. Não mais. *Nós* não precisamos dela.

Ele me encara por um instante com as sobrancelhas loiras bem próximas.

— Do que está falando?

— Disto. — Inclino a cabeça na direção da gaiola, embora não consiga olhar para ela e encarar a mulher lá dentro. — Não precisamos disso.

A expressão confusa se transforma em desaprovação, o tom ganha uma nota incrédula.

— É claro que precisamos disso. Devia ser *muito* óbvio, depois de tudo o que acabou de passar.

— É exatamente isso que estou tentando dizer. É por causa do que passei que não precisamos — explico, apressada, tirando as mãos das dele. — Passei todo esse tempo com o exército, e foi tudo bem. Agora sei como cuidar de mim. Provei isso a mim mesma, e sei que, depois que eu contar tudo, você também vai se convencer do que digo.

Dependi da gaiola por muito tempo. E depois me ressenti contra ela, contra ele, contra mim. Não quero voltar a isso. Superei essa fase, e finalmente sou forte o bastante para lhe admitir isso.

Midas solta um suspiro e esfrega as sobrancelhas com o polegar e o indicador. Pelo canto do olho, vejo minha isca acompanhando tudo atentamente.

— Auren, sei que acabou de viver experiências terríveis, mas tenho de ir encontrar o Rei Ravinger. Depois, quando escurecer, eu a levo para tomar um banho e fazer uma refeição, e então conversamos, está bem?

Balanço a cabeça e estendo as mãos.

— Não, não está nada bem. Escute...

Ele me interrompe.

— Não tenho tempo para isso. Entre na gaiola.

Agora ele está fazendo o que sempre fez. Falando mais alto do que eu, fazendo-me sentir que estou sempre errada, e ele, sempre certo. Se eu conseguisse me fazer ouvir, *ouvir* mesmo, ele entenderia.

Midas está sob forte pressão agora, com o Quarto Reino colado atrás dele, e não quero aumentar esse estresse. Sei que, no fundo, ele deseja se manter no controle porque se preocupa comigo, e entendo o motivo de suas reações. Mas... ele precisa entender meus motivos também.

Pela primeira vez, preciso fazê-lo enxergar meu lado.

Não quero ser intimidada por ele. Agora quero estabelecer um novo tom, uma situação diferente de antes. Quero começar do zero e do jeito certo. Mostrar-lhe como as circunstâncias podem ser, que estou pronta para isso. Que preciso disso.

Respiro fundo para me acalmar.

— Não precisa mais ser assim. — Meu tom é suave, como se pudesse trazer à tona a suavidade de Midas.

O silêncio se prolonga, repleto das reações que desfilam por seu rosto, uma canção com o ritmo de sua desaprovação e discordância. Não quero ouvir nada.

— Não precisamos disso. Confie em mim. As coisas agora são diferentes. *Eu* sou diferente — digo, apontando para meu peito. — Nada precisa ser como era em Sinoalto. — Levanto o queixo. — E não quero que seja como antes.

Ele continua imóvel, olhando para mim como se nunca tivesse me visto antes, e talvez eu olhe para ele do mesmo jeito.

Midas me encara por mais um momento, piscando, depois passa a mão no rosto, revelando sua frustração. Começa a andar pelo quarto de vestir, os sapatos emitindo um ruído abafado no tapete roxo.

— Estou tentando ser paciente com você, considerando o que passou, mas está dificultando muito a situação — ele fala, antes de ficar frente a frente comigo. — Você nunca se comportou assim antes.

O tom de censura me incomoda, mas ele tem razão. Nunca me comportei assim com ele.

Dois meses atrás, eu teria cedido no mesmo instante. Nem teria insistido. Mas agora mudei, e as preocupações, os perigos... podemos resolver tudo isso juntos.

Contudo, pensar em ser empurrada de volta para uma gaiola, especialmente uma tão pequena...

As palavras de Osrik berram em meus ouvidos.

Nunca vou entender como você aguenta isso.

No momento, neste momento, eu percebo.

Não aguento.

38

AUREN

Meus olhos traiçoeiros buscam a gaiola.

Vejo o ferro denso, ameaçador, as seis barras curvas entrelaçadas no alto para dar um toque decorativo, depois olho novamente para Midas.

— Sei que está com pressa, e não quero atrasá-lo, então vou ficar ali em seus aposentos até você sair da reunião, e depois conversamos com calma.

Ele crava em mim um olhar de fogo.

— Não sei o que deu em você, mas não está no comando, Auren. Eu sou seu rei, lembra? Vai fazer o que eu mandar.

Meu coração dispara com a ordem, e sei que não tenho mais nenhuma esperança de trazer de volta o antigo Midas. Agora o Rei Midas tomou o seu lugar.

Ele aponta para a gaiola com um dedo.

— Não vou a lugar algum enquanto você não estiver naquela gaiola, segura e protegida onde ninguém pode alcançá-la. Quer ser levada de novo? Quer estar vulnerável?

— É claro que não.

Ele está agitado, com o rosto vermelho, os olhos iluminados por aquele temperamento volátil que tentei controlar. Falhei por completo na tentativa de mantê-lo calmo e aberto ao que tenho a dizer.

— Você me traiu? — ele pergunta de repente.

A pergunta me pega desprevenida.

— O quê?

— Você ouviu. — E repete: — Você... me... traiu? — Cada palavra é uma sentença.

Abro a boca, a cabeça gira.

— Mas o que... como ousa... é claro que não traí você!

— Deixou um daqueles piratas imundos tocar você? Deixou o exército do Quarto tocar você?

— Se eu *deixei*? — Minha pergunta é tensa como uma corda prestes a se partir.

Sei que ele pode ouvir a mágoa em minha voz, porque também a escuto. Essa dor passa das palavras à minha expressão, circula em meus traços.

— Muito bem — Midas responde, mas a voz ainda é dura, ainda é cruel, a voz de um rei que espera obediência. — Mas, se não me traiu, prove. Entre na gaiola.

Sinto as lágrimas queimando no fundo dos olhos, e meus ombros ficam tensos. Ele não vai ouvir. Estou bem aqui, na frente dele e tentando falar, mas ele não me ouve.

Abaixo a cabeça, como se ela fosse empurrada para baixo pelo peso do desamparo.

— Não faça isso, Midas. Agora não. Não depois de tudo. *Por favor*.

Sua expressão de pedra não se altera com minha súplica.

— É assim que tem de ser, e você sabe o porquê. Concordou com isso.

Levanto os olhos.

— Mudei de ideia.

Midas me encara.

— Não dei permissão para você mudar de ideia.

Recuo como se ele tivesse me agredido fisicamente. E poderia ter me batido, porque sinto como se ele o tivesse feito.

Ele mantém a boca fechada, os ombros eretos, a coroa sobre a cabeça altiva.

— Última chance — avisa, com um tom carregado de crueldade. — Entre na gaiola ou eu ponho você lá dentro.

É como levar uma facada no coração.

Não o via havia dois meses. Várias vezes pensei que seria morta. Tudo que queria era ouvi-lo dizer que está orgulhoso de mim, que me ama.

Queria que me abraçasse. Que me abraçasse *de verdade*, cabeça com cabeça e peito com peito, e me deixasse ouvir seu coração bater novamente por mim. Mas não. Ele não me pegou nos braços... *ele me manteve distante*.

— Estou tentando conversar com você, Midas. Conversar de verdade — digo, a voz marcada pela dor em meu peito. — Sempre confio em você. Sempre ouço o que tem a dizer. Pode *me* ouvir só desta vez?

Sua expressão é tão ácida, que me surpreende não ser queimada por ela.

— Ouvir *você*? — Midas reage. — Porque conseguiu sobreviver no mundo lá fora, é isso? — pergunta, debochado. — Quando a encontrei, estava tudo bem?

— Você sabe que não.

— Exatamente.

— Mas isso foi antes. Eu era só uma menina, Midas. E...

— E provou para si mesma que é capaz de tudo, de repente? — ele me interrompe, jogando em minha cara as palavras que falei antes.

Cruzo os braços e o encaro com uma atitude de desafio.

— Sim.

Ele ri, uma risada sem humor que pretende destruir minha confiança, como fez tantas vezes antes.

— E Carnith Village? — diz, e sinto meu rosto ficar pálido. — Você também achou que era capaz naquele tempo, não achou, Auren? E veja só o que aconteceu.

Os hematomas em meu coração parecem se alastrar e ganhar novos tons de azul e verde.

— Aquilo foi um acidente — sussurro, sentindo os olhos inundados e a visão turva.

Como ele é capaz de trazer isso de volta? Como pode me dizer isso, sabendo como aquilo me destruiu?

Midas sorri com frieza.

— Teve algum *acidente* enquanto esteve fora?

— Pare com isso. — Fecho os olhos. Não quero vê-lo, não quero ouvi-lo. — Sempre fiz tudo que pediu. Eu me dediquei a você por mais de dez anos da minha vida, desconsiderei cada falha, engoli cada mágoa. Fiz tudo isso porque confiei em você. Porque amava você.

Agora estou chorando abertamente, e as lágrimas machucam ao cair, como se fossem arrancadas diretamente da dor em meu coração e me rasgassem por dentro.

Ele suspira, balança a cabeça e olha para o chão por um momento.

— Tudo bem. Está cansada e histérica. Só precisa ir se deitar. Essa não é você, Auren.

— Esta sou eu! — grito.

Midas fica tão chocado por meu atrevimento em erguer a voz contra ele, que arregala os olhos.

— Depois de todo esse tempo, enfim estou começando a ser eu mesma — choro, levando uma das mãos ao peito. — Enfim estou começando a dizer o que penso, e não vou me calar de novo para facilitar sua vida, para me manter sob suas botas.

Midas pode ter me colocado em um pedestal, mas fiz o mesmo por ele. O peso dessas bases nos impediu de olhar nos olhos um do outro.

Mas agora estamos nos vendo de verdade. Eu estou olhando para ele, não mais meu eu romântico de quinze anos. E não gosto do que vejo.

— Eu lhe dei tudo, e você ainda quer mais. Você me disse para mentir, disse que era a melhor maneira de me manter em segurança, mas não era. Não fez isso por mim. Fez isso por *você*. — As palavras são uma acusação que brota de minhas áreas mais profundas, das áreas que ignorei por tanto tempo. — Não vou mais viver assim, Midas.

— Você é *minha* — ele ruge, e dá um passo à frente com ar ameaçador.

Meus olhos brilham e não recuo.

— Não, Midas. Só pertenço a mim mesma.

Ele balança a cabeça, e o brilho da coroa é como fogo.

— Você se entregou a mim há muito tempo, Preciosa. É hora de lembrar qual é o seu lugar.

Meu lugar. Dentro de uma gaiola. Embaixo de suas botas.

Minha expressão não se altera.

— Não.

Um silêncio pesado se instala entre nós, como uma estaca pronta para empalar. E, de repente, Midas se move tão depressa que não consigo nem suspirar, antes de ele me alcançar.

Ele me agarra pela cintura, me gira, e grito assustada.

Não me abraçou para dar conforto, mas me abraça para exercer controle.

A constatação grita em minha cabeça, e com ela surgem todas as dores sufocadas, todas as dúvidas ignoradas, todo sentimento deixado de lado.

Deixei que ele me pusesse em uma prisão.

Ele me resgatou quando eu vivia meu pior momento, e por isso pensei que ficar com ele me manteria sempre no meu melhor momento. Mas, na verdade, ele me prendeu e me forçou a aceitar tudo.

Ele me arrastou para um reino estranho, congelado.

Casou-se com uma rainha fria que me odiava.

Trepou com as montarias na minha frente.

Fez de mim um espetáculo.

Ele me manteve naquela gaiola dia e noite.

Ele me usou.

Disse que eu devia me adaptar, me ajustar a muitas coisas, porque era assim que tinha de ser, que assim era esperado.

Fui aceitando e aceitando, convencida de que era assim que precisava ser. Eu me conformei por amá-lo, porque ele me manipulou.

Eu me curvei por tanto tempo que esqueci até que tinha uma coluna.

Como fui idiota. Que burra, idiota e burra. Aprendi a não confiar nas pessoas, mas achei que podia confiar nele. E estava errada.

Fúria e surpresa impulsionam minhas pernas, os punhos fechados, mas ele não me põe no chão, não me solta.

— Auren, pare! — ordena em meu ouvido.

— Me solte!

Midas me ignora, ignora cada soco e chute que disparo na tentativa de me libertar. Ele diminui minha resistência ao me apertar com força, tanta força que me impede de respirar. Com passos trôpegos, aproxima-se da gaiola e tenta, com uma das mãos, pegar a chave no bolso.

Ataco seus braços e seu rosto. Midas pressiona a parte de trás da minha cabeça com a face, à procura de me impedir de virá-la para a esquerda e para a direita, mantendo o capuz no lugar.

— Você... precisa... se comportar! — ele sussurra, por entre os dentes, bem perto da minha orelha.

Mas não. Não vou me comportar, porque não posso. Não posso voltar à gaiola. Não posso, não posso, eu...

Escuto o ruído da chave jogada no chão.

— Destranque a porta. Agora! — ele grita para a mulher. Tinha me esquecido dela.

— Não! — O som sai de mim estrangulado, mas a súplica não a detém.

Escuto seus movimentos para recuperar a chave jogada, o ruído do metal girando na fechadura. Dentro de mim tudo se revira também. Como se a chave abrisse uma porta atrás da qual tranquei toda emoção reprimida, todo pensamento sufocado.

Midas me empurra.

Em um segundo, seus braços são como correias de aço em torno da minha cintura e, no outro, meu corpo se choca contra o assoalho de metal frio da gaiola.

Ele conseguiu. Realmente me jogou aqui dentro sem meu consentimento. Sem pensar no que eu quero, sem se importar com isso.

É então que começo a gritar.

Um grito que parece eterno. Brota de dentro de mim, gruda em minha pele, escava os canais dos ouvidos para se juntar à pulsação, alimentar o fogo.

Estou completamente irada, transtornada, tomada por um sentimento de pânico como nunca tive antes.

— Saia! — ele grita para a mulher.

Eu me levanto mais depressa do que pensava ser capaz. Avanço correndo com as mãos estendidas para a porta da gaiola.

A mulher tenta sair antes, mas sei que, assim que ela escapar, Midas vai bater a porta e me trancar.

Não posso permitir isso.

Minhas fitas se estendem, a fúria se liberta. Tiras raivosas de cetim posicionadas dos dois lados do meu corpo, suspensas no ar.

Em um instante, todas se lançam para a porta a fim de mantê-la aberta, envolvem as grades com a força de uma prensa.

Mas a mulher está dois passos na minha frente, é rápida, por isso me estico e a empurro com a mão em seu ombro.

A palma queima. O corpo dela é jogado para trás, choca-se contra a parede de grades com um baque, mas me concentro nas fitas que empurram a porta, puxam minhas costas.

Midas abre a boca para gritar alguma coisa enquanto tenta resistir, tenta bater a porta, mas minhas fitas são mais fortes. A porta de ferro range sob a força delas e, no segundo seguinte, as fitas a arrancam das dobradiças, quebrando o ferro como se fossem farpas. Com um movimento curto, arremessam a porta diretamente contra Midas, acertam seu peito e o jogam de costas no chão.

As fitas relaxam, minhas costas urram com o esforço e a força que acabaram de fazer. O impulso quase me joga para a frente, mas consigo levantar a mão e me segurar na grade da gaiola, antes de cair de cara no chão.

Mas é então que percebo.

A queimação.

Levanto a cabeça, olho para a barra de ferro, para minha mão em torno dela. Minha mão *nua*.

Em algum momento da luta, perdi a luva.

Solto a barra rapidamente e começo a recuar, mas é tarde demais, é claro que é.

Ouro escorreu da palma no momento do contato, como sangue jorrando de uma ferida. Estava transtornada demais para controlar, tomada pelo pânico.

O ouro escorre pela barra e forma uma poça a meus pés. Ele se move, se espalha pelo assoalho da gaiola como se tivesse vida própria, sobe por cada barra da grade, segue para o teto arredondado, reveste cada centímetro da gaiola de ferro.

Giro com um alerta na ponta da língua, mas ele se torna um grito estrangulado.

Não.

Não, não, não.

Corro, tropeçando nas fitas, mas me aproximar não faz mais que confirmar o que já sei. Minha mão queimou quando a empurrei, mas estava distraída demais para prestar atenção nisso.

Olho horrorizada para o corpo da mulher, agora de ouro maciço, a boca aberta em um grito silencioso. Seu corpo está dobrado em um ângulo estranho, preso na mesma posição em que ficou quando a empurrei contra a grade, o pescoço flexionado para a frente, quebrado.

Mas os olhos... os olhos estão fechados, como se ela sentisse cada milímetro de agonia do ouro a consumindo.

— Não...

Minhas pernas cedem, e eu caio de joelhos, um som desesperado explode da garganta.

— Olha o que você fez, Auren!

A acusação furiosa me faz encolher e olhar para trás. Midas está empurrando a porta pesada de cima do peito e se levantando. Ele olha para mim, depois para a mulher, com uma expressão amarga e desapontada, temperada por condescendência.

— Está vendo? — ele pergunta, apontando para ela. — Entende por que precisa ficar na gaiola?

Soluços comprimem meu peito, sobem pela garganta, beliscam o fundo da língua.

Matei outra inocente. Essa pobre mulher não fez nada além de ser forçada a agir como minha substituta, e eu a assassinei.

A culpa ecoa em meu peito vazio, sacode todo o meu corpo até me fazer tremer com o eco do remorso aflito.

— Eu não queria... — A resposta patética me faz sentir ainda mais ódio de mim.

Por que a empurrei? Por que não percebi que a luva tinha caído?

Ouço o som dos passos de Midas se aproximando, a lamparina acesa projeta sua sombra longa.

Ele estala a língua em sinal de censura, balança a cabeça e contempla a estátua da mulher.

— Está vendo, Auren? Por isso precisa da gaiola — repete, e a voz irrita meu ouvido como metal esfregado em pedra. — Não é só para sua proteção, mas para proteger o mundo de você.

Minhas lágrimas pingam.

A coluna dói.

Chamei Degola de monstro, mas na verdade essa sou eu.

Continuo ali ajoelhada, olhando para o rosto torturado da mulher, e Midas levanta meu capuz, cobre minha cabeça e solta um suspiro pesado, longo.

— Está tudo bem, Preciosa — diz, com tom mais brando. — Eu resolvo isso. Não precisa se preocupar com nada.

Agora ele é bondoso, sua voz não tem mais aquela nota dura ou acusadora, a mão me afaga. Os dedos tocam minha cabeça com adoração, um bichinho de estimação domesticado que merece uma recompensa. E, neste momento, pergunto-me como pude me enganar e acreditar que isso era amor.

Como encarei os olhos dele todos os dias e não vi que, quando me fitava, era o brilho de minha pele que idolatrava, não o amor em meu coração? Como deixei de ver a verdade ofuscante que estava ali o tempo todo? Como confundi *proprietário* com *amante*?

— Deve ter esgotado seu poder com esse ataque de birra — ele murmura. — Uma pena, porque tenho uma lista de coisas para você transformar em ouro, mas não importa. Posso esperar um pouco e, enquanto isso, você se recupera.

Midas fala, planeja e segue em frente pelo seu caminho, enquanto fico caída, destruída e sangrando no meu. A bile inunda minha boca até eu sufocar com a acidez do meu coração partido.

— Lamento ter perdido a cabeça com você, mas agora entende por que eu tinha razão. Por que isso é tão importante — ele observa. — Vai se acostumar com isso de novo, Preciosa, e tudo vai ser como era. Não se preocupe, não estou bravo com você. — Alguma coisa feroz em mim quer rosnar e morder a mão que me afaga. — Agora, seja uma boa menina e recolha suas fitas. Fique aqui enquanto vou à reunião. Vou mandar consertar a porta da gaiola amanhã.

Tudo o que consigo ouvir em meio à raiva retumbante é o vidro se estilhaçando entre nós.

Midas se afasta, passa por cima da porta, mas me viro, e minha voz o detém antes que chegue à porta do quarto.

— Se sair agora, acabou. Nunca vou perdoar você. Por nada. — Meu tom é duro, furioso, um sinal de que todos os limites foram ultrapassados.

Ele hesita por um momento, depois diz:

— Eu amo você, mas não preciso do seu perdão, Preciosa. Só preciso do seu poder.

39
REI MIDAS

No corredor, endireito o manto. É grosso, mas o vento neste castelo de gelo é cortante. Não importa se aqui não ocorrem nevascas. O frio penetra de um jeito diferente.

Olho para trás, para a porta fechada. A madeira é grossa, as paredes são espessas, por isso não consigo ouvir se Auren ainda grita, mas envio um contingente inteiro para guardá-la ali dentro.

Meus ombros estão tensos, a mandíbula dói por causa da força com que rangi os dentes. Não gosto de lidar com ela pela força. De jeito nenhum.

Ela sempre foi obediente, sempre confiou em mim. Essa é uma das coisas que admiro nela. Ter a capacidade de ser branda e maleável, apesar das circunstâncias.

Auren nunca olhou para mim como agora há pouco, e não gosto disso.

Não devia ter perdido a cabeça com ela, mas ela me pegou desprevenido. Esperava que retornasse destruída e com medo, pronta para voltar para trás das grades, onde encontra segurança.

Em vez disso, ela... mudou.

Mas essa é uma preocupação para mais tarde. Vou resolver tudo com ela, acalmá-la. Ela só precisa de tempo. Falhei com ela, e só preciso provar que ainda está em segurança comigo. Ela vai voltar a ser quem era antes, e então vamos poder começar a trabalhar neste castelo gelado e sombrio.

E já não é sem tempo, porque os nobres de Ranhold estão ficando impacientes.

Eu os acalmei com promessas de ouro, mas promessas são dívidas, e dívidas podem se tornar o clamor do descontentamento.

Eles desejam riqueza nos bolsos e nos cofres. Eu quero me sentar no trono sem ser contestado e fundir o Quinto e o Sexto Reino.

Está tudo ao meu alcance e, quando ela entender isso, vai recobrar a razão. Serei o governante não de um reino, mas de dois.

Mas antes...

Caminho pelo corredor e atravesso o castelo em direção à sala onde vou me reunir com o cretino do Rei Slade Ravinger.

Mandei os criados prepararem a sala do trono, em vez da sala de reuniões ou até a câmara de guerra. Um movimento calculado, é claro. Ele vai ser forçado a falar comigo enquanto eu ocupo o assento do poder.

Estou dando um recado. Aviso que não vou fugir da sombra lançada por seu braço nem tremer de medo ante sua demonstração de poder. Reino aqui como um monarca atuante, e suas táticas de intimidação não vão funcionar comigo.

Depois de anos de planejamento, tudo começa a se encaixar.

Mas, antes, tenho de expurgar a podridão.

Vou andando seguido pelos guardas, uma procissão dourada no castelo de vidro, ferro e pedra. Vai ficar muito melhor depois que for revestido de ouro. Auren vai levar semanas, talvez meses esgotando seu poder todos os dias, mas vai valer a pena.

Ouro *sempre* vale a pena. Não importa o custo.

Entro na sala do trono com a certeza de que Ravinger e seus homens esperam por mim. Em vez disso, vejo apenas uma seleção dos guardas de Fulke e os meus perfilados junto das paredes.

Intrigado, atravesso o espaço gigantesco.

Cristais azuis dos lustres projetam rios de luz no assoalho em que piso. As janelas na parede dos fundos, atrás do trono, estão congeladas.

Provavelmente, um detalhe planejado na construção. Uma visão de luz se derramando para iluminar o monarca abençoado pelo Divino. Ou para ofuscar as pessoas diante do esplendor do rei ali sentado.

Ao atravessar a sala e subir na plataforma de mármore branco, viro e me sento no trono. Feito de peltre e ferro, há uma pedra de ametista incrustrada no centro, apenas uma, mas já conversei com um ferreiro para que sejam incrustadas mais cinco.

Seis é o número superior de todos os reinos.

No fundo da sala, meu principal conselheiro, Odo, aparece agitado. Vários outros o seguem, metade deles agora, a outra metade servia Fulke.

Alguns são leais, por isso ainda não se uniram à minha causa. Em especial porque consideram Niven, o filho de Fulke, para assumir o trono. Estão preparando o menino para fazê-lo quando atingir a maioridade.

Infelizmente para ele, isso não vai acontecer. Nem assumir o trono *nem* chegar à maioridade. Uma misericórdia, na verdade. Já posso ver que o garoto não tem perfil para o cargo.

Sentado no trono, olhando para a frente, batuco seis vezes com os dedos no apoio de braço feito de peltre, faço uma pausa, batuco mais seis vezes.

A cada minuto, minha impaciência se transforma em ofensa, e a ofensa é minha pedra fundamental para a raiva.

Meus conselheiros se acomodam nos assentos à esquerda. Atrás da barra construída para separar os nobres dos plebeus. Mas a gente de Ravinger é mantida na galeria dos plebeus, em pé.

Outro movimento calculado.

Minutos passam. Multiplicam-se.

Espero e batuco. A irritação faz subir a temperatura do meu temperamento.

Meus guardas são bem treinados demais para se inquietarem, mas os conselheiros se tornam impacientes, resmungam entre si, fungam, tossem, movem-se em seus assentos. Os ruídos me fazem ranger os dentes.

Entretanto, continuo sentado e espero, espero o suficiente para ver a luz refletida pelo lustre azul se mover pelo mármore — um rio desviado correndo no chão.

— Onde ele está? — disparo, e as palavras são duras e secas como charque.

Odo se levanta com pergaminhos e penas nos bolsos largos do casaco, material de escrita para fazer as anotações... se o cretino do rei aparecer.

— Vou verificar, meu rei.

— Depressa.

O conselheiro assente, inclina a cabeça calva com um círculo de cabelos ralos que lembra um chapéu só com a aba. Quando Odo sai pela porta dos fundos, meus pés começam a bater no chão, sacodem os joelhos.

O Rei Ravinger está fazendo joguinhos mentais, é claro. Para cada movimento meu, há um dele. Mas eu poderia estar em meus aposentos agora, confortando Auren, colaborando com sua adaptação.

Penso no brilho dos olhos dourados quando ela cuspiu raiva sobre mim como labaredas de um dragão. Nunca. Nunca a tinha visto daquele jeito.

Também não gosto disso.

Não sei o que aconteceu com ela lá fora, desprotegida. Mas vou descobrir. Vou obter todos os detalhes possíveis com os guardas, as montarias, todo mundo. E depois vou me vingar.

Vou começar pelos Invasores Rubros. Só ficaram com ela por algumas horas, mas vou fazê-los pagar por cada uma, por cada segundo.

Mas o Rei Ravinger? Seu exército a manteve prisioneira por dias e dias. Não é à toa que Auren está tão diferente.

Meus dedos batucam seis vezes.

Boa-fé. Ele a devolveu para demonstrar *boa-fé*. Não acreditei que faria isso de verdade. Foi um teste. Um teste cujo resultado revela a mais importante de todas as coisas: ele não sabe o que ela é. O que ela pode fazer.

Quando eu soube disso, consegui respirar pela primeira vez em semanas.

Enquanto o segredo dela estiver seguro, todo o restante pode ser arranjado.

Sinto meus lábios relaxarem, formando um sorriso satisfeito. Como ele foi idiota. Entregou o tesouro mais valioso de todo o reino em troca de nada.

Eu riria na cara dele, se pudesse.

Mas o segredo é muito mais valioso do que minha vaidade. Por isso aprendi a rir sozinho. Cada vez que Auren transforma alguma coisa em ouro sob minhas ordens, eu rio envaidecido. Cada vez que outra pessoa se espanta com *meu* poder ou me chama de Rei de Ouro, rio envaidecido.

Enganei todo o mundo de Orea.

E agora me apoderei de dois reinos. Só preciso conservar os dois, e por isso essa reunião é tão importante.

Se a reunião de fato acontecer. Batuco de novo.

Mais seis minutos. Vou esperar mais seis minutos, e depois vou buscar o filho da mãe pessoalmente em seu acampamento.

Ninguém me deixa esperando.

Conto dez segundos com a ponta do dedo. Um minuto. Dois. Três minutos. Quatro. Cinco. Quando chego ao sexto minuto, a raiva enche meu peito como catarro que não consigo expectorar.

Fico em pé, os ombros endurecidos pela humilhação, os olhos marcados por linhas de estresse.

— Vou atrás do cretino — aviso.

Quando dou o primeiro passo, a porta da sala do trono é aberta como se um vento forte a empurrasse contra a parede.

Três duplas de pés... não, quatro. Uma delas pisa tão leve que mal consigo ouvir os passos. Todos usam armaduras pretas e capacetes, mas posso sentir a arrogância mesmo sem ver os rostos.

O de passos leves é pequeno, mas o que o segue é enorme, um bruto escolhido como guarda apenas pelo tamanho, sem dúvida.

O terceiro parece ter estatura mediana, usa a mesma armadura e os mesmos couros que os outros dois, e sua espada tem o mesmo cabo de galhos retorcidos.

O emblema do Quarto Reino adorna o peitoral das armaduras — uma árvore sem folhas e torta, com quatro galhos e raízes cheias de espinhos.

Mas é o quarto membro do grupo que me intriga. Ouvi falar dele.

O comandante do exército.

Parece que as pontas afiadas retratadas no emblema em sua armadura ganharam vida nele, porque espinhos pretos brotam da armadura nos braços e nas costas como rebarbas sinistras arrancadas diretamente do solo do inferno.

Ele é um recado ambulante enviado por Ravinger, se os boatos a seu respeito são verdadeiros. O rei corrompeu seu comandante e o transformou em algo a ser temido e vilificado.

Ele é a coleção de espinhos que enraíza a árvore pervertida.

O grupo para na frente da plataforma com posturas idênticas. Pés afastados, braços soltos, capacetes voltados para a frente. Nenhum deles se pronuncia. O silêncio é tão palpável que se pode ouvir um alfinete caindo.

Mas eu ouço passos relaxados, sem pressa.

Observo a porta e noto o Rei Ravinger entrando. Meu corpo enrijece. Ele parece andar no mesmo ritmo em que meus dedos batucam.

Calmo e firme, aproxima-se como se *ele* fosse o conquistador deste reino, não eu.

Meus olhos acompanham cada movimento enquanto analiso o famoso Rei da Podridão pela primeira vez.

Nada de vestes reais para ele — Ravinger usa o mesmo traje de couro preto e marrom que os homens de seu exército, faltam só a armadura e o capacete. Mas, saindo da nuca e se projetando pelo rosto, vejo tatuagens enfileiradas.

Não. Não são tatuagens.

Ele se aproxima, e percebo que os desenhos estão *embaixo* da pele, não sobre ela. São como veias, mas escuras como penas de corvo. Olho para baixo com rapidez e confirmo que os fios envolvem as mãos como caules enrolados e incrustados na pele.

Olho para ele, depois para seu comandante.

Raízes e espinhos.

Só quando o rei se junta a seus guardas, percebo que permaneço em pé. Sento-me no trono, mas é inútil, porque o filho da mãe sobe na plataforma sem fazer pausa e só para quando está na minha frente.

Meus soldados ficam tensos, mas os dele estão relaxados, nem um pouco incomodados. Eu, por outro lado, estou fumegando.

Em vez de olhar para ele de cima, o que acontece é o contrário.

Olhos verdes e uma palidez cinzenta e doentia se derramam sobre mim, mas a visão que tenho é de força, de algum jeito.

— Rei Midas, eu diria que é um prazer, se quisesse mentir, mas hoje não vou me incomodar com isso.

Fico em pé novamente para não ter de continuar olhando para cima, mas o movimento o faz sorrir.

Sua coroa está ligeiramente torta sobre a cabeça, como se a tivesse posto sem cuidado. É um círculo de galhos emaranhados, com espinhos no lugar de pináculos. Não há nada de nobre ou de belo ali. É rústica, grosseira e torta, tal qual seu poder corrompido.

Meu olhar é vazio, assim como o tom de voz com que respondo:
— Está atrasado.

Ele olha em volta, sem pressa.
— Estou? É uma pena ter feito você esperar.

O jeito como fala me faz perceber que não há lamento algum na situação.
— Podemos começar? — ele indaga, como se tivesse o direito de controlar e dirigir a reunião.

Sem esperar resposta, vira e desce da plataforma, confiante, e encaminha-se à porta dos fundos. Os quatro guardas o seguem, e continuo parado, atordoado.

Odo aparece na minha frente, ofegante, como se tivesse corrido até aqui.
— Parece que o Rei Ravinger chegou e se dirige à sala de reuniões, Majestade.
— Obviamente — disparo.

Caminho para a porta e saio, e meus conselheiros e guardas me seguem. Só preciso olhar a sala para sentir o sangue ferver.

Ravinger está sentado à cabeceira da longa mesa, com os guardas formando uma parede de ameaça silenciosa atrás dele.

Tenho de recorrer a todos os meus maneirismos tão praticados para não reagir à audácia desse homem. O músculo se contraindo em minha mandíbula é o único sinal de irritação.

Mesmo assim, o filho da mãe percebe, de algum jeito. Quando relaxa contra o encosto da cadeira, um sorriso distende seus lábios. É uma expressão que diz: *É a sua vez de jogar.*

Meus conselheiros trocam olhares, porém vou sentar na outra ponta da mesa. Pelos Divinos, não me interessa se isso coloca mais de sete metros de distância entre nós. Eu me recuso a sentar ao lado dele, como um ser inferior.

Depois que me acomodo à sua frente, meus soldados se posicionam atrás de mim, de costas para o papel de parede roxo. A luz aqui é mais fraca, proveniente de uma só janela à minha esquerda, cujas vidraças estão cobertas de gelo.

Assim que me sento, começo a falar, tirando dele a chance de tomar a iniciativa:

— Parece que temos um problema, Rei Ravinger.

Ele meneia a cabeça em concordância.

— Quanto a isso, estamos de acordo.

Ele tem razão, porque não estamos inclinados a concordar sobre mais nada.

— Mandou cadáveres em decomposição para as minhas fronteiras.

O sorriso reaparece.

— E que fronteiras seriam essas? Aparentemente, acumulou mais algumas, desde a última informação que recebi.

Batuco com o dedo no braço da cadeira em busca de me manter calmo.

— Minhas fronteiras no Sexto Reino, como bem sabe. Aqui sou apenas o monarca atuante, até o herdeiro de Fulke atingir a maioridade.

Os olhos verdes brilham.

— De fato.

O desinteresse no tom de voz e na atitude me irritam.

Ravinger se inclina para a frente, exibindo as marcas enervantes em seu pescoço e em seu rosto. Por um momento, penso que se moveram, da mesma maneira que as fissuras de podridão se estenderam pelo chão lá fora quando ele exibia sua magia.

— Se espera um pedido formal de desculpas, não vai acontecer — ele avisa. — Não eram nem seus soldados, eram os do Quinto. Mas achei melhor mandar os corpos, considerando que sua aliança com este reino foi anunciada com tanta... eloquência. Não ia querer que tivesse a ideia errada, Rei Midas.

— E que ideia seria essa?

— A de que sou alguém a quem você pode desafiar. — Ele faz a declaração sem rodeios, um golpe de força sem sequer sair do lugar.

— E eu quero que lembre que não o desafiei. O Sexto Reino não tem disputas com o Quarto.

Ravinger levanta a mão e analisa ao redor.

— No entanto, cá estamos nós, no Quinto, bem no meio de uma disputa.

Se eu pudesse esticar as mãos sobre a mesa e esganar esse infeliz e suas veias cheias de podridão...

— O Rei Fulke já pagou por isso — respondo, sem me deixar abalar. — A menos que queira matar um menino inocente pelos pecados de seu pai, o Quinto Reino não é mais seu inimigo. Foi um ataque de última hora de um rei excêntrico que agora está morto. Não tive nada a ver com isso.

— Recebi relatórios que afirmam o contrário.

Todo o humor de antes desapareceu de seu rosto. No lugar, surge algo sombrio. Mortal. Em um instante, sou lembrado de quanto ele é poderoso, e é exatamente isso que ele busca.

Sinto um arrepio gelado na nuca.

— Seus relatórios são imprecisos — garanto com firmeza. Não me atrevo a interromper o contato visual, por mais que eu queira.

Não se deve tirar os olhos de um predador.

— Ah, são.

Não é uma pergunta. É uma exigência. Tenho de provar.

Estendo os braços, o gesto tranquilo de um rei benevolente.

— É claro que podemos chegar a um acordo. Não quero batalhar contra você, Rei Ravinger.

— Uma pena, porque meu exército já está posicionado e pronto, e como você mesmo disse, *você* é o regente em exercício aqui. — As linhas nada naturais de seu rosto me lembram de pintura de guerra, marcas de agressão criadas por sua magia maligna. — O fato é que o exército do Quinto atacou minha fronteira, e não deixo essas ofensas sem punição.

Minha preocupação aumenta. Sinto-a como saliências duras sob a pele, ameaçando rasgá-la.

Estou perto. Muito perto de garantir meu poder aqui. Não posso pagar o preço dessa batalha, porque perderíamos.

— Há relatos de que andou assediando territórios que não são seus. Talvez por isso Fulke o tenha atacado. Ele estava protegendo suas fronteiras — sugiro, com cautela.

Ravinger estica os lábios, mas não é um sorriso, nem perto disso. É uma exibição dos dentes, e tudo que falta é um rosnado.

Ele se inclina para a frente.

— Prove.

Os quatro soldados do Rei Ravinger me observam, embora eu não consiga enxergar seus olhos através das frestas no capacete. Olho para o que tem os espinhos, vislumbro as pontas afiadas brotando da armadura. Ele permanece imóvel, tão sombrio e pesado quanto os outros, presenças que pretendem me lembrar do exército lá fora.

Olho de novo para o rei.

— Como eu disse, não quero batalha nenhuma com você.

— Então, parece que temos um impasse — Ravinger responde, com um movimento de ombros, como se a decisão de travar uma guerra não fosse importante.

E de fato... não tem importância para ele. Observei os soldados do Quinto. O exército de Ravinger vai dizimar este reino. Ele nem precisaria usar seu poder para isso.

— É claro que podemos pensar em uma alternativa para poupar vidas inocentes — sugiro, com um sorriso conciliador. — Reparação pelo ataque à sua fronteira, por exemplo.

Ravinger cruza os dedos, olha para mim por cima deles.

— Estou ouvindo.

Finalmente.

Finjo pensar por um momento, depois digo:

— Recue o exército sem atacar, e pago a reparação em ouro.

Nada.

Nenhuma resposta. Nenhuma reação, nenhum brilho de empolgação nos olhos. É como se ele nem tivesse me ouvido.

O desespero rasteja por minhas costas.

— Pode pedir quanto quiser, Ravinger, e fechamos esse acordo, encerramos essa conversa sobre guerra, e você pode voltar para o seu reino.

O mesmo olhar. Nenhuma resposta. Ele me deixa à espera, suando.

Está brincando comigo, intimidando-me. Exibindo poder. É o que tem feito desde sua chegada.

Ele exibe o poder do exército trazendo toda a sua força às portas do Quinto Reino. Não parecem cansados, enfraquecidos, nada, e acabaram de marchar pelas Estéreis.

E marcharam pelo caminho mais longo. Vieram direto ao palácio, ignorando o passo da montanha onde eu mantinha um contingente para mandá-los de volta. Sem mencionar os soldados que mandei para se infiltrarem no acampamento a fim de resgatar Auren, e eles nunca voltaram. Tenho a sensação de que nunca voltarão.

Ravinger não parou por aí. Exibiu sua magia diante da cidade, deixou a podridão se espalhar pelo chão como um aviso, uma ameaça para intimidar.

E, de novo, ao entrar na sala do trono e subir na plataforma, depois se sentando à cabeceira da mesa.

Exibição. Porque pode. Porque é um cretino arrogante.

A impaciência me faz insistir:

— Então? Quanto, Ravinger?

— Nada.

Apoio as costas no encosto e retruco, chocado:

— Como assim, "nada"?

Devo ter ouvido mal. Ouro é tudo o que todo mundo deseja. É a *única* coisa que todo mundo deseja.

— Exatamente isso. Não quero seu ouro.

Não entendo, mas tenho a sensação de que ele conduziu toda essa conversa desde o início.

— O que quer, então? — É minha vez de fazer exigências agora, e não consigo disfarçar o tom de voz. Minha paciência está chegando ao fim.

— Poçomorto.

Franzo a testa, e um segundo depois minha cabeça desenha um mapa.

— Você quer Poçomorto? A área na fronteira do Quinto?

— Exatamente.

Olho para ele desconfiado.

— Por quê?

— Como você disse, há boatos circulando de que estou assediando territórios que não são meus. Para conciliar tais boatos e retaliar o ataque não provocado do Quinto à minha fronteira, agora vou tomar a fronteira, que você, como regente em exercício, vai me dar como o *seu* sinal de boa-fé.

Uma pausa se instaura.

Ravinger se inclina sobre a mesa, e um mau presságio acompanha o movimento, como uma árvore seca soprada pelo vento.

— Caso contrário, meu exército ataca ao anoitecer.

Eu o encaro. Ele me encara.

Pensamentos e perguntas se sucedem, um após o outro.

Ele quer Poçomorto.

Mas *por que* ele quer Poçomorto? Tento lembrar o que tem lá, mas não conheço o Quinto Reino tão bem quanto conheço o Sexto. Mesmo assim... tenho quase certeza de que é só uma extensão de terra entre o reino dele e este, nada além de gelo.

Ele prefere *esse* território a receber seu peso em ouro? Não consigo entender nada, porque sei que existe uma pegadinha aí. Só pode haver.

Quase pergunto por que ele almeja o território, mas não é assim que se joga esse jogo. Anunciamos nossa vontade sem entregar o que realmente queremos.

— Poçomorto — repito, e meu tom exibe uma centelha de confusão.

Ravinger assente.

— Transfira Poçomorto para mim, Midas, e meu exército se retira.

— Simples assim?

Ele me olha com ar benevolente.

— Meu exército está viajando há semanas. É claro que vai convidar a mim e meus soldados para sua cidade recém-adquirida, para podermos descansar e comemorar o afastamento da possibilidade de uma guerra.

Comprimo os lábios formando uma linha fina. Não os quero em Ranhold.

— Não creio que...

Ele me interrompe:

— É claro, vai ter de hospedar outro reino em algumas semanas, não é? Tenho certeza de que pode enxergar as vantagens de não ter só um reino, e sim dois, em suas celebrações.

O choque me paralisa.

Atrás de mim, sinto a tensão de meus conselheiros, o silêncio da pena que cessa o movimento sobre o papel.

Como diabos ele descobriu sobre a visita do grupo do Terceiro Reino? Sorrio com um ranger de dentes.

— É claro. Você e seu exército são mais do que bem-vindos para descansarem e se recomporem.

Ravinger sorri, mostrando os dentes polidos de um animal acostumado a mastigar aqueles a quem derrota.

O arrepio nas costas é a única confirmação de que preciso. Posso ter impedido seu exército de atacar Ranhold, mas, ao me curvar ao seu capricho para mantê-los do lado de fora, talvez tenha convidado a verdadeira ameaça a entrar.

40

AUREN

Ouro.

É uma palavra muito, muito pesada.

Algumas pessoas a escutam e pensam em riqueza. Outras, em uma cor. Outras ainda, em perfeição.

No entanto, para mim, ouro é minha identidade. É assim desde que respirei pela primeira vez.

Lembro-me de meus pais dizendo que eu brilhava sob a luz. Lembro-me deles me chamando de solzinho.

O que pensariam de mim agora, trancada em um quarto sem janelas e cercada de gelo, presa em um mundo que parece determinado a me impedir de nascer?

Ando de um lado para o outro e vejo a estátua a todo instante pelo canto do olho — a mulher agora presa em uma contorção de agonia. Sua boca não precisa emitir nenhum som para que eu escute seu grito.

Serei eu um dia? O ouro vai me consumir, me sufocar, tal como aconteceu no meu sonho?

Meus olhos ardem. Fico pensando em como as coisas seriam diferentes se...

Se meu corpo nunca tivesse brilhado como um solzinho.

Se a magia do toque de ouro nunca tivesse vertido de minhas mãos.

Se as fitas nunca houvessem brotado em minhas costas.

Se eu nunca tivesse conhecido Midas.

Mas todas essas coisas aconteceram, e aqui estou. No espaço escuro que um dia foi um quarto de vestir, e agora é um aposento-gaiola. As fitas se arrastam no chão atrás de mim a cada passo meu, e os guardas mantêm vigia do lado externo da porta.

O lado positivo? Não faço a menor ideia de qual seja.

Contemplo minha palma nua, o ouro acumulado nela como sangue seco. Ainda pinga, um fio delgado escorre. Tenho o peso da riqueza em minhas mãos, e ele é difícil de carregar.

Esse poder, essa magia que as deusas confiaram a mim, custou-me tudo. E, ao que parece, não foi o bastante eu ter nascido dourada para atrair olhares fascinados, porque depois, quando completei quinze anos, o ouro começou a verter dos meus dedos e fez de mim uma assassina, enquanto as fitas brotaram em minhas costas, transformando-me em um monstro.

Queria que houvesse uma janela para eu gritar minha fúria. Gritar para as estrelas escondidas atrás da luz do sol.

Em vez disso, desconto a fúria na porta trancada.

Esmurro a madeira, deixando respingos de ouro nos grãos, antes de o ouro se espalhar.

— Tirem-me daqui! — grito, os dentes à mostra prontos para morder.

Ele não vai me prender aqui como se eu fosse um animal. Não vou permitir que faça isso comigo. Não vou passar o resto dos meus dias à espera de migalhas.

Minha magia do toque de ouro, as fitas, meus pensamentos, tentei esconder tudo isso. Senti vergonha dessas coisas. Senti vergonha de mim, e ele alimentou essa vergonha, embora eu estivesse cega demais para enxergar.

Sentei-me e sorri, murchando sob o ouro. Toquei boa música enquanto vivia trancada em minha gaiola e aceitava tudo, quando devia ter lutado.

E Midas...

Ele me beijava e falava palavras doces, e isso não é o suficiente. Quem eu me permiti ser não é o bastante.

Degola estava certo.

Um véu foi erguido — um véu que eu mesma coloquei ali, sobre meus olhos. Agora ele foi arrancado e consigo enxergar tudo com mais nitidez.

Fiz muitas escolhas na vida e, durante a última década, todas foram por Midas. Porém, como disse Lu, é hora de assumir minhas merdas.

É hora de começar a me escolher.

Tive uma chance, uma pessoa que poderia ter me ajudado, mas estraguei tudo quando recusei a ajuda de Degola. Então, preciso de um plano. Tenho de pensar no que fazer. Chega de me esconder do mundo enquanto sou mantida no pedestal de Midas.

Seguro a maçaneta da porta com a mão nua, e minha magia a envolve até fazê-la brilhar. Puxo com força, como se pudesse arrancar a fechadura, mas nada acontece.

— Tirem-me daqui! — grito outra vez, mas os guardas de Midas me ignoram.

As fitas se projetam e ondulam como serpentes, posicionando-se para o ataque. Dominada pela fúria, eu as lanço contra a porta, a qual continuo esmurrando.

Algumas fitas envolvem a maçaneta, outras se esgueiram entre a porta e o batente a fim de empurrar a tranca, enquanto o restante bate na porta como um machado cortando lenha, porque não posso desistir, não posso ceder.

Todavia, as fitas estão cansadas. Não estão acostumadas com o uso constante. Mesmo assim, exijo que continuem, ignoro os músculos doloridos e o esforço mental necessário para controlá-las.

Elas arrancaram a porta da minha gaiola, podem arrancar a porta do quarto também. Precisam arrancar.

O pânico tira um soluço de minha garganta, e grito com a porta por não ceder, comigo por não ser mais forte.

Ouço as vozes dos guardas quando meus esforços se tornam cada vez mais barulhentos, porém, idiota que sou, não cobri o toque de ouro com uma barreira. Consumida pela raiva, dourei a porta inteira, e as vozes surpresas me revelam que ela brilha do outro lado também.

Bato na porta com a mão aberta, furiosa.

As fitas até poderiam arrebentar a madeira, mas ouro maciço? Não.

— Merda — resmungo, irada comigo mesma e com Midas por ter me trancado aqui.

— Fique aí e se afaste da porta — ordena um dos guardas.

Levanto a cabeça.

— Vai se foder! — grito.

Em um momento de lucidez, encaixo uma das fitas na fresta embaixo da porta. Eu me abaixo para lhe dar toda a liberdade de movimento de seu comprimento, e escuto o grito surpreso de um dos guardas.

Fecho os olhos, concentrada, à medida que conduzo a fita para perto da maçaneta do outro lado, à procura do trinco. Mas perco as esperanças quando encontro só o buraco da fechadura, pequeno demais para caber uma fita.

Alguém tenta pegá-la, e puxo a fita de volta para dentro, temendo que tentem prendê-la do outro lado.

As fitas tremem como músculos levados ao limite do esforço, e grito outro palavrão enquanto, frustrada, olho em volta procurando alguma coisa, qualquer coisa que me ajude a sair daqui.

Vou até a gaiola para ver se minha substituta morta tinha alguma coisa útil. Não sei o que pode ser, mas não posso ficar parada. Tenho de tentar.

Porque estava falando sério. Não vou mais viver desse jeito.

Começo a revistar a gaiola com desespero maníaco, com o ouro pingando da minha mão nua como o sangue vertendo de uma veia aberta.

Quando estou jogando o colchão de lado para ver se a mulher escondia alguma coisa ali embaixo, eu sinto. A mudança no céu. Não preciso de janela para saber que a noite chegou, porque o arrepio em minha pele é prova disso.

O sol vai embora, e minha magia de toque de ouro vai com ele.

— Droga! — Chuto a bandeja de comida no chão. Meu poder desapareceu, foi drenado, o resto de ouro coagula em minha mão, o gotejar incessante seca de repente. Fecho a mão, não quero ver o brilho metálico cobrir minha pele.

Com o toque de ouro, ao menos sou uma arma ambulante. Agora sou só uma mulher furiosa com fitas esgotadas e nenhuma saída.

Sério, odeio as deusas.

Minhas pernas ameaçam ceder, seja pelo peso da fúria ou pelo esgotamento de minhas forças, agora que o poder foi arrancado de mim, adormeceu com a chegada da noite.

As fitas conseguem me amparar, mas também estão sem forças. Cambaleando, seguro as barras da grade da gaiola. Sou uma confusão de cabelos embaraçados e fitas trêmulas, mas a fúria relacionada à traição de Midas me mantém em pé.

Quando estou prestes a bater na porta novamente, mais alguma coisa muda no ar. Algo mais pesado, mais sombrio, mais sinistro do que a noite.

No início é sutil, como uma inspiração, um ruído. O bater de pestanas contra uma face fria, o riscar de um fósforo antes do acender da chama.

Então, um grito repentino do lado exterior da porta.

Ouço mais exclamações de surpresa, palavrões, berros, os guardas confusos e autoritários no início, mas as circunstâncias mudam para algo que é mais uma súplica desesperada. O barulho inconfundível de espadas puxadas das bainhas e passos velozes, depois uma série de baques sinistros.

E então... nada.

Nenhum som.

Meu coração dispara e o estômago revira, ao passo que o medo me mantém entre seus dedos cruéis.

A maçaneta se move. Só uma vez. Como se alguém a testasse para verificar se a porta está trancada. Um segundo depois, assisto enquanto ela cai, desintegrando-se em grãos de areia.

Tensa, observo a porta se abrir e uma silhueta surgir na soleira, como um demônio saído do inferno.

A luz fraca do quarto não deveria ser suficiente para reconhecer quem é, mas eu sei. Acho que saberia mesmo na mais completa escuridão.

Porque posso sentir.

Assim como quando estava sobre aquela colina, seu poder parece brotar do chão e penetrar meus pés. Sinto outra onda de náusea, o que me faz apertar com mais força as barras quando o Rei Ravinger entra no quarto.

Todo o ar nos meus pulmões se dissolve, tal como aconteceu com a maçaneta, e meu corpo paralisa de medo. Ele entra quase entediado, sem sequer estreitar os olhos à luz pálida, como se não precisasse se adaptar à escuridão.

Talvez porque a escuridão está à espreita dentro dele.

O monarca avança e examina o cômodo de um jeito metódico. Usa couro preto e camisa de colarinho alto, e sobre sua cabeça há uma coroa de galhos. Parecem murchos, petrificados, como se tivessem morrido muito tempo atrás e endurecido em um verniz moldado.

Ele para nas sombras, a meros passos de distância da gaiola, mas não preciso estar mais perto para perceber que o olhar dele está cravado em mim.

Seus olhos são verdes e profundos, como musgo abundante um momento antes de se tornar marrom. A vida logo antes da morte. A riqueza imediatamente antes da podridão.

Mas são as marcas em seu rosto que prendem minha atenção. Elas saem de dentro da gola, sobem pelo pescoço, enroscam-se no queixo como raízes procurando terra. Como veias se desligando de um coração envenenado.

As marcas se movem diante dos meus olhos, encolhem-se e se contorcem, como se houvesse algo sinistro contido nelas.

Ele fica ali parado, e meus olhos buscam a porta com desconfiança, mas não tem ninguém ali, nenhum guarda. Tudo é silêncio, um silêncio pesado como a morte.

— Você os matou? — pergunto, ofegante.

Ele dá de ombros.

— Estavam no meu caminho.

Meu coração palpita de medo. Ele matou todos em segundos.

— Sabe quem eu sou? — questiona, e sua voz é um retumbar baixo que me faz tremer.

Engulo em seco.

— Rei Ravinger.

Ele responde com "hum", e tento pensar em seu motivo para estar aqui, por que veio. Pensei que tivesse escapado dele, mas devia saber que a troca tinha sido fácil demais.

O rei não parece nervoso com a possibilidade de ser encontrado aqui pelo Rei Midas. Na verdade, suspeito de que adoraria ter uma desculpa para o confronto.

A luz do fogo banha sua coroa em um alaranjado brilhante, assim como o outono pinta uma folha. O cabelo preto está um pouco amassado, e uma sombra cobre o queixo do rosto levemente acinzentado. É mais jovem do que eu pensava, mas não menos aterrorizante.

— Então, é aqui que o Rei Midas mantém sua famosa favorita de ouro. — Mesmo com a distância e a falta de luminosidade, vejo que ele me estuda de cima a baixo. — Você realmente parece um Pintassilgo engaiolado. Que pena. Seu lugar não é aí, de jeito nenhum.

Arregalo os olhos, o coração dispara em um galope doloroso. Degola contou para ele. Degola contou ao seu rei o apelido que criou para mim. E o jeito como Ravinger o repetiu o faz parecer grosseiro, quase debochado.

Foi isso que Degola fez? Debochou de mim quando conversava com seu rei?

O excesso de emoção acumulada em mim me faz querer gritar de novo.

De repente me pego endireitando as costas e tirando o casaco de penas. Saio da gaiola e jogo o casaco para ele pela porta quebrada.

— Pronto. Pode entregar isso para Degola — falo, assim que ele pega o casaco no ar. — Diga a ele que não sou o Pintassilgo de quem ele pode debochar pelas costas.

Ravinger olha para as penas, e só então percebo meu erro.

Merda.

Paralisada, espero que ele não note.

Depois de um momento de imobilidade, ele ergue o casaco, segurando-o entre os dedos. A luz da lamparina o faz brilhar, e minha esperança cai por terra.

— Ora, isso é interessante, não? — ele murmura.

Sinto o sangue escorrer do meu rosto quando ele vira o casaco do avesso, revelando a verdade dentro dele.

O interior do casaco tem um brilho dourado.

Um sorriso nefasto se espalha pelo rosto do rei quando ele me observa, mas então ele ri, e é muito pior. A risada grave e altiva brota de sua boca e parece me envolver como cordas, me mantém cativa.

— Preciso admitir que não sou surpreendido com muita frequência, mas isso... — comenta, esfregando o tecido dourado escondido no casaco.

Os dedos tocam as penas dos punhos e do capuz, que dourei acidentalmente ao permitir o contato com a pele. Foi incrivelmente difícil conter o processo, mas consegui. Mas que diferença isso faz agora, depois de eu ter praticamente jogado meu segredo na cara dele?

A atenção de Ravinger volta ao quarto, como se o visse sob uma nova perspectiva. Ele se detém na estátua da mulher atrás de mim.

— Midas é mais diabólico do que eu suspeitava. E você também.

Parece que tudo isso o excita.

— O que quer? — indago, tentando me aproximar da porta. Não me importo se o poder dele pode me matar em segundos, vou tentar fugir mesmo assim.

Nas sombras, ele sorri quando passo por ele, andando de lado, mas pode debochar à vontade, não vou lhe dar as costas.

— Ah, essa é a questão, não é? — pergunta, e a voz...

Sua atenção é dirigida para minhas fitas espalhadas, e ele estuda seu comprimento amarrotado e cansado. O olhar é suficiente para me causar arrepios, um tremor tímido que sinto ao longo das costas.

— Tudo agora faz muito mais sentido. Por que ele mantém você. Por que sua pele é dourada. Por que está presa a ele. — Ravinger olha para a porta quebrada da gaiola, ainda no chão. — Mas talvez... nem tão presa quanto se pode imaginar.

Seu poder se torna sufocante de novo, de repente, como se lançasse fios invisíveis e tentasse se associar ao meu, sentir o que existe dentro de mim. O suor brota em minha testa, meu estômago revira, e dou mais dois passos rumo à porta.

Se conseguir chegar lá, se conseguir passar por ela...

Outra onda de náusea quase me faz cair.

— Pare — ofego. Estou a um segundo de vomitar no chão.

No mesmo instante, o poder dele recua, e as linhas escuras em seu rosto aumentam, como uma inundação relâmpago de rios que se libertam, e quase alcançam as planícies das faces.

— Devia se acostumar com isso — ele diz, e se diverte me vendo suar e tremer. — Não vai poder vomitar cada vez que eu entrar no quarto.

— Por quê? — pergunto, nervosa, mirando o corpo coberto de preto. Não sei o que seria mais assustador, ele escondido nas sombras, como está, ou se colocando sob a luz, onde eu poderia enxergá-lo com mais nitidez.

— Vamos conviver por um tempo.

Meus braços se arrepiam, e interrompo meus passos. Ele vai me raptar? Vai me usar de um jeito ainda pior do que Midas fez?

— Do que está falando? — O medo faz minha voz tremer. Dou os últimos passos para a porta, sentindo uma onda de triunfo quando meus dedos seguram o batente. Viro, fico de costas para o quarto de Midas e de frente para o predador que pode atacar a qualquer momento.

— Ah, Midas ainda não lhe contou? — ele pergunta, com tom manso, sem sair do lugar. — Negociamos a paz, e ele vai ser anfitrião de uma comemoração. O Quarto foi convidado a ficar e participar.

De repente, uma dúzia de pensamentos explodem em minha cabeça. Engulo um nó de esperança enquanto afasto os cabelos úmidos do rosto.

— Seu comandante? Ele vai ficar? — Não devia ter demonstrado interesse.

Se não vai ter guerra, se Degola está hospedado aqui...

Preciso de um aliado, ou não terei qualquer esperança de escapar.

Ravinger ri, e o som é abrasivo.

— Ah, Pintassilgo, eu lhe perguntei antes se sabia quem eu era.

Hesito antes de recuar mais um passo, tomada por uma mistura de confusão e medo que me avisam que é melhor fugir.

— O quê?

Sem aviso-prévio, seu poder pulsa novamente e me envolve, aperta meu estômago como uma forca. Dessa vez é diferente, uma onda em vez de uma invasão.

Solto o ar estrangulado e me dobro para a frente, suando frio enquanto respiro pelo nariz e tento não vomitar, tento não cair.

Minhas mãos trêmulas seguram o batente com força, e tento me levantar. As fitas cansadas se encolhem, enrolam-se atrás de mim e mergulham dentro do vestido, como se pudessem se esconder da magia dele.

A tontura me domina como uma onda quente, e me encosto na parede; contudo, um instante antes de eu vomitar, o poder se dissipa, dissolve como sal no mar.

Ofegante, levanto a cabeça e vejo as raízes que sobem pelo rosto de Ravinger se retraindo.

Ele caminha em minha direção, sai do abrigo de sombras.

Quando as veias desaparecem, os olhos verdes tremulam, como se a íris absorvesse todo aquele poder obscuro e podre.

Seu corpo inteiro estremece, e arregalo os olhos ante o choque de ver seu rosto mudar.

Estou paralisada, incapaz de respirar, incapaz até de piscar enquanto os ossos de seu rosto afinam como a lâmina de uma faca. As orelhas ficam pontudas e escamas aparecem sob as faces.

— Grande Divino... — O choque deixa minha voz mais pesada, quase me sufoca com o peso da descoberta.

Espinhos surgem em seus braços e em suas costas. Ele se transforma, o feérico selvagem e perverso segue com a transição até que tudo que resta daquele horrível poder é a pressão dura de uma aura sombria e muito familiar.

— Você é... é... — Minha língua engrossa, tropeça nos dentes, enquanto o sentimento de traição penetra até o fundo de minha alma.

Degola gira os ombros, como se a metamorfose de rei apodrecido em feérico monstruoso fosse dolorosa. Mas posso garantir que doeu muito mais em mim.

Os olhos escuros que parecem ter tragado todo o poder são a única indicação da magia suja dentro dele.

Aquela voz. Mais profunda, mais cruel do que de costume, mas com uma nota familiar. Eu devia ter percebido. Devia ter imaginado.

Ele dá mais um passo, e chega tão perto que posso sentir o temperamento feroz de sua alma sombria, a pressão do ar picante que passa entre seus lábios.

Ele é Degola e é Podridão. Ele é o feérico e o rei.

Juro, sinto a faca entrando em minhas costas de novo. Mas, desta vez, é uma traição diferente, de um homem diferente.

E de fato me sinto traída. Ele me enganou. Confundiu-me com um beijo e mentiu sobre sua verdadeira identidade. Talvez seja injusto, considerando que também menti, contudo não posso deixar de sentir que ele me usou.

— Você é o Rei Ravinger — murmuro, com um tom dolorido de acusação, porque este é o único pensamento ecoando entre meus ossos e gritando em minha cabeça.

Degola sorri, e responde com o toque sombrio e sedutor de um ronronado maléfico que combina perfeitamente com o brilho no olho.

— É, Pintassilgo, eu sou. Mas pode me chamar de Slade.

VIDEIRA DE OURO
PARTE DOIS

Esse avarento aumentou seu valor
uma dourada vinha de ouro.
Seu sorriso tem o calor
de todo o seu brilho duradouro.

Deu a ela tudo de seu,
para que atendesse ao seu chamado.
E assim ela cresceu
cada centímetro por ele idolatrado.

Mas logo ela ultrapassou
o tamanho de seu jardim, então
seu caminho traçou
para a casa dele, na colina acima do chão.

Ela torcia e se enrolava
em cada centímetro avançado.
Sem espaço para se mover,
ele foi cutucado e beliscado.

Ele arrastou seus móveis,
deixou na chuva abandonados,
removeu a porta da frente,
das janelas os vidros foram arrancados.

A cada oferta que ele fazia,
maior ainda ela ficava.
Seu brilho metálico cobria
cada tábua do chão, parapeito e escada.

Esse avarento acumulou
cada pétala e espinho.
A pele marcada ficou
onde farpas afiadas abriram caminho.

Quando o cabelo caiu,
mas ele ainda queria mais,
das suas unhas desistiu,
da carne as arrancou.
Ofereceu todas elas,
em caules as derramou.
"Para que serve tudo isso?",
ele nem uma vez perguntou.

Dela as flores, tão lindas,
de ouro ficaram pesadas.
Os dedos muito feridos
não podiam segurá-las.
Então ele as separou
com o esforço dos dentes.
Da videira a mordidas as tirou
e as escondeu em recipientes.

Todas reunidas, tão pesadas,
centenas de flores em maços.
Todas elas douradas,
mas ele ficou sem espaço.

O velho avarento não ousou
jamais algumas à cidade levar.
Se soubessem de seu tesouro,
certamente as viriam buscar.

Então nunca as gastava,
e ficava em casa para sempre.
As amadas ele cortava,
(e se achava inteligente.)

Ele murmurava e cuidava
de cada dourada rosinha.
Sua roseira à morte abandonava,
o tempo todo sussurrando: "Minha".

Mas, sem reparação,
ela rapidamente pereceu,
desesperado, ele cortou
a flor que adoeceu.

Quando unhas não tinha mais,
nos dedos das mãos e dos pés,
foi forçado a se desfazer
de orelhas e nariz.

O sangue que derramou
estancou com pétalas de culpa.

Mas o líquido vermelho que na terra deixou,
a roseira alimentou.

O avarento sem remédio sangrou,
para sua riqueza poder crescer.
As veias esvaziou,
deixou o coração mais devagar bater.

Sua roseira sugou-lhe a vida
como os pássaros o néctar sugavam,
e ele no quarto, deitado,
enquanto corpo e forças afundavam.

Enquanto isso ela crescia lá fora
e subia pela colina,
um contágio que se espalhava
e cada espaço preenchia.

Mas ele ainda queria,
mais precisava ter,
então arrancou os olhos,
e ficou com buracos, sem nada ver.

Não tinha quarto para dormir
nem olhos para chorar,
mas, de sua dourada planta de ouro,
sempre mais ia buscar.

CONTINUA...

AGRADECIMENTOS

Este é meu trabalho dos sonhos. Depois de dois anos, eu ainda não consigo acreditar que posso fazer isso e que as pessoas leem de verdade meus livros. Mas sonhos podem se tornar muito pesados, e eu definitivamente não seria capaz de continuar a escrever se não fossem as pessoas que me ajudam a carregar os pesos.

Então, para a minha família, muito obrigada para todo o sempre. Seu amor e apoio são a minha força, e eu sou grata por todos vocês. Vocês também são as melhores pessoas do planeta e eu sou abençoada por tê-los em minha vida. Independentemente de estarmos esmagados juntos no sofá ou em estados diferentes, saibam que eu amo vocês.

Para a minha família dos livros, este trabalho pode ser um bocado solitário às vezes, e sou sortuda por ter encontrado meu bando. Estou em dívida eterna por toda a sua ajuda e sou grata para um caramba por conhecer pessoas tão divertidas, generosas e amáveis como vocês. Ivy Asher, Ann Denton, S.A. Parker, C.R. Jane, Helayna Trask, e para minha irmã preferida, obrigada por me ajudarem com este livro e por todos os *insights*. Vocês me tornam alguém melhor.

Para os leitores, meu coração está transbordando. Esta série significa muito para mim e provavelmente é a coisa favorita que já escrevi até hoje. Então, o fato de vocês estarem dando uma chance para mim significa muito.

Cada vez que vocês escrevem uma resenha, recomendam ou postam algo a respeito dos meus livros, cada página que eu escrevi que vocês leem... é muito importante. Muito obrigada.

RAVEN

Primeira edição (setembro/2023)
Papel de miolo Ivory slim 65g
Tipografias Cormorant, Trajan Pro e Sveva Versal
Gráfica LIS